U0943764

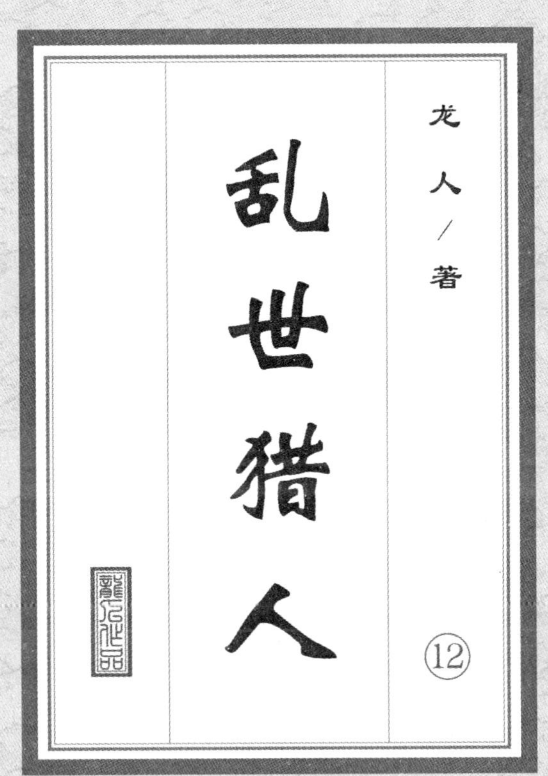

二十一世纪出版社集团
21st Century Publishing Group
全国百佳出版社

图书在版编目（CIP）数据

乱世猎人：全 14 册 / 龙人著 . -- 南昌：二十一世纪出版社集团，2017.10

ISBN 978-7-5568-3104-3

Ⅰ．①乱… Ⅱ．①龙… Ⅲ．①长篇小说－中国－当代 Ⅳ．① I247.5

中国版本图书馆 CIP 数据核字 (2017) 第 243763 号

乱世猎人：全14册 龙 人 著

责任编辑 敖登格日乐
出版发行 二十一世纪出版社集团
（江西省南昌市子安路75号 330025）
www.21cccc.com cc21@163.net
出 版 人 张秋林
经 销 新华书店
印 刷 北京龙跃印务有限公司
版 次 2018年2月第1版 2018年2月第1次印刷
开 本 710mm × 1000mm 1/16
印 张 224
字 数 2327千
书 号 ISBN 978-7-5568-3104-3
定 价 700.00元（全14册）

赣版权登字—04—2017—746

目录

第一百五十七章　东岳魔帝

泰山之顶所现之人，竟使那段痛苦的记忆重新出现在叔孙怒雷的脑海中。

原来，当年不拜天座下不仅仅有四大杀手，更有两大弟子，分别为东岳圣帝区阳和烈阳圣帝忻蒙，这两大弟子都是极为可怕的人物，冥宗的一些事务几乎都由这两大弟子打理，除不拜天和意绝之外，便数他们的权力最高，武功也最为可怕。

不拜天的武功可以说已经天下无敌了，他当年并无争雄之心，只是受邪宗的妖女花如梦唆使，才会行出桃花源。而他的大弟子东岳圣帝区阳却是个野心极大的人物，冥宗在江湖的嚣乱完全是他一手造成的。此人更工于心计，不拜天起初反对与江湖人物争杀，后来区阳竟以毒计害死忻蒙，并嫁祸于白莲社，从此也就引发了白莲社与冥宗的血战，双方都在这一役之中伤亡极惨。

区阳后来因急欲速成冥宗的两大绝世武学“托天冥王掌”和“裂地冥王拳”而心性大变，甚至入魔，时常心性失常，乱杀无辜，有时甚至说出了许多不为外人所知的秘密。

不拜天终于知道了忻蒙死去的真相，大感心痛之时，却又舍不得亲自处置这个由自己一手养大的徒儿，于是便约战烦难，并答应只要烦难胜了，便将区阳交由正道人物处置，并且自己退出中土，永不涉足中土江湖。

区阳虽然那时的武功已经天下罕有敌手，但与不拜天还是不能相提并论。不拜天与烦难那一战，不拜天败了，至于是否是不拜天感到有愧于中原武林而故意败阵，还是不拜天真的败阵，大概只有烦难和不拜天两人知晓了。但自那以后，不拜天走了，带走了冥宗所有的人，区阳却也消失了，有人认为他与不拜天一起奔赴域外了，也有人以为他死了，但烦难从来都未曾向江湖人透露过其中曲折。

那时候叔孙怒雷曾与区阳交过手，但叔孙怒雷却只能接下区阳五招，若非琼飞，只怕叔孙怒雷早已死在区阳的掌下了。谁又曾想到，四十多年后的今日他竟又重见区阳，这的确是个意外，也令他极为震惊。

叔孙怒雷的确怎么也没有想到眼前这衣衫褴褛、蓬头垢发的怪人竟是几十年前冥宗的大魔头，也难怪他会拥有如此可怕的魔功，闹得玉皇顶地掀三尺，但他却不明白区阳怎么会突然出现在泰山之顶，而叶虚更是区阳的徒孙，这的确有些不可思议。

“你是叔孙怒雷？就是那个让琼飞叛主的小白脸？哈哈哈……你也会老成这副熊样。哈哈……”区阳终于记起了眼前这个老头是谁，竟然又咳又笑起来，形象极为凄厉。

叔孙怒雷神色变得极冷，他并不想别人提起那段令他伤感的往事，可是区阳似乎偏偏记着这件事。

尔朱归见四周众人皆对他们怒目而视，心中打了个突，虽然他很少在江湖中露过面，但却知道眼前的这些人没有一个是易与之辈，尤其是蔡伤和叔孙怒雷，还有那个戒嗔和尚，其武功也已登峰造极，居然能与那白发老者相抗衡。

“尔朱归，难道你们尔朱家族也跟这魔头勾结吗？”叔孙怒雷质问道。

“游四，让众兄弟去谷下找找风儿，哪怕是碎尸也要找回来！”蔡伤深深吸了口气，不再逼视区阳，转身向呆呆的游四吩咐道。他知道眼前这些人走不了，也不可能逃逸，如今玉皇顶的通路已被封死，除非对方自悬崖深谷之间跃下去，否则绝对不可能逃出他的手心。

“我们也去！”哈鲁日赞有感蔡风舍命相救哈凤之恩，向游四请求道。

蔡风本可以不死，但是他却不顾自己的生死挽救哈凤的生命，这种大义的确震撼了场中所有人，也使每一个高车勇士热血沸腾。他们不仅仅感激蔡风舍身救了哈凤，更崇拜蔡风那种精神，尊敬蔡风对高车国的那份情义。

哈凤是蔡风的朋友，至少蔡风当哈凤是朋友，否则蔡风完全没有必要答应叶虚泰山之战，更没有必要舍命相救。

晦明等师兄弟在诵经念佛，蔡风的精神比佛祖所宣扬的割肉喂鹰之举更慈悲，那跃身划过空中的动作是那般洒脱和飘逸，又是那般震撼人心，若流星闪逝，若慧星耀空，在场的所有人绝对不会忘记蔡风那惊心动魄的动作。

叶虚也不会，虽然他在暗地里总觉得蔡风有些傻，但却不得不佩服蔡风，若换成是他，绝对做不到，也许这就是正与邪的区别。对于叶虚来说，像蔡风这样可怕的对手，死去了自然对他有百利而无一害，蔡风那可怕得让天地变色的“沧海无量”，别说是此刻的他，即使他的武功再提升一倍也不可能接下。那已不再是人的极限，而是神的级别，只怕任何人做梦都不可能想到尘世间还会有那般可怕的功夫。看来蔡风所说的十招并不是狂妄之语，甚至根本就用不了十招而挫败他，这的确不可思议，二十多天前的蔡风与今日的蔡风似乎判若两人，在如此短暂的时间内竟能将武功提升数倍，这几乎是完全不可能的。

叶虚怎么也弄不明白这之中的原因，他自然不知道蔡风今日之所以能施展出“沧海无量”，全靠天时地利人和，如果没有蔡宗的冰魄寒光刀，一切都休想，更不可能有胜区阳的希望，只怕连区阳的三招也接不下。

要知道，在冰魄寒光刀中至少蕴藏着数十年异域佛门的极强佛劲，更潜在着无边的佛法，在区阳魔意的刺激之下，加之蔡风以中土佛门的最高功法催引，才能将刀身之中的数十年功力借用。何况，蔡风自认为命不长久，对生死已经毫不在意，一个不乎生死的人，已经没有多少事情能够让他顾虑。蔡风在战前就已了却后事，更无牵挂。心不惊、情不变，本就心近佛心，这就使得蔡风接天地浩然正气而身未受损，否则，他在未能伤人之前就早已被浩然正气充爆化为飞灰了。

其实这一点不仅仅叶虚没有想到，即使蔡伤、叔孙怒雷与戒嗔也未想到，似乎这一切都是天意早有安排，也许可以说，蔡风能够发挥出“沧海无量”这般旷世绝技，只能算是一个奇迹，一个了不起的奇迹，但是蔡风却在奇迹之后如一颗流星般消失，将自己的光和热发挥到足以让世人瞩目的最高境界，然后突然陨落，只留下荡气回肠让世人列为神话的美谈。

尔朱归冷冷地望了叔孙怒雷一眼，淡淡地露出一丝高深莫测的笑意，道：“你想不到的事情多着呢，老夫本来就不是尔朱家族的人，只不过寄身于尔朱家族而已。”

“你也是冥宗的余孽？”叔孙怒雷惊问道。

“我早就已经与冥宗毫无关联，我的一切只会属于圣帝，我的主人！”尔朱归话语极为坚决。

尔朱归所言的确出乎所有人的意料之外，蔡伤却冷冷地道：“那么，你唯一的选择就是死！”

惊蜇，并不是一个非常坏的日子，至少今年的惊蜇不是个坏日子。

建康，热闹似乎并不因今日的城防加严而清冷，相反显得更为热闹，因为今日正是京城第一大赌坊“凌通赌坊”的开业大典。

这是一座倾动了近万人力开工了一个多月的赌坊，总共投入的金银更不是外人所能清算的，这也是京城最为齐全的一个巨型赌坊，无论是设备还是服务全都是最上流的。

城防加强了，城中的巡逻也加强了，今日“凌通赌坊”开业大典可是京城的一件大事，那金字招牌更是武帝萧衍亲手所书，只凭这一点就足以轰动全城乃至整个南朝。

达官显贵、富豪巨贾全都云聚“凌通赌坊”，这些人纵然不冲靖康王萧正德的面子，也要冲皇上的金面。因此，送礼祝贺之人极多，深迷此道的赌鬼也不在少数，而凑热闹的人更是如海潮般多不胜数。

萧正德作为大股东，更是慷慨，设流水宴三天，供那些赌客们免费享受，而送礼者则另设酒宴，更可闻歌赏舞。

“凌通赌坊”中另设青楼、酒楼，更在莫愁湖上设有“人间天堂”的雅轩浴房，使那些豪客极尽温柔地享受一切人间所能够享受的艳福。

凌通虽然长在山村，却并非没有见过大世面，这段时间在生与死的磨炼之中，本极为坚强的意志更为坚强，更显得睿智深沉。身入宫中一些时日的学习，也使其头脑更为灵活，思路更为清晰，对于买卖方面也越来越精，虽然经验不足，可语气却显得老练自如，极有商人的味道。

最高兴的还是萧灵和陈志攀，萧灵天生喜欢凑热闹，而今“凌通赌坊”开张大吉，她当然高兴了。而陈志攀却是因为终于有了自己的赌坊而兴奋，至少他可以算是这个赌场的老板之一，其赌术可以派上用场，这段时间他几乎是忙得连吃饭的时间也没有，有时候只啃上两个烧饼就去办事，简直没有半点空闲时间了。

张勇也极为高兴，“玄武赌坊”在“凌通赌坊”中所占的股份还是比较大的，他对自己走对了这一步而感到高兴，要知道，在京城所有的行业当中，几乎没有任何一家能得萧衍亲自题以金字，单凭这一点，张勇就看出了“凌通赌坊”的前途，看出了萧衍和萧正德对凌通的宠爱。

凌通也的确是个极为厉害的人物，不仅救驾而归，更义救公主，在建康城一个多月时间中就成为红极一时的大人物，即使王公大臣也不能不对他刮目相看。

萧衍为使“凌通赌坊”的开业大典顺利进行，还专门调集了一千兵将维持秩序，更对任何可疑人物进行抓捕，这之中，有极多的好手，只是为了防止有人对凌通、萧正德及一些重要人物不利。

萧衍本来也准备参加这次盛会，但临时又取消了，因为宫中仍有许多事情需要处理，这段时间萧衍的确像做了个大手术，宫中的侍卫许多外调，而又调进许多新人物，安黛公主身边的宫女尽数赶出宫去，包括侍卫也全都由彭连虎亲自挑选。

虽然安黛公主大发脾气，可是也没办法，正因为身边的宫女和侍卫，才使得她差点命丧黄泉，幸亏凌通及时相救。萧衍这样做当然也是有道理的，谁知道真正的奸细是否就是死去的那个宫女呢？抑或那只是一个替死鬼，以用来掩人耳目的？如果是这样的话，萧衍的做法绝对没错，而这种可能性极大。安黛公主也没有办法，只是她娘亲萼贵妃指定的两名亲随宫女留下了，萧衍本想将所有人都换了，但又对萼贵妃极为宠爱，也就没有撤出那两名宫女。

总而言之，皇宫之中作了许多大的变动，显示出萧衍要对石中天的势力彻底铲除的决心，当然，萧衍对石中天的畏惧也是不可否认的。因为石中天的确是一个极为让人心寒的对手，当今世上，像石中天如此有忍耐力的人实在不太多，此人更是心黑手辣至极，智计之高，天下少有，最可怕的却是那张狂的狼子野心。

拥有如此张狂野心的人，绝对不会甘于寂寞，其实，说起来北魏战乱南朝偏安，可这只是表面现象。

南朝的战争也许比北魏的战争更为可怕，这是一场没有烟火，无声无息的战争，而这场战争根本就不知道对手在何处，将以什么样的形势和手段来攻击，且这更直接威胁到统治者的利益，因此，萧衍必须时刻处于谨慎状态。

其实，建康这段时间的确够乱，北平侯府毁于一把火，平北侯昌义之全家失踪，公主遇伏，凌通遇刺，萧衍未在京城过年，加之“凌通赌坊”的开张，甚至还有萧传雁与他的一千将士埋骨荒野，这一切的一切全都挤在这两个多月中发生了，简直有点让人喘不过气来，这之中更似乎有着一丝无可分割的关系。

如今，一切的防卫都极为妥当，而这一切的防卫也只要持续三天便行，三天之后，“凌通赌坊”就可正式营业，那是黄道吉日。

凌通最为欣喜的却是将他爹娘接到了建康，原来萧正德是个有心人，早在一个多月前，就已派快马赶去北朝，主要是要给凌通一个惊喜。

凌跃和凌婶几乎不敢相信离开家门才三个月的儿子，竟然在异国拥有如此至高无上的地位和势力，更得皇上萧衍的宠爱，此刻的凌通整个人都变得威武不凡。

三个月前还为几钱银子争执不休的山村小子，三个月之后竟拥有享之不尽的金银，享之不尽的荣华富贵，还做起了南朝第一家大行业“凌通赌坊”的龙头，从此成为风云人物，这一切想来的确有些不可思议。

凌通带着双亲在自己所管辖的赌坊之中四处参观，那种前呼后拥的感觉实在爽到了极处，或许是人逢喜事精神爽的缘故吧，如今的凌通，整个人都透着热力，萧灵更似小鸟一般，唧唧喳喳直逗人开心，乖顺得连凌通也感到意外，这更让凌跃夫妇俩乐得合不拢嘴。

凌通可算是个极为清闲的人，因为一切事情自会有人代他去处理，他只需在必要的场合出出面就行了，更懒得去应酬那些诚心来巴结的许多人，他只是兴高采烈地将这三个月中所发生的事情向双亲细述一遍，更说要将村中所有人全都带到建康来，反正有足够的事情让他们做，也不用再去打猎了，他此刻有的是钱。

凌跃自是欢喜不已，更听说凌能丽未死，而且有了出息，感叹老天有眼，还决定回去给凌伯立块大碑，在建康为他做个衣冠冢之类的……

风悠云轻，骄阳依然以极为温暖的光洒落人间。

泰山之顶，依然以松涛与虎啸猿啼为主旋律，刚才的风云涌动也全都成为过眼烟云，但玉皇顶依然弥漫着浓浓的杀气。

区阳依然在轻咳，浑身冒着缕缕淡烟，似乎是蒸发的水分。

蔡伤的目光落在区阳的手掌上，竟意外地发现区阳的手在颤抖，更结了一层薄而透明的玄冰，他似乎并没有能力震碎那层薄薄的坚冰，这一点发现使蔡伤感到有些意外。

蔡伤自然听说过区阳的可怕，他曾在四十余年前就可与烦难交手而不败，其功夫之可怕，并不比意绝逊色，他身为不拜天的大弟子，武功已得不拜天真传。当年，烦难根本不是不拜天的对手，若非不拜天被废去三成功力，那一战败亡之人就一定是烦难。其实，那一战究竟是谁胜谁败并没有人知道，即使身为烦难大弟子的蔡伤也不曾听烦难提起过当年那一战之事，但对于区阳和忻蒙却说得比较多，尤其是区阳，因为烦难知道区阳依然活着，并告诉了蔡伤。

原来，当年不拜天退出中原武林，就将区阳交由烦难处理，而烦难那时也感悟佛心，不想再开杀戒，又感于不拜天之诚挚，也就只是将区阳关闭在泰山之顶“同心石”下的石洞中，这里因为当年玉皇庙中众和尚为慧远大师挖石刻莲座，而使同心石底露出一个极大的石洞。而烦难正好将区阳禁闭在石洞之中，又自别处移来一块巨石，填好洞口，唯留下一个送食物的小洞，更在洞口设下重重机关，废去区阳七成功力，如此一来，区阳就只好苦守于泰山之顶，在暗无天日的石洞中度过一年又一年。

而不拜天知道区阳被囚于泰山之顶，也就将区阳的两个家仆遣回，专为区阳送饭之类的，更为烦难在巨石中设下了一道极为厉害的机关，任何人如果乱挖封住洞口的巨石，那么这个机关就会发动，洞中之人便只能永存于石底。这之后，不拜天就带领冥宗所有人奔赴阴山之脊，而区阳一关便是数十年，却没有想到他今日仍然活着，更能破开玉皇顶，重见天日，这些的确是大大出乎蔡伤的意料之外，想到这里，蔡伤的目光禁不住移向叶虚。

叶虚属下那四名曾与蔡风交手的汉子忙挺身挡在叶虚面前，似乎怕蔡伤突然对叶虚下手，他们知道眼前这个浑身充盈着浓烈杀气的人正是蔡风的父亲，也是中原武林刀道的神话，其武功之高，自然胜过蔡风，蔡风刚才的武功他们可是亲眼所见，如果蔡伤此时向叶虚攻出凌厉一击，只怕叶虚真的无法抵挡。

叶虚心头也微微泛寒，蔡伤那锋锐的目光之中充盈着一股霸烈而狂野的杀气，似乎可以凭借眼神杀人于无形，他感受到蔡伤那无与伦比的功力。

蔡伤心中立刻明白，此子之所以约战蔡风比武于泰山之巅，只是一个借口，一个幌子，其主要目的可能是想借蔡风的功力击开封住洞口的巨石，暗悔当初自己怎就没有想到呢？

尔朱归与白发老者的神情极为严肃，他们知道自己将面临着前所未有的强敌，这将是一场极其艰苦的决战。

颜礼敬和铁异游在此时也登上了山头，望着山头的凌乱不堪，似乎有些惊讶和骇异，游目四顾，却没有发现蔡风的踪影，便知道游四为何那样匆忙地行下山了。

即使区阳也觉得此时的形势似乎不太妙，敌人越来越多，而他们自己的人数却极为有限，兼且下泰山只有一条路，要战，只怕今日唯有死路一条，如果他没有受伤，也许还有希望，可是那被唤作蔡风的小秃驴的确太过可怕，太过厉害，那惊天地、泣鬼神的“沧海无量”借冰魄寒光刀之助，竟将他体内的经脉尽数冻结，几乎使他成为一具冰尸。若非他这几十年来不停地苦修，功力比之当年的不拜天更有过之而无不及，早达天人之境，只怕已死了一百次。

区阳总觉得命运似乎在与他开玩笑，几十年前，当他武功大成之时被自己的师父所擒，借烦难之手打入石窟，在暗无天日的世界中苦守了四十多年，可是一出石洞却又遇到蔡风这样一个可怕的对手，几乎要了他的命。虽然他仍然活着，可是却在重创之下，又要面对天下最有名也最为可怕的对手，经受生与死的考验，老天似乎总喜欢与他过不去。

奇怪的是蔡伤的杀气渐敛，只是转为一种淡漠的语气望向叶虚，平静地问道：“你就是叶虚？”

叶虚似乎有些诧异，本来剑拔弩张的气氛却因蔡伤如此一问倒显得有些缓和了，但蔡伤的话中有一份无法违拗的威仪，使他不禁自然地点了点头道：“我正是叶虚。”

“约战风儿于玉皇顶只是你的借口？”蔡伤又冷冷地问道，手掌却在轻轻抚着手中的冰魄寒光刀，似乎感觉不到那刺骨凝心的寒意，而且冰魄寒光刀在蔡伤的手掌抚过之处，都会闪过一丝异彩，这让一旁的蔡宗和许多人都看呆了。

叶虚有些吃惊地望了蔡伤一眼，并未回答，只是默认了，半晌才淡然道：“打一开始，我就不准备让他死，与他约战玉皇顶只是想借他一臂之力而已，如果你在很早之前就知道我的身份，相信你一定会猜得出我的真正用意，不过，现在知道似乎迟了些。”

蔡伤心中微痛，明白叶虚所说的确没有错，他知道得太迟了，问得也太迟了。

“也不必再隐瞒你了，老夫在这同心石下枯坐到第二十八年的时候，自身功力就已远远胜过四十多年前，再加上我两个徒儿的合击，足以一举摧毁这块该死的石头，但就在此时，尘念那老秃竟然将他全身的佛门功力尽数散于那块封住洞口的石头上，使得老夫又再困了十七余年，而要破开洞口，就必须找到一种传自佛门至高无上的功夫，将尘念贼秃的佛门劲气破开，哪怕只是一道裂痕！尘念那老秃驴的劲气正是出于当年烦难所创的无相禅境，天下之间除了烦难一门之外，就只有西域佛门的‘龙象禅劲’（又名‘天龙禅’）可以破开尘念老秃驴的劲气，使老夫重见天日。而刚才那小子正是身具烦难的无相禅中的无相神功，更似乎还具有另一种与西域的‘龙象禅劲’极为相近的禅功，想来我的好徒孙正是看中了那小子这一点，才会借他之手来相助一把了。”区阳咳了两声，不带半点感情地道。

蔡伤一愣，区阳竟然说蔡风的攻势之中，还带有域外的佛门功夫，这岂不是让人费解？他知道，冥宗的武学之精神似乎是天下武功的总汇，对各派的武功只要一学就能领悟，除非与他们有些格格不入之处，而佛道两家的武学正似乎与他们有些格格不入，但以区阳的武学修为，又怎会感觉错呢？

西域的“天龙禅”武学蔡伤似乎听某人提过，也许是佛陀，抑或不是，他也记不清是谁曾提到过这种可与烦难所创的无相禅境相媲美的武学，而且这种绝世武学也是近五十年前为人所创。此人绝对是个不世天才，区阳知道这种武学的存在并不奇怪，当初邪宗就有人去西域偷学武功，而邪冥两宗更曾合作，他们也就自然对西域的武学了解得极为清楚了。

蔡伤的目光移向戒嗔，十七年前的事他并不清楚，因为那时他已归隐，还是近来才与戒嗔联系上。

“不错，十七年前，师尊将全身的佛功尽散于同心石上，留下四句谒语，就圆寂了。”戒嗔并无悲哀之情，只是微有些缅怀。

“啊！”蔡伤此刻才知道尘念的死因。尘念也与烦难一般，为慧远再传弟子，两人可算同门，但论武学，所有同门之中，唯有烦难天资最高，创出了举世无匹的无相禅，更以“沧海之怒”创出一套被誉为神话的刀法。而当年烦难将看守区阳的任务交给了尘念，并传其无相禅，使得尘念后也成为不为外人所知的绝世高手。

尘念本身的修为就已极高，得无相禅之助，其武功自然飞速突破，迅速跻身绝顶高手之列。只是在他列入绝顶高手的同时，他的使命却是守住玉皇顶，看护区阳，极力不能让这大魔头出世。

蔡伤立刻想到眼前的尔朱归和白发老者，不由惊问道：“你们就是区阳的两个仆人？”

“不错，我的真名并不叫尔朱归，而是区四杀！而他就是我兄长区金！”尔朱归悠然一笑道。

“不，你们应是为师的好徒儿！”区阳笑道。

“多谢师父！”区四杀和区金同时出声道。

“蔡伤，你出手吧，老夫在洞内发誓，今生一定要杀光中原那些可厌的秃驴，将所谓的佛门正宗赶尽杀绝。若今日你杀不了我，他日就等着去为和尚收尸吧！”区阳凶恶地厉声道。

“蔡前辈，杀了他，他根本就是强弩之末，手臂上唯有一条筋脉还能够活动，其他筋脉全部被冰封，除恶勿尽……”

“蔡宗！”叶虚有些愤怒地打断蔡宗的话，怒目相向道。

蔡宗悠然一笑，道：“能够做一些落井下石的事又何尝不是一件好事？老而不死，会成精的，一个成精的人对大家都没有好处。”

“小兄弟的提醒，蔡伤先行谢过了！”蔡伤淡然一笑道，其实他并不在意区阳是否仍有战斗能力，而是在思索着蔡风为何竟能够击出三朵佛莲，而在三朵佛莲之下，区阳依然没有死，这的确有些难以想象。如此情况，方才一战取胜的人一定是蔡风！这一点至少可以肯定，因为蔡风在交手之后仍能以快绝的身法救起哈风。

叶虚心中大怒，区阳却淡然一笑道：“好徒孙别恼，那小子说得没错！但就算只有一根手指能动，我也照样可以杀了他……”“他”字一说完，只见一缕紫色的气劲电射而出，带着极为锋锐的尖啸直刺蔡宗的胸口。

事起突然，谁也没有想到这似乎受了重伤的老头竟仍拥有如此霸烈的气劲，更可射出有形有质的剑气，即使蔡宗如此机警的人，也无法闪避，何况他早被震伤，如何能够闪开对方的凌厉一击?

“当!”一声清脆的金铁交鸣之声响过，三子“噔噔噔”暴退三步，是他挡开了区阳的疯狂一击。但区阳的功力十分强悍，三子以为对方在重伤之下没有还手之力，看来他完全看走了眼。

“谢谢!”蔡宗由衷地感激道。

“年轻人果然是一个比一个有能耐，看来这个天下还真是年轻人的天下了!”区阳似乎有些惊讶地道。

叶虚的瞳孔也收缩了一下，因为他感觉到了三子的潜在威胁。

“本来我以为你已残废，不想再造杀孽，但此刻你既然仍能够动手，我也就不必再客气了!”蔡伤悠然道。

“不错，除恶务尽，对付这种魔头已经没有什么话好讲了。”叔孙怒雷早有跃跃欲试之举。

“叔孙怒雷，如果你不想让叔孙长虹死得很惨的话，就给我退出这一场游戏!”叶虚冷冷地盯着叔孙怒雷威胁道。

“你在威胁我?”叔孙怒雷眸子之中闪过一丝怒火，声音冷杀地问道。

“可以这样说，因为事实显而易见，你想杀我们，我们自然不会将你疼爱的孙子好生侍候，我们若死了，谁去养他?”叶虚并不退让地笑道，神情之中不无一丝得意。

“叶虚，你卑鄙!”那戴着斗篷的少女怒骂道，说着又转头向唐艳呼道，“师姐，你还不回头吗? 难道要师父亲至吗?”

唐艳骇然退了两步，声音有些微微发颤地道：“师妹，不要逼我，我不想回去，更不想一辈子长伴青灯古佛。”

“唐姑娘，每一个人都有权利为自己的理想而活，不能被别人左右了自己的原则和意志，那样与行尸走肉又有什么分别呢?”叶虚又出言相激道。

唐艳似乎对她的这个师妹极为畏惧，虽然叶虚如此安慰，但依然让她心神难安。

矮门神风扬和胖门神静立在蔡伤左右，三人气势竟紧密结合，若一尊顶天立地的巨大丰碑。杀气张狂之中，叔孙怒雷竟然微微有些泄气，他只有这么一个亲孙子，自小就极为娇宠，如果说让他舍叔孙长虹而不顾，他怎么也无法做到。

叶虚的眸子之中闪过一丝得意，他似乎算准了叔孙怒雷会屈服，而对蔡伤的杀机并不在意。

其实，以蔡伤在山顶的实力，便足以让叶虚全军覆灭，这一点是绝对不容置疑的。在玉皇顶上的每一个葛家庄中人，每一个蔡伤的家将都拥有着极强的杀伤力，更有巴颜古、慈魔蔡宗及矮胖两位门神，这之间的攻击力绝对不是叶虚几人所能阻抗的，何况还有戒嗔与他的四大弟子。

区阳也知道这一场仗凶多吉少，即使叔孙怒雷不参战，对于最后结局依然没有什么影响。他是个高手，也许还是这个世上最可怕的高手，尽管此刻身受重伤，但其判断力绝对不受影响，强弱之别依然可以清楚地分清。不过，区阳的性情本就乖张，四十多年的禁闭生活，更使得其脾气古怪异常，绝对不会屈服，因此，他并不会认输。

“如果我不插手这件事，怎样才能够保证长虹的安全?”叔孙怒雷冷冷地问道。

“这很好说，只要你今日不插手此事，我自然会在我们安全离开泰山之后就放人!”叶虚认真地道。

“你以为你们今日能活着离开泰山吗?”叔孙怒雷微微有些讥嘲之意地道。

“那不是你的事，当然，你只能在一旁为我们乞福，如果万一我们出事了，那也是没有办法的事情。”叶虚无奈地摊摊手道。

“你……”叔孙怒雷再也无法说下去，他不知道该说什么好。

蔡伤的手最后一次抚过冰魄寒光刀，感觉到有些阴冷，这是蔡风刚才所用的刀，也是让区阳受创的刀，的确是一柄不世奇刀。

“区阳，你出手吧！”蔡伤的刀微微扬起，踏前两大步，与区阳隔两丈相对而立，森寒的杀意如潮水般漫过两丈空间向叶虚和区阳诸人卷去。

戒嗔和蔡伤并肩而立，僧袍无风自鼓，双手合十，佛光隐显，与蔡伤身上散发出来的霸烈之气是两种完全不同的境界。

叶虚并不惊慌，区阳和区四杀神色阴冷，谁都可以看得出他们的功力正在不断地提升。

蔡宗有些惊异，面对蔡伤，叶虚竟然似乎并不紧张，仿佛还有极为厉害的后招一般。

蔡宗正想问，突地传来一声极为生硬的冷喝：“都不许动手！”

蔡宗和三子诸人的目光全都向声音传来之处望去，赫然发现一队人马迅速掠上玉皇顶，每人手中更抓着一名僧侣。

晦明和晦心四人的脸色变得极为难看，戒嗔的脸色也极为难看。

“国师，你来得正好，如果再来迟一些，只怕我们此刻已成为刀下亡魂了！”叶虚突然笑着向来者道。

“王子受惊了，因为中途出了一点小事，而耽误了我的行程，才会在这时候赶到！”说话者是一个侏儒，但说话的声音却犹如洪钟。

蔡伤的心也在发冷，这些人手中所抓的全都是玉皇庙中的沙弥，也不知他们是如何抓来的，众沙弥在一天前就被遣下山去，却没想到仍逃不出叶虚的布置。

“如果你想要这十余个和尚的性命，最好不要动手，还有他！”那侏儒手指一旁神情有些萎靡的人道。

“三十一！”三子这才看清那神情萎糜之人的面目，那正是中途因受伤退下去的无名三十一，但却不知怎的，他竟也落入对方的手中，这的确大大出乎三子等人的意料之外。

蔡伤也变得有些难以抉择，如果他一定要杀死区阳，那么眼前的十余人就会全死在叶虚的屠刀下，不过，此刻这些人皆昏迷不醒，似受药物所制。

“如果你们不想他们死的话，今日玉皇顶之事就此了结，他日相遇，这笔账该如何算就如何算，不知你们意下如何?”叶虚的语气并不是咄咄逼人，他知道眼前的这些人都是江湖中的翘楚，如果逼急人，只怕会起到适得其反的作用，他并不想战，至少今日之局他并不想战，救出区阳，他的目的已经达到。而最强的对手蔡风也葬身深谷，可以说这应算是一个比较圆满的结局，叶虚自然不会傻得再去以鸡蛋碰石头。一路上，葛家庄调出了大批高手，这些他并非不知，因此，他唯有以人质委屈求全了。

“阿弥陀佛，小施主的手段好卑鄙!”戒嗔有些无可奈何地道。

“身处乱世之中，乱世生存之道必须靠手段，我也是没法可想，才出此下策，难不成让我们束手待毙不成?”叶虚并不怒，反问道。

戒嗔哑然，他也无话可说，叶虚说的虽不是佛理，但却是道理。

蔡伤并未再出声反对，只是淡然道：“你们胜了，我可以不追究今日之事，但你们准备怎样放人?”

“你们全都退下玉皇顶，一炷香时间之内，无论玉皇顶上发生了什么事都绝不能踏上一步！如果有一人上来，我就杀一名秃驴，有两人上来我就杀两名秃驴，有三人上来，必杀十人，若再更多，那我只好将所有秃驴全部都杀光了!”叶虚坚决地道。

众人不由得面面相觑，不明白对方依然留在玉皇顶上干什么，难道还会另有图谋?如果说他们想借机逃走，可是自玉皇顶下山只有一条路径可行，除非他们可以飞。

三子和蔡宗立刻明白他们所想，因为叶虚上山之时就是由天柱峰乘鹫而至，如果有一炷香的时间，他们的确有足够的时间将玉皇顶上的所有人运至另外一个地方，这是丝毫毋庸置疑的。但是如果不让他们走，只怕眼下的人质就会惨死当场，这本就是一件极为矛盾的事情，因为这并不是在某一个人的原则上作出一个抉择，而是关系到一群生命。

蔡伤似乎也考虑到某种可能性，抬目向四周望了望，又极目天际，终在蓝蓝的天幕之间发现了一点黑影。

“我可以给你们一炷香的时间，但是必须让我相信你们的承诺是否有效!”蔡伤仍冷冷地道。

“你要怎样才肯相信?”叶虚反问道。

“你们必须每隔半盏茶时间放下两名人质，我不想拿这里的所有人质做同一次赌注!”蔡伤淡漠地道。

“如果只是这个要求的话，我可以答应。”叶虚悠然一笑，爽快地应道。

“好，那我们就在南天门相候，他日若是相见，定会不择手段!”蔡伤警告道。

“彼此彼此，我也同样会以不择手段相对，乱世之中，成者为王，败者为寇，这太过正常，想来也没有什么大惊小怪的。”叶虚自信地笑了笑，似乎对眼前这一群不世高手丝毫没放在心上。

“你没事吧?”三子转头向蔡宗问道，更似乎不想让那不甘心的眼神被蔡伤看到，因此才会回头转身。

蔡宗竟发现三子眸子中流淌着无穷无尽的杀气和愤怒，那并不是针对他，这点蔡宗心中十分明白，三子只是恨，恨叶虚!恨区阳!他更看到三子眼中深处的无奈。

“我没事!”蔡宗微带感激地回应道，他与三子竟有一种惺惺相惜的感觉，如果蔡风不死的话，他也许更想与之交个朋友。一个肯以自己的生命换回朋友之命的人，他从来都未曾想过，如果不是见到蔡风，他绝对不相信世上会有这样的人，但蔡风让他相信这个世上仍有值得相交的朋友，世界并非他想象的那般冷漠无情，不过好人似乎并不太长寿，这是一种悲哀。

第一百五十八章　兵困泰山

泰安，泰山脚下的小镇，因位于泰山之脚而出名，若是太平盛世，泰安倒也还繁荣，因为泰山为天下名山之列，五岳之首，文人骚客，闲人逸士，谁不想去领略一下孔丘的“登泰山而小天下”之情趣和豪气？

不过，乱世之中，又有多少人有闲情逸志呢？天下的文士多为生计奔波，而武夫们更疲于奔命江湖，即使朝廷也将祭天之事免掉了，他们一个个忙得焦头烂额，只差没上吊自杀，又哪来心思游山玩水呢？因此，泰安镇这些年来逐渐冷落，但近来却又形势大改。

近来，泰安可谓是空前热闹，形形色色的人物都赶至泰安，没有人知道到底一共有多少人，但每个人都知道这些人皆不好惹。

泰安的镇民为今日泰山的奇景所震骇，他们不是没有眼睛，玉皇顶上雷电交加，长空变色，更有圣莲泛彩，几乎让所有的镇民都看傻了，兼且天象大变，使得无人不为之心惊，有人在猜测山顶是否真的有异宝出现，抑或是有什么神物降世？镇民们全都长跪不起，以乞福免灾。

当然，乞福免灾虽然是好事，但不一定有效，至少这一次并没有效，因为泰安镇突然拥入了数千官兵。

官兵有的自肥城赶至，有的自莱芜赶至，但不管怎么说，这些官兵全都齐聚泰安镇，立时使镇中全乱了套。

官兵们绝对不客气，他们对所有的客栈以极快的速度搜捕，几乎将那些客栈全都翻了一遍，客栈老板大声叫苦，官兵们似乎见到外来人便抓，对于那些反抗者，尽数格杀。是以，泰安镇乱如一锅粥。

有些人也杀官兵，双方打起来，就像是在拆房子，客栈老板损失极大，但却没有人敢说，他们谁也不想犯下杀头的大罪。

这些官兵似乎来得无声无息，更没有半点征兆，几乎让泰安镇上的所有人措手不及。

官兵一至泰安，立刻封锁各条要道，对进出人员严格搜查，简直不想漏掉半只蚊子。

马嘶、血溅，泰安镇上几乎全都乱了套，百姓不敢出户，虽然如此，却有堂长与里长带路挨家挨户搜查，外来之人全都遭殃，在劲箭、毒弩之下，唯有束手就擒。

上泰山的路，似乎是官兵最先抢着封锁的路线，也是官兵最先遇到抗袭的地方，为了抢下那山口，官后们几乎死去近三百多人，那可真是一场惨烈的厮杀。

尸横遍野，血流成河，兵甲弃之如败革，但官兵终还是夺下了其那道山口，却是因为一个人。

一个力杀二十八名葛家庄好手的人。

与官兵交战的葛家庄兄弟，路口本是葛家庄兄弟把守，但此刻葛家庄的兄弟不得不退。

退出山口的只有九人，原先守住山口的本有七十六人，但却有六十七人战死，而七十六人之中，又有二十八人死于对方一人之手。

这是一个用剑的人，一个让人心寒的剑手，正是尔朱家族的第二号人物——尔朱天光！

尔朱天光的杀性极重，他也想到泰山之上凑凑热闹。

有尔朱天光的存在，所以在泰安镇上那些反抗之人只有一个结果，就是死！除非像尔朱荣、蔡伤那类级别的高手，但像尔朱荣和蔡伤那般的人物又有几个呢？

当然，这个世上便只有那么两个人而已，即使黄海这般人物天下也没有几个。相传，尔朱天光身为尔朱家族的第二号人物，其武功与智慧并不比尔朱荣逊色多少，有人说，尔朱天光的剑法完全可以与黄海相媲美，也有人说，尔朱天光的武功与尔朱荣不相上下。总之，江湖中传闻不一，但，尔朱天光是一名绝对优秀的战将，那是毫无疑问的！

这几十年之中，他是尔朱家族出战最勤的人，似乎尚没有什么重大的败绩，这也便使得元诩对尔朱家族极为看重，虽然太后并不喜欢尔朱家族的人，但对尔朱家族也绝对不敢小看，皆因尔朱家族中没有一个人物是可以让人轻视的。

自尔朱荣以下，凡在江湖和朝中露脸的，都是极有威信之人。

尔朱天光调兵遣将的能力绝对不低，以葛家庄的势力竟然未能查出尔朱天光调兵的动向，更让尔朱天光无声息地潜至泰安，这的确可表露出尔朱天光的可怕。

兵贵神速，兵贵在精、在奇，尔朱天光以奇兵出袭，方收到攻无不克的效果。不过，葛家庄的弟子的确不是官兵的素质所能够比拟的，虽在仓促之下，仍然可以搏杀三百官兵，若非尔朱天光出手，只怕官兵的死亡人数会更多。

尔朱天光这次领兵本就是为了神速，即使这些官兵在他们出发的前半炷香时间，犹不知道自己将会执行什么任务。当他们知道要调往泰安之时只是在出发的前一刻钟，至于执行什么任务，那是在路途中方知晓，他们没有选择的余地，唯有服从命令，绝对地服从命令！哪怕有半点抗拒都不行，这就是他们的天职。

肥城的兵士和莱芜的两路兵马各三千，由六名偏将统领，分三条路线疾赶泰安镇，而此时尔朱天光已领着一百名近卫守在镇中，两路兵马一到，就直接由尔朱天光指挥，绝对没有半点拖泥带水的举措，不服者，立斩无赦，六名偏将对尔朱天光极其驯服，不仅仅因为尔朱天光的盖世武技，更因为尔朱天光的确是个不世将才，行事作风果断利落而干脆，无论是布置还是攻守战略，都是绝对有效的。

两路官兵一到泰安，立刻便封锁了所有与外界相通的信息渠道。一路官兵封住泰山山口，另一路在镇中清理闲杂之人，以确保自己的驻地绝对不会出现一丝乱子，这样一来，尔朱天光至少没有了许多后顾之忧。

泰山的山势极险，易守难攻，但尔朱天光依然一股作气攻下了三道路口，行至距英雄庄两里之外，扎营坚守。他不相信，山上的人不下来，想要下山，就必须自英雄庄经过。更何况，尔朱天光封住了泰山之下的所有路口，山上之人若想下山，必须经历枪林箭雨，而尔朱天光早已调集了强弩以对。

尔朱天光自然明白，这是一场别开生面的战斗，就因为他们所面对的对手与以往所有的对手都不同。

今日，他所要面对的是一群极度危险的江湖人物，虽然在人数方面他可能有绝对的优势，但是在实力上，他又不得不考虑，以这样一群官兵，面对玉皇顶上的武林精英，的确是一个让人不敢寄以太大希望的较量。

泰山之巅所聚集的，可以说是当今天下的顶级人物，高手如云，更有一些绝世好手，连尔朱天光也不敢轻惹的人物。不过，尔朱天光也不能不管事，因为这令他头大的任务是太后交给他的。

太后之命不可违，他必须全力而战，明知这次是太后故意为难他，要他出洋相，更有可能是想在元诩面前损他颜面，然后借机削弱他的兵权，可人在朝中身不由己，人家是太后，一国之后，更是权倾天下，虽然他武功盖世，但仍不能不被一个女人玩弄，这是一种悲哀。

尔朱天光不知道太后是通过何种途径得知泰山之事的，不过，他知道这个女人绝对不简单，一个简单的女人也不可能权倾天下，即使皇帝也得被其玩弄，这不能不让人警惕。

朝野乱成这样，义军纷起，战火四燃，烽烟几乎已经染上整个北魏的天空，可是在朝庭之中，仍有这般妇人在不知死活地过着糜烂而奢侈的生活，完全不顾大局，这的确应该算是一种悲哀，是北魏的悲哀，也是天下百姓的悲哀。有时候，尔朱天光总觉得自己是那般无奈，以他的将才，居然不能够去战场杀敌，却来这泰山浪费力气。

在一开始，尔朱天光就已知道这次行动可能是浪费力气，因为官兵再怎么训练有素，也无法与那些绝世好手相比，何况官兵手中被朝廷认为致命的武器强弩毒箭之类，对那群人来说简直是破铜烂铁，不值一哂，即使尔朱天光能够封住所有山道，也不可能与那些几乎似是身上插了翅膀的人物相比。

据尔朱天光的了解，这次泰山之巅，至少有一个高手蔡风，这是一个他没有把握胜过的对手，而另外还有一个可与蔡风相提并论的高手，也就是蔡风的对手，蔡风除外，这个人就没有谁能制伏。更且，山上似乎又多了刀道神话的蔡伤，这样相形之下，六千兵马，仍显得太过单薄，当年蔡伤以一支孤军战敌数十倍的兵力，依然未死，蔡伤的可怕，并不是没有先鉴之证。

葛家军更是极有名的劲旅，这次上泰山的全是葛家军的内系军，也即是最为精锐的一部分，每一人足可以一当百，这可不是吹的，特别是在深山密林之中。

泰山的林密山险，如果大军潜进，就像是羊落虎口，其结果也许就是全军覆没，再无别的可能。

尔朱天光唯有盼望蔡风与他的对手战个两败俱伤。不过，他唯一感到欣慰的就是叔孙家族有高手相助，更可能有刘家的一干高手出手，这使他的心头稍安。

尔朱天光最为苦恼的就是完全不了解山上的情况，他也看到了那风云变色、圣莲升空的奇异景象，这只是使他的心更为沉重。尔朱天光也是一个不世高手，自然知道天人交感、天人合一的武学至境，他甚至可凭借自己的感觉，敏感地察觉到似乎有一股自山顶传来的杀气和一股毁灭性的力量。

这几乎是不可能的，但却又是十分真实地存在着，一切都显得那么奇异，他似乎感觉到那种来自心底的呼唤，如异度空间里飘落的魔音，几乎使他的心中有些乱了。

在天空中佛莲达到极盛之时，尔朱天光又似乎感觉到一股浩瀚博大的正气传了下来，使人感到心底一片祥和，后来便感到天地都为之震颤了一下，一切都寂灭消失。

玉皇顶的奇景全都消失，可是尔朱天光心灵的震撼依然未曾减弱半分，他几乎不敢相信天下间竟有如此可怕的功夫，他此时所在地与玉皇顶相距几有二十里，仍然能感觉到对方气机的绽射，可见那是怎样的一种功力和境界，这使得尔朱天光为之心寒。他知道，如果那样的高手下山，那么今日的泰山之围已不攻自破，更似乎是螳臂当车，就连他也绝不是对方的敌手，他甚至想都没想过自己会达到那种境界，抑或有人能够达到那种境界。

游四飞速奔下山道，但在路上却撞到了赶上山的无名一。

无名一的脸色极为难看，几乎与游四没有两样。

游四微微一呆，似乎都自对方的脸上读懂了什么，同时出声问道："发生了什么事?"

"尔朱天光带了大队官兵围死了泰山所有通道!"无名一首先道。

"什么?他妈的，他也来凑什么热闹，你立刻上去通知老爷子，公子出了事，我必须去找人。不过，尔朱天光那狗娘养的不必管他太多，给他一百个胆子也不敢攻上泰山，对付他们也不急在一时!"游四急忙道，同时向一边的无名二道："快召集一些兄弟与我一起去找三公子，无论死活，都要找出他的下落!"

无名二的脸色大变，立刻知道发生了不同寻常的事，游四向来都是一副温文尔雅的面孔，从未出现今日这般焦虑匆忙的情形，他的异常表现说明一定是出了极为重大的事情，否则以游四的修为绝对不会这般。

哈鲁日赞与一干高车武士似乎找蔡风的心情比游四更为急切，哈鲁日赞将未曾醒来的哈凤抱着，向无名二询问道："可有一个安全的去处?"

无名二讶异地望了美丽如狐仙的哈凤一眼，又望了望游四。

"他就是三公子所要救的哈凤哈姑娘!"游四忙解释道。

无名二神色立刻变得恭敬，也更为友善而自信地道："有，在泰山之上，仍没有人可以威胁到我们!"

"麻烦你照看一下我妹妹，小心闹出什么事来!"哈鲁日赞急忙吩咐道，说着又向身边的木贴赞道，"你守着公主，千万别让她出了什么事，知道吗？”

木贴赞恭敬地应了一声，心中却有些忐忑不安，他十分明白哈凤的脾性，要是闹起来，谁也拿她没办法，是以，哈鲁日赞一直都不敢将哈凤唤醒。木贴赞接过哈凤，咬了咬牙，暗道：“说不得只好得罪公主了。”

“我们下山！”游四不再说话，领头向山下奔去，无名二跟在游四身后疾行，唯无名一独上山顶。

“我们已有六十七名兄弟丧生于尔朱天光之手，却只杀敌三百余人！”无名二有些愤然地道。

游四一愣，但脚下未停，心中却把尔朱天光骂了千遍万遍。

“我们不必与之硬拼，我们完全可以利用地形与他们捉迷藏，一切等老爷子将玉皇顶的事情料理后再作决定，那时候再找尔朱天光算账也不迟！”游四思索道。

“我想也只有这样，他们连英雄庄都不敢招惹，那群不堪一击的人并不值得我们费神，可有尔朱家族和叔孙家族的许多高手夹于其中，这些人只怕比几千官兵更为可怕！”无名二有些担心地道。

游四不屑地一笑，道：“叔孙怒雷在山顶，只怕尔朱天光想依靠叔孙家族是行不通了。更何况，尔朱天佑又在我们手上，谅他们尔朱家族的人也不敢怎样，至少会投鼠忌器，这样他们的联手攻势便不攻自破了。”

无名二心想，事实倒也的确如此，只是他却不知道叔孙怒雷究竟是什么时候上山的，不过那已经不重要，重要的是事实就是如此。听游四这样一说，他的确放心了不少，这才想起刚才山顶发生的异象，不由得疑问道：“三公子到底出了什么事？”

游四神色微微一黯，脚下未停道：“三公子为救哈姑娘坠入了深谷，现在首要的任务就是去找三公子。生要见人，死要见尸，绝不能让其裹尸狼腹！”

“啊！”无名二禁不住大吃一惊……

无名一赶上山顶之时，山顶唯有悠悠的长风伴着蔡伤立在岩边。

叔孙怒雷与蔡伤并肩而立，他们的目光却落在远去的黑影之上。

那是秃鹫的背影！

玉皇顶之上的人仍很多，但已乱成一片，那遍地的狼藉似乎正说明了不久前的那一场惊心动魄的风暴。

玉皇顶上虽然微微乱了些，但却十分寂静，静得可以清晰地听到人的呼吸之声，脚步之声也清晰可闻。

“老爷子，我们要不要立刻下令所有的人马去追杀他们？”三子有些愤然地问道。

蔡伤轻轻地摇了摇头，道：“没用的，以他们的武功，你们去也全是徒劳。”

叔孙怒雷也涩然一笑，道：“想不到这魔头的武功进境如斯！”

“毕竟四十多年并非一个短暂的日子，变化也的确太大了。”蔡伤吸了口气，应和道。

想到自己也已经不再年轻，叔孙怒雷心中禁不住一阵感叹，忖道：“是呀，岁月不饶人，不管自己再如何强悍，也无法挽留时间的流逝。”

“回首恍若一场春梦，浮华一世，到老终归黄土一抔，哈哈哈……人生真是有意思。”叔孙怒雷慨叹道。

“生命始终是美好的，泰山之顶的旭日美不胜收，可是，你没有发现泰山的夕阳也不会比旭日东升的美景逊色吗？虽然已近黄昏，但一样光彩夺目，且更具一种异样的震撼，你不觉得吗？”蔡伤并没有回头，只是语意之中多了几分苍凉，似乎又想起了蔡风。

叔孙怒雷微微愣了一下，竟真的抬目仔细欣赏起夕阳来。

夕阳的确很美，可是叔孙怒雷的心思却飞越很远、很远。

“你听说过‘裂地冥王拳’和‘托天冥王掌’吗？”叔孙怒雷突然问道。

“裂地冥王拳和托天冥王掌？”蔡伤有些疑惑地反问道。

“不错！”叔孙怒雷点了点头。

“没有听说过！”蔡伤摇了摇头道。

“那是冥宗最为可怕的两种神秘绝学！”叔孙怒雷吸了口气道。

“冥宗？又是冥宗！”蔡伤的眸子之中闪出一丝恨意，自语道。

“相传冥宗创宗之时，有八位武学奇才，他们以自身的资质分别创出了八种震世奇学，也就是后来的八大冥王，创技争王的先例之后，历代冥王都有自创的绝学流传于世。裂地冥王拳和托天冥王掌乃是历代冥王之中最出色的两人所创，他们所流下的拳掌更是有着神鬼莫测的玄机。这一拳一掌的绝学并非冥宗最可怕的武学，但是如果一拳一掌合并，则成为世间无人能敌的奇学，即使冥宗奇才所创的独臂冥王拳都无法与之相抗衡！”叔孙怒雷吸了口气，又道，“在冥宗，数百年来，唯有一人能同时练成这一拳一掌的绝技……”

“不拜天？”蔡伤似也想到了什么，出言打断了叔孙怒雷的话，反问道。

“不错，唯有不拜天一人同时练成了这两种绝学，他也就成了冥宗冥王中的冥王。不拜天是个绝世武学奇才，他的弟子也个个都是超级高手，想不到便是区阳的资质也不比其师逊色！”叔孙怒雷语气有些沉重地道。

“你是说区阳也练成了裂地冥王拳和托天冥王掌？”蔡伤猛然转身，定定地望着叔孙怒雷问道。

“区阳是个极富野心，也极为心高气傲的人，他一生的目的除了将江湖甚至天下都控制在手中之外，更是要超越和战胜不拜天，他要证明自己的资质比不拜天更高，因此，他不仅仅志在练成裂地冥王拳和托天冥王掌，更艰辛习练列代冥王留下的每一种绝世武技，贪多而不化。虽然区阳的武功博杂，但却始终无法将托天冥王掌和裂地冥王拳练至最高境界，所以后来仍是不敌不拜天。这四十多年来，想来区阳老魔已经明白贪多不化的道理，刚才在山脚之下，见那拳掌的气势，与当年烦难大师与不拜天交手时的气势几乎更甚一些，想来区阳老魔已经将拳掌融为一体，武功之高恐怕你我皆非其敌了。”叔孙怒雷有些担忧地道。

蔡伤愣了愣神，突然道：“这么说来，尔朱归——即区阳老魔的两仆之一区四杀——也是习练裂地冥王拳了？”

“看他的手形，练拳那是肯定的，却并未能达到绝顶之境，当他拳头练到最高境界时，手便不会出现任何明显的异样，不过区金却一定已将托天冥王掌练到了极高境界！”叔孙怒雷肯定地道。

“你怎会知道这些冥宗的秘密？”蔡伤奇问道。

叔孙怒雷神色微显黯然，想到命苦的琼飞，心如刀割一般，但仍然淡淡地道：“告诉我这个秘密的人正是当年不拜天属下的四大杀手排行第三的琼飞，也是当年区阳和意绝所喜欢的女人。”

蔡伤一震，他自叔孙怒雷的语气之中感觉到，这是一段极为伤感的往事，也就不想再问，当年叔孙怒雷与冥宗的妖女琼飞之事几乎闹得整个江湖沸沸扬扬，蔡伤虽然比叔孙怒雷晚了一辈，但自老一辈人口中仍然得知一些，且对不拜天属下的厉害人物听闻极多，而冥宗的独臂冥王拳他更亲自领教过，深有体会。如果说区阳真的同时练成了托天冥王掌和裂地冥王拳，恐怕世间唯有“沧海无量”能够克制了。想到这里，蔡伤心头禁不住骇然，他自身的“沧海无量”绝学只能发挥出四成威力，还会被浩然正气所伤，如何能与区阳的全力一击相匹敌呢？

蔡伤在上山的路上也看见了区阳破除“沧海无量”的场景，蔡风将“沧海无量”发挥出了七成威力，但最终仍被区阳击散，唯有最后一次以全力一击，摧出三朵佛莲才使区阳重创，可仍未能将其杀死，这是如何一件可怕之事啊！

天下之间也许只有蔡风一人能够克制区阳，可是蔡风飘然而逝，犹如流星一般。他如何能够将“沧海无量”发挥至极致，似乎也就成了一个无人能解的谜！

蔡伤有些惆怅，这是在所难免的，他在祈祷，他平时很少会这样，可是今日却在为蔡风，也为整个天下苍生而祈祷。

叔孙怒雷不知道蔡伤心中想些什么，他也不愿知道，因为他自己也已将目光投入了遥远的一片虚无之中。

从古至今，世人总为情所累，不管某一个人再如何英雄盖世，最终仍然无法逃离世俗的牢笼，这就是人性之中的脆弱，也是人生的动力和悲哀。

“老爷子！”三子的话再次惊醒了沉思中的蔡伤。

蔡伤回首，三子身边的无名一恭敬地道：“尔朱天光率兵围住了泰山各路口，驻兵英雄庄外两三里处，我们的兄弟伤亡六十七人！”

蔡伤眸子之中杀机暴射，半晌才平静地道：“暂时不必去理会他们，你去英雄庄让各路人马小心提防一些，尔朱天光的人如果敢上山一步，立即杀无赦！”

叔孙怒雷脸色微微一变，他似乎没有料到尔朱天光竟然会率大军前来攻袭泰山，他怎么也想不通，尔朱天光为何如此笨？如此前来，摆明与江湖人过不去，岂不是逼着这些江湖人物反抗朝廷吗？这对朝廷而言有百害而无一利，因为他知道，仅凭那群不堪一击的官兵又如何能够挡住蔡伤等一群绝世高手呢？何况山中鸟雀成群，走兽飞禽多不胜数，即使想逼迫这群江湖高手断粮绝食，更是无稽之谈。山上有水有食物，以这群江湖人的身手，无论怎么个活法都能安然一辈子无忧。尔朱天光此举的确十分不明智，不过，叔孙怒雷却无话好说，他早就已经不再理会朝中之事，便如刘飞一般坐享清福。只是他似乎没有刘飞的命好，刘飞可谓儿孙满堂，真正乐得清闲自在，而他这些年来虽说将权位传给了叔孙猛，但却总有事情烦着他，让他欲放手也不可能。这的确让他有些伤脑筋，朝廷虽然管不了他们，可他毕竟是前朝元老，看见朝政腐败，心头绝对不好受。不过，此刻叔孙怒雷担心的并不是这些，而是刚乘秃鹫逸走的区阳与叶虚诸人。

区阳、叶虚、区四杀、区金这四人无论是谁都犹如一堆火药，一点即会伤亡一大片的危险人物，让这般极度危险的人物溜走，只怕江湖中不会有宁日了。如果这样一群人不择手段，那就更为麻烦。不过，事已至此，担心也全是多余的，只愿区阳经今日之役，伤势永远无法恢复，唯有这样，江湖中或许可以少一些血腥，但事实是否会如人所愿呢？

“前辈，请把刀还给我！”蔡伤的耳边响起了一声极为沉缓，又稍稍有些阴冷的声音，但蔡伤可听出这之中并无不敬之意。

蔡伤这才记起自己手中握着一柄奇异的刀，不由得扭头向说话之人望去。

蔡宗的目光无畏地对视着蔡伤，只是眸子之中显然多了一丝激动。

蔡伤心头微震，似乎隐隐被什么东西触动了一下，但一时又说不出个所以然来。

“是你的刀？”蔡伤的语气出奇的缓和。

“嗯！”蔡宗点了点头。

“是你借给风儿的？”蔡伤又问道。

“不是，是我无法控制它。”蔡宗并未掩饰。

蔡伤一愕，随之微微一笑，顺手送过冰魄寒光刀，道：“刀是好刀，但希望它的主人也以此刀来激励自己！”

“不会再出现第二次这样的情况！”蔡宗极为自信地道。

“很好，年轻人就应该不断地完善自己，相信你定不会辱没此刀，你叫什么名字？”蔡伤似乎自眼前这年轻人的身上找到了某点共识一般，温和地问道。

蔡宗的眸子中充满了感激，的确，能得蔡伤赞赏的年轻人是应该感到骄傲的，更何况蔡宗本身就是一个刀手，一个能让中原刀道神话称赞的刀客绝对会身价倍增，那是因为蔡伤的眼力绝对不会错。

“谢谢前辈鼓励，蔡宗定不会让前辈失望的！”蔡宗诚恳而自信地接过冰魄寒光刀，感激地道。

“蔡宗？”蔡伤忍不住重复了一遍，或许是因为这个名字与他的名字十分接近，抑或觉得这年轻人与自己同姓，备感亲切吧。

“哦，你这只耳环好别致呀！”蔡伤这一刻才注意到蔡宗左耳上悬挂的那枚翠玉耳环，绿莹莹地闪着一层湿润的光彩。

蔡宗发现蔡伤的脸色变了几变，但很快就恢复了平静，看不出一丝情感的波动。

“前辈认识这耳环？”蔡宗的眸子之中升起了一丝希望。

蔡伤淡淡地一笑，道：“天下间如这种质地的玉耳环并不很少，但也不是很多，我在很久以前见过一对，算是认识吧。”

蔡宗显得有些激动起来，急切地问道：“前辈是在什么地方见过这耳环的呢?”

“哦，这很重要吗?”蔡伤反问道。

蔡宗突然想起了尔朱复古的话，禁不住“哗”地一下扯开胸前的狼皮衣，露出那道长长的如蜈蚣一般的刀疤。

叔孙怒雷和蔡伤同时一震，叔孙怒雷曾与蔡伤同朝为臣，自然听说过蔡伤以沥血刀伤人后的奇怪印痕，也见过一些例子，不过，与眼前的似乎有些不太相同。

蔡伤的眸子之中爆发出一股冷厉的奇芒，扫过蔡宗胸前那道长长的蜈蚣印痕，又移目蔡宗的脸上，似乎想极力找出一点什么。

蔡宗的目光紧紧盯着蔡伤的面部，稍不瞬转，注视着蔡风目光之中的每一点细微末节的变化。

“你认识这道伤痕，对吗?”蔡宗心神在震颤，说话的声音竟有些发抖。

三子似乎也想起了尔朱复古所说的话，心中禁不住涌起了一丝疑惑，无名一和叔孙怒雷的孙女则有些摸不着头脑。

蔡艳龙与颜礼敬的神色同样极为难看，铁异游与戒嗔及晦明师兄弟正在救治那一群昏迷的江湖人，幸亏矮门神和胖门神医道极精，他们并没有在意这边发生的事情。

“你是哪里人?”蔡伤深深吸了口气，平息了心头的震撼，淡然问道。

“我来自西域吐蕃国！我也不知道自己是哪里人!”蔡宗有些微微伤感地道。

“那你的爹娘是谁?”蔡伤心中涌起一种极为怪异的感觉，问道。

“我也不知道，自我记事之时，脑海中对于过去的一切全都一片空无。”蔡宗有些无可奈何地道。

蔡伤也为之愕然，他竟不知道该如何说下去，唯有淡然一笑，道：“这伤疤的确很奇特，颇似我的沥血刀所创，但我自问未见过小兄弟，更不曾去过吐蕃，我想这只是一种相似而已。”

蔡宗神色微黯，深深望了蔡伤一眼，知道再问也问不出什么结果来，只好淡然一笑道：“打扰了，多谢前辈，若他日有机会还请前辈指点几招刀法。”

“好说，如果有时间的话！对了，你伤势怎样?”蔡伤说着翻掌而出。

蔡宗一惊，但还未来得及作出任何反应之时，就被蔡伤的手扣住了脉门，也在同一时间，一股浩然而博大的热流涌入体内，热流所过之处，舒泰至极。

蔡伤突地眉头微微一皱，缓缓收回手来，望着惊诧的蔡宗慈和地道："再休息几个时辰，就会好的！”

“谢谢前辈！”蔡宗知道蔡伤刚才是在为他疗伤，同时也惊骇蔡伤那浩然若海的真气，知道眼前这位刀道的神话并非浪得虚名。

“你体内似乎仍有一团如火的真气没有开发，如果你能好好利用，这对于你将来的刀道进展定会有难以想象的帮助，但切忌在瞬间将那团如火的真气引发，否则只会让你筋脉爆裂而亡。”蔡伤认真提醒道。

蔡宗神色微微一变，他知道蔡伤所说的话并非危言耸听，更非空穴来风，因为并非只有蔡伤一人对他这么说过，蔡宗自己也十分清楚，他体内的真气几乎完全是凭借毒物练成的，形成天下间最为古怪的一种真气，说出来也不一定有人相信。当然，他知道自己体内在最初时就存在着一股莫名的真气，也就是这股真气保住了他的性命，在那种充满着毒气和毒物的沼泽世界中，他时时必须与毒打交道，每次在他中毒之时，体内那股莫名的真气就自动生出反应，而他自己的意志也在与剧毒抗争着，久而久之，体内那股真气越来越强，但他所中的毒终究留有一些残余，日积月累，与那股真气随着时间的流逝而接触越久，也便使得那股真气沾染了沼泽之中的阴寒之气，他自身也几乎成了一个极为阴邪的怪物，更成了一只沼泽中另类的毒物。

人始终是人，那年，蔡宗终于走出了沼泽，回到一个他完全陌生却又非常向往的世界，可是他满身的阴毒，离开沼泽后竟然无法适应，而体内积累起来的剧毒更是乱冲直撞，若非他的恩人指点，传授武学，更让他以热毒相攻，以毒攻毒之法终于另辟一途，开创出一门另具一格的怪异真气，后来更食雪山巅峰的至阳之物火莲，而又让他热毒盛极，他时刻处身于寒热两毒的煎熬之下，最后获得冰魄寒光刀，以刀身的奇寒慢慢炼化体内的火毒，才将火莲的火毒化去一部分，而在此同时，他竟将恩人所授的奇学演化，分走两极，将阴阳两毒融合分离达到炉火纯青的境界，这一点就是他的恩人也未曾料到。

蔡伤见蔡宗在沉思着，以为蔡宗不相信他所说的话，不由得笑了笑，自怀中掏出一筒帛卷递给对方，悠然道："这是我对刀法的一些心得，其中也有几式我近年来所领悟的刀招，如果有缘的话，或许你能够领悟出其中的奥妙，这对帮助你诱发和利用那股潜在的真气十分有效，希望你小心保存！"

蔡宗大喜，"扑通"一声跪下，双手接过帛卷激动地道："多谢前辈美意，晚辈定当竭力参悟，不负前辈所望！"

蔡伤并不阻拦蔡宗的跪拜，反而坦然受之道："武学之道，达到一定境界时，已不再重于修道，而是在于悟道。悟，那是一种境界的跨入和迈进，有些人苦修一辈子也无法找到那种境界，因为他不懂得悟，你根骨极佳，相信悟道不难！"

"好，说得好，凤儿，你听到了没有？道之极，在于悟，以后有机会多向蔡老爷子请教请教。"叔孙怒雷拍掌道。

"小侄女见过蔡伯伯，今后还请蔡伯伯多多指教！"那头戴斗篷的神秘少女恭敬地向蔡伤行了一礼道。

"哦？"叔孙怒雷似乎没有想到他的乖孙女竟会来这样一手，如此称呼蔡伤。

蔡伤托起蔡宗，目光移向叔孙怒雷。

"哈，这是我失散了十八年的孙女叔孙凤。"叔孙怒雷干笑着解释道，同时也向叔孙凤叱道，"小娃无知，竟不知辈分高下。"

"爷爷这可就说错了，如果以师父的辈分而论，我可没有叫错的，以您的辈分来算自然错了一些，可是江湖英豪何必拘小节？你跟蔡风不是也可以做朋友吗？"叔孙凤反驳道。

蔡伤和叔孙怒雷全都一呆，蔡伤不禁淡淡一笑，道："贤侄女不必多礼，令祖的修为并不在我之下，若说武学，你叔孙家族的东西足够你穷究一生，何用我指点?”

叔孙凤不禁一阵失望，刚才虽然她没有亲眼目睹蔡风出手，但她却看到了蔡风招式之中的气势，更深切地感受到蔡风那无与伦比的气机，自然知道蔡风的武功已达天人之境，而蔡风的武学却得传于蔡伤，如此说来，蔡伤的武功又是何等深不可测，就可想而知了。如果能得这般绝世人物指点，那她在武功的修为之上绝不止受益一点点。当然，这之中多了一些她对蔡伤的崇慕，不仅仅是因为蔡伤的声名，更是由于蔡风刚才那震撼无伦地跃空而去，那种情操，那种精神，值得每一个人学习、崇拜、赞叹！一个人的自身素质与所处的环境绝对有影响，蔡风这种博大的情怀若说不是受了蔡伤的影响，谁也不会相信，至少叔孙凤不会相信，不过，叔孙凤没想到蔡伤会拒绝自己。

叔孙凤似乎未达目的，不肯罢休，不禁又出言道：“人总是很怪的，吃在碗里望着锅中，真正属于自己的东西总觉得不新鲜，是别人的才会知道珍惜。因此，小侄女还是觉得蔡伯伯的武功更好一些。”

叔孙怒雷禁不住摇头苦笑，三子和蔡宗也禁不住感到愕然，蔡伤也不好再加推托，仰天长长地吸了口气。

“蔡伯伯如果有些为难，就当小侄女是闹着玩好了。”叔孙凤想到蔡风生死未卜，立刻知道蔡伤心事重重，自己实不该如此，不由善解人意地道。

“如果有机会，我也不在意，只要贤侄女有雅兴，我自当尽力。”蔡伤淡然一笑道。

“老爷子，游四回来了!”三子远远望见游四自南天门飞驰而至，身后更有十余人扛着十大捆粗绳子。

游四办事的速度的确极快，这也许正是葛荣重视他的一点。

蔡伤缓缓吁了口气，无论蔡风是死是活，他都必须找到。不可否认，在三个儿子中，他最疼爱的就是小儿蔡风，三人中，也只有蔡风表现得最为让人瞩目，资质亦最高，这抑或是自己与他在一起生活的时间最长的原故吧。

蔡伤对于蔡风的行事向来都是极为放心的，蔡风每一次行动都是惊险无伦，每一次都有许多人认为他必须死，可是最后蔡风还是活得好好的，蔡伤对蔡风时时刻刻有着极强的自信，他总觉得蔡风不会这么容易就死的。事实证明，蔡伤的每一次猜想都十分正确。

这只是一种感觉，一种血脉相连的感觉，蔡伤的心境可通神，这种超常的感应也更为清晰。对于蔡风每次险死还生的经历，蔡伤不是不悲伤，当蔡风在大柳塔失踪之后，他几乎一下子苍老了十年，两鬓竟显出了白发，如今的蔡伤，似乎内心更近佛意，无风无波，这是一种境界，禅的境界。不可否认，蔡伤自从与石中天之役后，在心灵之上又进了一层，将世事、生死看得更透，这也是今日为何到此时蔡伤仍能保持镇定的原因之一。

此刻游四弄来了长绳，就可一探谷底，很快便会出现结果，蔡风是生是死还得查看之后才能作出判断。

这时，许多人的心中都显得有些不安，他们似乎害怕结果会证实一个事实……

第一百五十九章　魏宫之乱

洛阳，偏安之地，只是因为义军的气焰还不能伸入这个都城。

不过，许多人都知道，这种局势只是暂时的。

洛阳，正因为是都城，所以其气氛才会显得更为紧张，因为这里是所有决策的散发之地，不可否认，各路义军都会在城中按下探子，布有眼线，以便时时清楚朝廷的军情，更在暗观朝中反应。

战争就是这样，各出奇谋，什么手段都毫不犹豫地施展出来，只要能够取得胜利，其他的一切都不必太过在意。因此，洛阳城中的气氛也就显得有些紧张了。

最紧张的依然是宫中，最近的坏消息几乎全都是由葛荣所制造。

葛荣的可怕几乎不可抗拒，柏乡举城皆降，内丘被破，就连不可一世的包家庄也被烧成平地。巨鹿军心大震，加之天气日暖，春天将至，攻城绝对不像冬天那般困难，虽然春天容易生病，可对于北方来说，依然寒意凛然，疾病相对来说要减少很多，葛荣的大军已让巨鹿城内的守兵丧胆，兼且葛荣的军风极好，百姓十分拥戴，河北境内的所有百姓几乎都知道葛荣乐善好施，曾大量救济难民，开仓放粮，分施米粥，这对于那些穷苦的百姓来说是一种极大的诱惑。城中百姓思变也使得巨鹿城守更慌，频频向朝中告急，这也是让宫中头大的原因之一。

葛荣挥军直扑邢台，分扑任县，几乎要将巨鹿噬吞，再以孤城战术粉碎他们所有的斗志。

宫中的紧张并不仅止于此，尚有内部的不和，孝明帝元诩与胡太后之间的分歧越来越大，这是文武百官无法插手的。

元诩年龄并不大，看上去也不过十七八岁，正因为元诩的年龄不大，胡太后才能够全揽朝政，权倾天下，颇有当年文明太后的架势，当然，在世人眼中，胡太后与孝文帝之母文明太后根本不能相提并论。

元诩此刻并未休息，尽管夜已很深了。对于那些奏折他更没心思细看，只是由两个宫女为其捶背搓腰。

元诩的身体并不是很好，特别是近年来，纵情声色，虽然也曾习过武，但身子娇贵，又如何肯用心练武？这么一放纵，又在心情极为颓丧之中度过一年多，身体自然就不会很好，但一双眸子依然虎虎生威，那股王者之气表露无遗。

“传李尚书来见我！”元诩突然大发脾气地推开两名宫女，长身立起，那微显单薄的躯体挺拔如枪，仍然极具气势。

那两名宫女吓得全身发抖，立在一旁的太监也胆寒心惊，小心翼翼地道：“皇上，现在已经是深……”

“狗奴才，若再啰唆，朕先斩了你！”元诩怒叱着打断那老太监的话道。

“是，是，奴才这就去，这就去！”那老太监忙不迭地应道。在南北朝之时，并无太监这种叫法，而是称为宦官，后朝才改称为太监，但太监和宦官同指一义，读者不必仔细深究。

“你们也全给朕滚出去，朕想一个人好好地静一静！”元诩看也不看两名宫女一眼，愤声道。

那两名宫女如逢大赦，行礼之后，迅速退了出去，似乎生怕元诩改变主意。

元诩听着脚步声远去，竟长长叹了口气，负手缓步踱至窗边，只见宫中灯火点点，如坠落之明星，更不时有望士队的成员小跑而过，或是齐步走过。这些人是在保护着他的安全，可是又何偿不是在限制他的自由呢？

元诩又轻轻叹了口气，夜空极为深远，闪亮的星星一眨一眨的。夜，真的十分静谧，可在静谧的夜空中，又藏有多少杀机呢？

元诩不知道，他的确是不知道，此际他的心中很乱，如果有人愿意用乞丐的身份来与他交换帝位，他一定会毫不犹豫地答应，此刻他感到十分疲惫，这并不是体能消耗的结果，而是心智太过疲倦，这种深宫的生活几乎让他快要发疯了。

皇帝，高高在上的感觉又有什么好？元诩不知道，似乎他一出生的使命就已经极为明确，只为一个目的而活，那就是做笼子中的鸟雀，一尊只供别人仰视的佛像，这种感觉的确很累。

做了皇帝就不能如别的小孩一般哭闹，自小到大，太后教给他的就是不能哭，更不能如别的同龄人一般放肆地去做自己想做的事，宫中唯一不缺的，就是女人，以及金银和阿谀奉承、美味佳肴，可这个世界毕竟太过虚伪，更不真实。

元诩也想过江湖，因此，他极为欣赏尔朱天光，也十分羡慕尔朱荣，在他的心目中更有一个无敌的形象蔡伤，同时也想亲自去见见那个轰动天下、名震江湖的蔡风。同样是年轻人，可是蔡风却能逍遥江湖，潇洒人生，而他，注定在深宫内院之中，这对他来说，的确有些痛苦，他甚至做梦都想着蔡风带他一起去闯荡天涯，笑傲人生，哪怕做个孩子也比待在宫中好。可惜，并没有人真正理解他的心思，那些人永远都认为他是那般高不可攀，更是要风得风、要雨得雨。

“沙沙……”一阵脚步之声传入元诩的耳中。

“朕让你们别来烦我，难道你们都耳聋了吗?”元诩并未转身，怒叱道。

“皇上，是黑奴!”来人并未因元诩的发怒而退缩，反而出言道。

“是你!”元诩一震，转过身来，目光却落在行入殿内那皮肤黝黑之人的手上，脸色变得极为难看。

那是一颗带血的人头。

“是你杀了他?”元诩的目光变得极为锋锐，冷冷地盯在来者的脸上。

来人正是尔朱天光黑白双奴的黑奴，他手中所提的，竟是那个被元诩吩咐传达李崇的太监之首级，难怪元诩会神色大变。

“回禀皇上，是黑奴杀的!”黑奴并不否认。

“你为什么要杀他?”元诩出奇地并未发怒，语气却极为平静地问道。

“因为他违背了皇上的命令，不去尚书府，却向慈宁宫行去，是以黑奴才割下了他的人头!”黑奴语气极为平静地回报道。

元诩的眸子之中爆出一团奇光，顿了半晌才道：“尸体在哪里?”

“在假山洞中，不会有人发现!”黑奴补充道。

“好，干得好，这狗奴才，居然如此不识抬举，立刻去将人头和尸体处理掉，再将李尚书召来，朕有极为重要的事与他商量!”元诩赞赏地道。

“黑奴已让李公公亲自去尚书府了。”黑奴似乎早知元诩要干什么。

元诩长长松了口气，慨然道：“现在朕身边也只有你一个可以信任的人了，唉，大将军何日才能班师回朝呢?”

黑奴知道元诩指的是尔朱天光，尔朱天光前去泰山之时，并未带上黑白双奴，反而将两人留给元诩做护卫，尔朱天光早就看出宫中的局面，才会让黑白双奴听从元诩的使唤。元诩在许多方面的确对尔朱家族极为偏爱，尔朱天光自然不希望元诩出事，如果太后掌权，尔朱家族又岂有好日子过?因此，尔朱家族极力支持元诩。

元诩极为尊重尔朱家族的人，因黑白双奴的武功高强，元诩对他们也十分客气，此刻更是信任有加。

“如果皇上需要的话，黑奴可以飞鸽传书，让族王率大军来京护驾，岂不更好?”黑奴提议道。

元诩眉头微微一皱，有些犹豫地道：“如此一来，岂不是明摆着跟母后对抗吗?何况大督都又没有理由，如果这样一来肯定令满朝文武百官不服，后果实在难以料及。”

黑奴无语，他虽然跟随尔朱天光日久，但是对朝中的一些事宜并不十分清楚，总是以江湖人的口吻和方式行事。

半晌，黑奴唤进一名小太监，元诩立刻明白，指着黑奴以衣物包裹好的脑袋吩咐道：“将这块‘石头’沉入荷池，不准让任何人发现，明白吗?”

“是，奴才明白!”那小太监双手捧过那血腥味极浓的脑袋，双手都在发抖。

望着那小太监退了出去，元诩又移身坐上龙椅，黑奴站在一旁突然道：“哎，对了，皇上可以用城防空虚为名，调集族王回守洛阳，到时候，族王就可明正言顺地回师了。虽然这不是个很好的理由，可是你是皇上，圣旨一下又有谁敢反抗？就是太后也无把柄可抓，只要圣旨送出去后，即使想追也追不回了。”

元诩心中一动，脸上终于露出了一丝难得的笑容，喜道：“好，就这么办，朕不想再这样窝囊下去了！”

黑奴迅速磨墨，元诩挥毫而动，写道：“奉天承运，皇帝召曰，四方战乱，兵将难继，都城防守空虚，今特令抚巡大都督班师回京守护城防，并赐封为上将军，回京拜坛，望爱卿好自珍惜，钦此！”

黑奴看罢大为感激，“扑通”一声跪下，感激地道：“谢谢皇上对尔朱家族的错爱，奴才定当粉身以报！”

“起来，尔朱家族乃是我朝中梁柱，抚巡大都督又为国出了大力，对其嘉奖自是应该的，朕还要下一道密旨，你待会儿以飞鸽传书送去！”元诩欣慰地道。

“奴才明白！”黑奴激动地望着元诩在圣旨上盖下玺印，心中有种说不出的感觉。

“李尚书到！”殿外传来这声叫唤之时，元诩已经写好了密旨。

黑奴迅速将圣旨和密旨收藏好。

元诩立即起身相迎，在朝中，最支持他的人，就是李崇，虽然李崇并不是太欣赏尔朱家族，但却是个禀公之人，且因为李家乃是大姓，在汉人之中扎根极深，朝中那些傲慢的鲜卑贵族也不能不给他一些面子，毕竟李崇可不是好惹的，无论是军中还是朝中，其地位都极高，军中支持李崇的大将很多，在文官之中，尚书又是人人巴结的对象，因此，李崇在朝廷局势紧张之时仍能闲暇以对。

李崇未着朝服，只是便装入宫，因为他来不及穿上朝服，李公公催得太急了，而且皇上夜深召他，一定有十分重要的大事，他岂能耽误？是以便匆匆忙忙赶了过来。

李崇未着朝服看上去极为精神。

“臣参见皇上，未知皇上如此深夜召臣有何吩咐？”李崇跪拜道。

“李爱卿平身！”元诩双手微摆。

“谢皇上！”李崇立身而起，向黑奴望了一眼。

黑奴知趣地朝元诩行了一礼，道："皇上，如果再无吩咐，奴才先行告退了。"

"好，你先退下吧！"元诩挥挥手，淡然道。

泰山谷底，灯火通明，但是却并未找到蔡风的尸体，不过却有零零落落的几块血迹。

游四诸人心头都在发凉，他们自谷顶爬下来，只发现蔡风跃落之处有一株无根的断松，显然是被蔡风的冲击力给撞折了，而在断松不远处几块斑斑血迹让人触目惊心。

谷底并不大，可是却没有蔡风的影子，只有几头猛兽被众人惊得四处逃窜。

谷底经常有猛兽出没，这几乎让人更为心寒。

"蔡风的尸体是不是被野兽给吃掉了呢？就算蔡风能够落入谷底未死，难道以重伤之躯还能够敌过这群猛兽？"众人心中闷想着，当然，没有人会相信蔡风未受重伤，想想也可知道，与区阳那般狂击，连区阳都身受重伤，蔡风在两人交手之后又坠入谷底，又岂有不受重伤之理？

蔡伤并未参加寻找，他只是静静地坐在玉皇顶上，似乎并不想做任何事，只是极力让自己的心思显得更为平和一些。

山下，尔朱天光的大军依然在作着无谓的围困，虽然尔朱天光知道这一切全无作用，但是军令难违，他必须继续完成这无聊的游戏。

一些自玉皇顶下来的江湖人士全都聚集于英雄庄中，他们出不去，尽管他们对那些官兵根本就不放在眼里，可是对于尔朱天光，他们却畏若蛇蝎，如果有人会怀疑尔朱天光的可怕，那他的结果可能只有一个，那便是——死亡！是以，江湖人物都是望风而避，既然有葛家庄，有蔡伤这样的一些人物存在，他们也就不必打头阵了，这也是明哲保身的好法门。

泰安，不大的小镇，被尔朱天光所封锁，但凭借那几千兵力，似乎仍没有足够的能力封锁镇郊。

郊外偏野之处，依然有着不为外人所知之处。当然，并非不为当地武林人所知，而是不为尔朱天光所知。

毕竟，尔朱天光驻兵泰安，并不是想打长久战。

东郊，有一座山神庙，山神庙有些破败，相传，此山神庙中经常闹鬼，因此使得山神庙门庭冷落，破败不堪，再无半点香火。也许，座中的菩萨真会饿得去做鬼了，当然这是无稽之谈。

山神庙，有几点幽幽鬼火，似乎虚浮着，使整个郊野更增添了几分阴森。

夜很深，但仍然有一个人缓步而行，像一只失偶的孤狼，在暗暗的夜色之中，以一种似乎极为落寞的脚步缓行。那人的目标，就是那有几点鬼火传出的山神庙。

那行人似乎以一种极为矛盾的速度前行着，看上去缓慢如散心踱步，但是竟在瞬间便已抵达山神庙外。

这几点鬼火，是“气死风灯”，每天在黄昏之时，照例有人会送两盏灯挂在山神庙门外，人们渴望山神能循灯而驱走妖魔鬼怪，只不过，能不能达到这种效果就很难说了。

那行人的面目被一张怪异的面具罩着，即使在灯光之下也无法看清他究竟是一个什么样子。

“哐——”庙门被一阵风吹来，撞到内墙之上，那行人缓步踏入庙中。

庙中没有鬼，反而有人！

一对乡农装束的夫妇和几个商旅打扮的人物，他们显然为这个不速之客所惊动。

乡农夫妇二人似乎极其胆小，向一个角落里缩了缩，那几个商旅打扮的人似乎也不是胆大之人，如此深夜，在一座闹鬼的山神庙中遇到一个头戴鬼脸面具的人，他们不疑神疑鬼才怪了。

那不速之客的目光微显凌厉，在庙内的几人面上缓缓扫过。

“不必装模作样了，明人眼里揉不进沙子。”那不速之客冷冷地道，顿了顿，指着那对乡农夫妇，淡漠地道，“同林双鸟，秋末波和谈紫烟，横行泰岭以西十八年，共杀了三百四十三人！”说着又指向那几个脸上变了颜色的商人，道：“奸商社中的四大金刚，曾在甘陕道上劫下三十车丝绸，转卖楼兰国和精绝国，后来加入吐谷浑，成为杀人工具！不知我说得有错否？”

那乡农夫妇和四个商人对望了一眼，都不敢相信自己的耳朵。

“你究竟是什么人？”那农夫惊骇地问道。

“这个不劳费心，你只要不否认自己是秋末波就行！”不速之客傲气逼人地道。

那农妇和四名商人同时立起身来，虎视眈眈地望着不速之客，心头却有些发冷。

“你想怎样？”农妇谈紫烟疑惑地问道。

“尔朱荣在哪里？”不速之客冷杀地问道。

“尔朱荣？”同林双鸟与四大金刚的脸色同时大变。

“尔朱荣与我们有什么关系？”秋末波最先反应过来，冷冷地反问道。

“哦，你的记性很差吗？桑达巴罕不在这里吗？”那不速之客缓缓向前逼上一步。

秋末波诸人禁不住再次骇然退了几步，他们感到一股无法抗拒的霸杀之气和王者之气似一张巨大的网，紧紧裹住他们，他们不得不退，无法抗拒对方那如山的气势。

秋末波知道眼前这个不速之客有备而来，绝对不是等闲之辈，何况对方就连他们夫妇一生杀了多少人也查得清清楚楚，仅凭这一点，也就证明了他背后的实力，所以秋末波知道在此人面前已不可能隐瞒得了任何情报，而且对方打一开始就直奔主题要人，更显出这不速之客早已探知了他们这次行动的底细。

“朋友不觉得过分吗？”秋末波冷冷地道。

“哼，过分？你们踏入中原还不到两个月的时间，就喜大贪多，不仅向几大世家下手，更挑起中原几大势力的残杀，难道你们就不过分吗？哼，别欺中原没人，其实你们的行动早就在我的掌握之中，只不过漏掉了一个叶虚而已，即使你们暗中相助莫折念生这一节也无法逃出我的五指山！难道你们还不服气吗？”不速之客声音极冷地反驳道。

秋末波和谈紫烟的脸色铁青，四大金刚也全都怔住了，这位不速之客的话的确高深莫测，那就是说在他们内部定然出了奸细，否则他们进入中原如此神秘的举动又怎会被对方这样轻易地掌握呢?

“你……你究竟是谁?”秋末波惊颤地问道，他的心底直冒寒气，那天晚上，他面对着尔朱荣及那几名护卫都能够将戏演得利利落落，以尔朱情和尔朱仇这等老江湖也没有看破，尔朱天武更生同情之心，可是面对着这位高深莫测的神秘人物，他一点也施展不开手脚，或是对方身上产生的那股霸烈之气和王者气势的确无法抗拒。

秋末波和谈紫烟及四大金刚正是元宵夜在荒村中假扮农夫的几人，不过今夜另有几人去执行别的任务了，并未与他们在一起。

“我说过，你并不需要知道我是谁，更别妄想要什么花样，因为你的每一举一动都无法逃过我的双眼，尔朱荣在哪里?”不速之客冷然问道。

“哼，要想知道尔朱荣在哪里，你自己去找，既然你如此神通广大，难道连这么一个大活人也找不到吗?”谈紫烟讥讽地道。

“既然你们这般执迷不悟，我也就只好不客气了!”不速之客说话之时，骤然出手。

四大金刚和秋末波心中早有防备，他们的心神都绷得极紧，因为他们知道这高深莫测的不速之客一出手绝对是雷霆一击，不过，他们仍然低估了对方出手的速度。

不速之客的手切至谈紫烟的咽喉之时，破庙里的余音仍未消逝。

谈紫烟骇然飞退，手中所执的却是一支犹如孔雀翎似的怪异兵刃。

秋末波救妻心切，如疯牛一般向不速之客疾撞而至，手中的长剑斜削那只攻向谈紫烟的手，四大金刚更自四个不同方位重掌相击，六人配合得极为默契。

不速之客的掌锋一转，在幽暗的灯光之下，掌缘竟似乎蒙上了一层青灰色的气体。

谈紫烟竟发出一声闷哼，似乎被一丝无形的气体割伤了肌肤，在跌退之时忍不住惊呼道:“气刀!”

秋末波心头一惊，不速之客的掌锋已扫在他的剑刃之上，那似乎是一件不畏刀枪的神兵，在掌剑相接的刹那间，一股巨力自剑身传至他的手臂，只让他的手臂麻木不堪，也“噔噔噔……”后退七步，猛撞在神台之上。

不速之客的左臂横扫，一股澎湃激扬的狂潮飞旋而出。

四大金刚的八掌击实，“嘭嘭……”但他们感到便若击中败革一般，而在此同时，不速之客的右掌再挥，那青灰色的气体果然如一柄薄而模糊的刀！

四大金刚心头大骇，果然是气刀，化气为刀，不畏利刃，这神秘的不速之客，其武功之高的确是他们所无法想象的。

谈紫烟为之变了脸色，手中的孔雀翎化作一道电芒斜斜标射而出，她要阻止不速之客的这一掌，其动作的确快至毫巅，自退身让步，再反回出招，一气呵成，绝对没有半点停留。

“好！”不速之客掌式仍不变，脚却扫了出去，划出一道美丽的孤线。

“砰砰砰！”四大金刚如弹丸般弹飞出去，不速之客的掌依然是掌，并非气刀，不过，他的掌上似乎带有极强的弹力，没有半点隔阻地印在四大金刚的胸膛上，而且所选取的方位也是那么均匀，那么精妙。

“哧……”孔雀翎自不速之客的足底擦过，犹如被踩下的软蛇。

谈紫烟只感到手上的压力一重，那只脚已猛然将她手中的孔雀翎下压，她欲用力上抬，可又突然感觉一轻，体内奔涌的劲气不受控制地泄出。

“砰！”那只压住孔雀翎的脚已飞速踢在谈紫烟的下颌处，但似乎是脚下留情，并未踢碎她的颌骨，不过也让谈紫烟惨呼着飞跌而出，猛地撞到墙上。

“娘子！”秋末波惊呼着向谈紫烟扑去。

“不要动，否则她立刻就会命赴黄泉！”不速之客的脚尖轻轻点在谈紫烟的咽喉处，根本不因为谈紫烟是个女的而生出怜香惜玉之心。

秋末波果然不敢动，神情变得极为难看，这神秘的不速之客武功之高，已远远超出了他的想象，竟然如此利落就已将六人击得一塌糊涂，根本没有半点反抗之力。

四大金刚也全都不敢有丝毫异动，刚才不速之客的那几掌已击得他们心血浮涌，五内俱裂，他们知道这还是对方手下留情的结果，否则只怕自己早已一命呜呼了，四人有点不明白对方为什么不下毒手，不过，他们对于不速之客的此举自然是感到庆幸的。

“我再问你一次，尔朱荣在哪里?”不速之客冷冷地对着秋末波问道。

这个结果完全是压倒性的，秋末波根本就无从抗拒，只因为他的对手太过强大。

咬了咬牙，秋末波的目光却在四大金刚的脸上扫了扫，似乎要征求他们的意见。

“快说！尔朱荣到底在哪里?”神秘的不速之客冷声道。

“末波!”谈紫烟低唤道，同时也惨哼一声，显然是不速之客在脚尖加强了力道。

“好，我说!”秋末波急道。

“他们在……”“砰砰!”秋末波正要说话之时，庙外突然响起了两声爆响，将秋末波的话给打断了。

“啊，他们出事了!”秋末波和四大金刚同时惊呼出声。

不速之客一听，见几人表情极其古怪，不由得问道：“是不是尔朱荣关在那里?”

秋末波和四大金刚都脸色再变，那神秘的不速之客冷冷一笑，立刻明白自己所猜没错，不仅没错，而且已经有人在他之前赶到了爆响的传来之处，对方更有可能是与他有着相同的目的。

神秘的不速之客冷哼一声，旋身向庙外飞射而去，他不能让别人赶在他之前夺走尔朱荣。

谈紫烟惨哼一声，捂着咽喉猛咳起来，神秘的不速之客竟然没有杀她。

“娘子，你怎么样了?”秋末波发现谈紫烟的肩上渗出鲜血，忍不住关心地问道。

“我没事，此人武功太过可怕，我们快去与十三狼会合!”谈紫烟挺身而起，却又猛咳了几声，那神秘的不速之客虽然没有杀她，但是却让她几乎断了喉管。

四大金刚的神色也极为难看，道：“看来，我们的行踪早就被人发现了，此刻去那里只怕也是枉送性命，我们根本不是这人的对手！”

秋末波望着四大金刚每人胸口上烙下的掌印，禁不住暗暗心惊，他吸了口气，沉声道：“此人并不想杀我们，如果他欲致我们于死地，我等只怕早就已经死了好几次，我们还是去密洞那边看看，只需见机行事应不会有太大的问题……”

“好吧，快去……”谈紫烟率先掠出破庙。

太内皇宫，庭院深深，灯火通明，李崇心情极为沉重地走出御书房。

望着苍茫的夜色，禁不住仰天兴叹。国家有难匹夫有责，但此际的天下，此刻的朝廷局势根本就不容人控制，也不是谁与谁可以更改的。

天下之乱，犹可以用千军万马去强行镇压，但朝纲之乱，却是无人能够约束，奸臣当道，忠良几无立身之处。

李崇再次叹了口气，他也不知道为什么会弄成这样的局面，更无法去揣度这一切，天下之乱，始乱于朝，因朝内乱了套，才会酿就万民饥腹求存，思反思乱之心才会日盛。

“胡国舅明哲保身，全身而退，朝中已不是长留之地，看来我也该走了！”李崇自语般道，同时又回头似乎有些不忍心地望了望灯火依然明朗的御书房，忖道：“皇上此刻又在想些什么呢?”

“李尚书！”一声惊异地呼声传了过来，惊动了李崇。

李崇回过神来一看，竟是御膳房的总管太监刘公公。

“尚书大人这么晚了还未休息吗?”刘公公奇问道。

“刘公公这么晚来御书房又是为何?”李崇不答反问道，目光却落在刘公公身后一名端着一个大木盘的小太监身上。

“太后知道皇上这几日很晚才休息，唯恐皇上劳心过度，便吩咐奴才为皇上准备点提神醒脑补气汤，并希望皇上不要太过操劳。”刘公公有些忧心忡忡地道。

李崇这才仔细打量木盘之上那只青紫色的大碗，优雅的蔷薇给人一种清新而爽脆的感觉，心中忖道：“毕竟皇上仍是她的亲生儿子，虽然朝政不和，可爱子之心却是每个母亲都与生俱来的。”想到这里不由道：“皇上还没有休息，但在思虑问题，你们脚步放轻些，别惊扰了皇上。”

“是，我们知道。”刘公公对眼前的李崇仍不敢怠慢，要知道，李崇不仅仅代表着一个大家族，更是皇上身边的红人，但这些都不可怕，可怕的是他手中的兵权。刘公公虽是一个总管太监，在内宫的身份也极高，但仍无法与李崇相提并论。而李崇在朝中人缘也不错，即使皇太后也不敢对他有过分的举措，因此李崇不回答刘公公的话，他也没什么好说的。

李崇再次回头望了望御书房，然后转身大步向宫外行去，心中却暗暗作出一个决定。

旗花使夜色更添了几分妖异，当那神秘的不速之客赶到烟花之处时，却见地上已经躺下了五人，早已气绝，唯留下一片斑斑血迹，神秘人稍稍弯下身子，望着五具尸体，脸色微微变了，这些人全都是一刀致命，甚至连防守的能力也没有，而且击杀五人用的是同一招刀法，所有人脖子上的伤口，犹如一刀之间完成，那就是说，来人以一刀杀死这五人，而使五人根本没有还手之力，那来人究竟是谁呢？

中原武林中究竟还有几个如此用刀的好手？是蔡伤？抑或蔡风？那不可能！神秘的不速之客知道这绝不可能，难道是郑伯禽抑或彭连虎？但在他们的刀法中却没有这般凶狠手辣、绝情绝义的招式，那这五人又是死在谁的刀下呢？

“此人的刀法也许并不在我之下，他究竟是谁呢？”神秘的不速之客自语道，眼角却瞥见一支火把映照的斑斑血迹。

神秘人迅速移动脚步，顺着血迹所留，很快找到一个窖洞，只见洞中一片狼藉，歪七竖八躺了一地的尸体。

洞壁上仍有一道道深深的刀痕，凌厉至极的刀痕，完全可以展示出一种刀的生命。

所有的人，都是死在刀下。

“他们全都死了……”秋末波的声音远远传来，显然他也看到了那五具尸体，声音充满了愤怒。

“噔噔噔……”静夜里的脚步声分外清晰，犹如紧扣在人的心弦之上。

“你这恶魔，是你杀了他们?!”谈紫烟也冲进了窖洞，看着那弯了形的铁笼，忍不住怒吼起来。

“恶魔，我们与你拼了!”四大金刚一看窖中的惨状，不由得肝胆俱裂，悲愤之下，已完全丧失了理智，不顾一切地向那神秘人扑至。地上躺着的尸体均是一刀致命，而刚才神秘人物以气凝刀，他们是亲眼所见的，这些人不是他杀的，还有谁?是以，他们第一个想到的，就是眼前这个无可揣度的神秘人物。

“哼，不自量力!”神秘人物冷哼一声，杀机爆绽，他也不知道眼前究竟发生了什么事，那铁笼中一定关着尔朱荣，而此刻显然被人所救，这是以一种硬物自外向内撬所形成的扭曲，如果尔朱荣真的被关在里面的话，那么他就根本不可能有自外向内撬的能力。神秘人物绝对不想尔朱荣落入别人的手中，地上的血迹仍然是热的，这就说明凶手一定并未走远。

“嘭嘭……”神秘人右掌暴伸，似乎陡然伸长五尺，在四大金刚仍未能近身之时，准确无比地击在他们身上。

四大金刚做梦也没有想到神秘人竟然有着如此奇奥的手法，更没有想到其速快至犹如能够追回流逝的时间，竟全无反抗之力地狂跌而出，惨号声中，鲜血如涌喷的泉水般自他们口中洒出，地窖暗淡的灯光一阵摇曳，拉长的人影映在地上猩红的鲜血之上，形成了另一种凄惨。

谈紫烟吓得半句话也没有说出来，她想都未想到对方在举手投足间就已将四大金刚击倒，望着地上撑了撑腿，却痛苦地咽下最后一口气的四大金刚，她整个人的灵魂就像是突然麻木了，完完全全地失去了知觉。

神秘人看也不看四大金刚的尸体，他知道一旦自己出手，就绝对不可能有活着的对手，只是冷冷地朝谈紫烟扫了一眼，身形一扭，飞速向窖外掠出。

“轰!”一声闷响，神秘人正想掠出，窖口竟然在剧烈的爆响声中塌陷而下。

“不好!”神秘人低呼一声，伸手一带谈紫烟，左手衣袖一拂，手掌犹如破茧之蚕，裂衣而出，如狂潮般的气劲破空爆响，更向塌陷的土方炸开。

谈紫烟心中大惊，不仅是惊于有人居然炸塌窖口，想将他们埋在窖洞之中，更想不到在危急关头，神秘人居然不忘带上她一起脱逃。

“轰！”碎石碎土如雨般四散而飞，沉重的冲击力，并未让神秘人的动作有半丝缓滞。

谈紫烟别说挣扎，就是连睁开眼睛的力量也没有，她眼前所弥漫的尽是灰暗的粉尘，根本就无法看清什么，而且只要睁开眼睛，立刻就会被灰尘蹿入眼内。她几乎提不起半点力道，神秘人手上传来一股异样的热力，让她感觉到那爆炸般的生机在对方体内狂流，有着让人心颤的压迫感，谈紫烟并不能感受到压力，她似乎被一团柔软的气团所包裹，神秘人物的功力之高的确已非她能想象。

山风吹啸，寒意袭人，松涛阵阵，夜鸟惊鸣，狼嚎虎啸，形成了一种极为阴森凄惨的曲调。

泰山的夜，没有想象的那么美，或许是因为星星不繁、月未见云吧！天空，灰沉沉的，犹如一张灰布，让人感觉不到膨胀的生机，激荡的活力。

蔡风悠悠醒转，他实在太过疲惫，而且那一阵强烈的震荡几乎让他的肋骨断去四根，而手臂脱臼，形象极为惨淡。不过，他没有死，也算是不幸中的万幸了。

上天虽然赐予了他重重劫难，但也给了他绝处逢生的机会，这不能说是苍天喜欢玩游戏，喜欢玩弄世间诸人。也许，这就是一种轮回。

蔡风也没有料到自己居然能够活下来，甚至连想都不曾想，他只有一个月的生命，迟死早死又算得了什么呢？所以，他毫不犹豫地舍身救哈凤，他只希望以自己的残余生命换得别人一生的幸福，这样，他也无憾这短暂的一生了。他的确救了哈凤，当他飞身扑向绝崖在虚空之中坠落，看到一株株横生而出的松树与他插肩而过时，他竟然有一丝留恋，留恋人世，留恋这个给他带来欢乐和愤怒的世界与他的亲人朋友。

人，只要能活着，哪怕是一刻，也不能轻易浪费，是以，在最危险的关头，求生的欲望救了蔡风，他张开手臂斜斜掠去，体内引自天地的浩然正气此刻仍然起到了一个牵引作用，虽然他的身体继续下坠，但仍是移了一个小小的角度，重重撞在一株小松树上，沉重的冲击力，竟让这株小松树断成两截，他的五脏六腑内欲碎裂，肋骨一阵扭曲的剧痛，毕竟蔡风只是一个人，而不是神，但也因此使他的冲击力减小，拼尽全力再斜坠上另一株稍大的横松上，终稳住了身子。不过，却使他惊出了一身冷汗，刚才的危险之处，自不是言语所能表达出来的。

蔡风活了下来，不仅仅靠运气，更凭借他的实力，若非其功力已达天人之境，又岂能在一记重撞之下，仍能准确定位，落足另一株松树之上？

能够长出松树的地方，就绝不是光滑如镜、没有丝毫棱角凹面的山壁，蔡风静心调息了一个时辰，这才顺着横枝爬到山壁，找到凸点上攀，不一会儿，他放眼下望，脚下的树木如小草一般大小，想想还是向上攀比较容易一些。

上攀了十余丈，在蔡风几近精疲力竭之时，他竟意外地发现一块稍稍突出的石阶，面积不大，却可落足栖身。

爬上石阶，蔡风坐下环顾四面，身子尽量向山壁靠去，他还真怕一不小心被山风吹落深谷，那时只怕想不死都不可能了。而这时，蔡风竟发现有人自山上放下长绳，立时明白可能是三子诸人已下山来寻找他。

第一百六十章　枭雄谋略

蔡风心想："我迟也是死，早也是死，又何必再让他们担心一次呢？此刻他们只道我为战而死，而且他们已经担心过一次，若众人此刻发现我仍未死，又知我只有一个月的生命，他们岂能够安心度日？甚至会更加痛苦，而一个月后，他们眼睁睁地看着我死去，只怕会更加接受不了。我不能再害他们，不能让他们更痛苦！"想着，蔡风竟忍不住掉下泪来，往事犹如一场场戏，在脑海中上演，父亲、哑叔、马叔、黄狗、长生、三子、凌能丽、刘瑞平……一个个，是那般的清晰，那般……可是此际自己就要与他们永远分离，这的确让蔡风有些难过。

蔡风望了望远处暗淡的天空，起伏的山岭，禁不住长长一叹，他的确很幸运地活了下来，可是，他的心却已经死了，此刻他再也不想见任何人，那只会成为别人心中的一种负担，此刻别人当他死了，顶多只会伤心一时，甚至还会在心中存有一点点希望，否则一个月后他活生生死在大家面前，那后果就更加无法预料了。因此，蔡风选择了逃避。

三子和游四等人没有发现在崖壁之间的蔡风，可是蔡风却望着这些人迅速自崖顶滑落，而至谷底，这种咫尺天涯的感觉的确让人心酸。

蔡风发现眼下的藏身之地，已是黄昏时分，夕阳的光芒自一团乳白色的云端折射在山崖之上，那璀璨瑰丽的美景只让蔡风的心神飞越到另一空间，但很快，一点暗影使他的眉头稍稍一跳，那是不远处的一块石壁，根据蔡风猎人的经验，他很清楚地感觉到，那里应是一个山洞。唯有山洞才会将照在山壁上的光线吸进去，而不产生反射，虽然只是一点点细微的情节，但蔡风仍然清楚地觉察到了，他那细腻的洞察力，唯有猎人才具备。

蔡风没有猜错，也没有估算错，这里果然是一个山洞，只凭其回音的声响，就可知道，其深度难测，而且似乎有着极多的分支岔道，蔡风并未深入，他只觉得很累，无论是心头的累，还是身体的累，都使他只想平静地休息一番。

此刻夜已深，山谷之中，犹有如萤火般的篝火，也有走来走去的灯光，显然，三子等人寻找蔡风的过程仍未结束。蔡风心中有些不忍，可又无可奈何，这是谁也无法改变的命运，在凌伯的医经药典上，他学过医理，知道即使是神仙也无法拯救他的生命，并不是因为遗毒，也不是因为毒人之毒，而是那种毒人之毒与蛊毒相结合产生的新毒素，当达摩说出他的病情之时，他就清楚会有一个怎样的结局。

即使此刻陶弘景到了山脚下，也无能为力，他虽可以解开毒人之毒，也能解开蛊毒，但绝对不能解开那存于蔡风体内的新毒素，哪怕扁鹊、华佗再生也无能为力。因此，蔡风根本就不相信自己会逃过一死，当世之中，只怕连田新球也无法解开他体内的毒素了。

山洞之中极为阴冷，似乎山洞的那头总有一股十分阴森的冷风吹入，更多了一丝鬼气森然之感。

蔡风木然地爬起来，洞口不是很长，但里面却似乎极为宽敞，只是身边并无火折子，当然，对于蔡风而言，黑暗并不影响他的行动，在夜里视物，对他这种功力的人来说，是轻而易举之事。

此刻，他已经恢复了一些力气，想到今日在玉皇顶上，与那老者的雷霆数击，那惊天动地的怪异场面，只让他此刻仍是心有余悸，那老者的攻击力在他见过的所有对手中，最为可怕，包括他的父亲，也不可能是这老者的对手，蔡风更惊的却是自己竟然能够将“沧海无量”发挥至极限，这是如何一件不可思议的事情，蔡伤当初讲过，要发动“沧海无量”不仅需要功力达到一定的境界，更要以佛心出刀，方能够真正将这一刀的威力推向巅峰，而达到刀化佛莲之境。否则，未伤敌，先伤己，敌我俱损，但今日一战，蔡风不仅将“沧海无量”发挥至极限，更且自己似乎分毫未伤，反而通体舒泰，甚至连体内的毒蛊都未发作，这的确是出乎他的意料之外，难道真是自己的功力和佛心胜过父亲吗？蔡风也有些疑惑。

仔细分析其中的细节，蔡风想到了蔡宗的刀，那柄透着一股奇阴奇寒之气的刀，他能感悟佛心，能够使自己的功力极具提升，似乎与那柄奇异的刀脱不开关系，那究竟是怎样一柄刀呢？蔡风怎么也想不明白，是他完全吸纳了那柄刀中所聚敛的两位域外佛门宗师的佛家功力，并通过区阳魔功的激发，使他体内的无相神功与刀身之中的龙象般若神功完全结合，才会使刀化三朵佛莲，更以天地之间的浩然正气洗涤经脉，扩充奇经八脉。甚至连道家的正气也与中外两大佛门最高最纯的真气相糅合，而达成无间无隙的整体。此刻，蔡风体内的真气是世上独一无二的，天下再也无法找到第二个拥有他这般独特的真气，兼负佛道神功，只不过蔡风没有想到能够将其贯通而已，只怕连蔡伤和黄海也料不到。

佛道两家真气，都属于先天正气的一种，域外佛功与中土的佛功虽有修持之法的差别，但其性质仍是一样，在天地浩然正气为媒体的引介之下，三种先天正气合为一体并不值得奇怪。

蔡风的脑子中再一次回忆那老者的每一个动作细节，那完美的拳与掌相接合，所选角度是那般玄奇奥妙，在那绝无丝毫破绽的攻势之下，他竟能够击败对手，这的确让他想象不到。不过，蔡风知道，这是自己占了兵刃之利，若无兵刃之利，只怕胜算难说。此刻他相信，当世之中，大概只有“沧海无量”才是那老者的克星，而那老头一身的魔气、杀气更是他前所未见。蔡风心头暗想：“既然今日我未死，一定要尽力杀死那老魔，否则也不知老魔会在江湖上制造多少杀孽！”

谈紫烟突地感觉到一股阴寒至极的杀意直透其体，几乎使她的心脉凝结，更有锋锐无比的刀气袭体。

谈紫烟睁开眼时，便发现那神秘人再次出左手，比任何一次都快，利落而凶猛，那是因为一柄刀。

一柄迎面劈来的刀，只有一柄，天地之间，就只有这么一柄刀。

刀，劈开天，劈开地，劈开虚空和空气，劈开一切，这才劈在神秘人的左掌之上。

"当!"一声清脆至极的声音震得谈紫烟耳鼓作痛。

神秘人退了三步，这是他在掠出窖洞时第一次受挫，地上有三个半尺深的脚印。

谈紫烟的身子一震，然后便斜斜飞了出去，她看见神秘人的对面站着一个装束有点怪异的汉子，双手握着一柄长约五尺的大刀。

神秘人站定身子，几缕土尘在他的头顶飘落，弄脏了他的头发，弄脏了他的衣服，但他却一动也没有动，面具下的眸子闪过一丝极为阴冷的寒芒，口中却沉冷地吐出三个字："阿那壤!"

"葛荣果然是葛荣，就是与众不同，一眼就能道破本王的身份!"那装束怪异的汉子冷冷一笑道。

谈紫烟落地并无声息，只是微微感到有点乏力，似乎她仍未自那神秘人的怀中苏醒过来一般，当她听到眼前两人的对话时，她几乎有些不敢相信自己的耳朵，禁不住呆若木鸡，眼前的这两个神秘人物竟然是传说中的两大当世顶级人物柔然王阿那壤和葛家庄庄主葛荣。一个是域外第一人，一个是统领百万义军、中原最富有、最有实力的商人，而此刻两人竟然全都聚于泰山之下的荒郊野岭上，怎不让她心惊?

"你怎知我就是葛荣?"那神秘人手中玩弄着一柄七寸长的小刀，悠然问道，语调极为平和，并未因阿那壤的偷袭而发怒。

葛荣手中的七寸小刀，就是那硬切对方五尺长刀的兵刃，藏在他的衣袖之中，令人防不胜防，但救命还是足够，当然，用来杀人也不无不可。

"能够瞒得住我的事情似乎并不多，你还用戴着面具吗?"阿那壤自信地道。

葛荣洒然一笑，道："阿那壤果然厉害!"说着望了望自暗处走出的几人，禁不住又道，"你身为一国之主，却以这种手段来算计人，难道不怕被天下人耻笑吗?"

阿那壤见对方间接地承认自己就是葛荣，也便不再介意，笑了笑道："所谓用兵之道，并不能蛮来，能够圆通便圆通，对于我们来说，击败对手是我们唯一的目的，至于用什么手段那没有必要想得太多，何况，我的对手是天下最难缠的人之一，试问我们又岂能明刀明枪地干?"

葛荣依然在把弄着手中的小刀，平静地问道：“你也太看得起我葛荣了，尔朱荣是你抢去的，而这些人也都是你杀的吗?”

“不错，他们都是我杀的，尔朱荣也是我劫走的，我要用他去换北魏的北六镇，甚至长城以北所有的城池和土地!”阿那壤得意地道。

葛荣又岂会不知尔朱荣的价值，阿那壤的确说对了，若能控制尔朱荣，就等于控制了尔朱家族，也等于控制了北魏四分之一的江山，其实葛荣又何偿不想这样呢？只是他没有料到竟有人捷足先登了。

“那你今日这般对我，又是何种目的?”葛荣冷问道。

“哼，你在暗中支持突厥族，并与契骨、契丹各国交易，这完全是与我柔然过不去，我阿那壤绝不容许有人影响到我们国家的利益，不管是谁，都必须付出代价!”阿那壤狠声道。

“哦，那你今日也是专门针对我而来了?”葛荣反问道。

“应该说是这样，我们虽然对付不了蔡风那小子，但只要你死了，也同样不会有人敢干涉我们柔然的事了。”阿那壤冷然道。

“哦，你还有自知之明，看来也是自泰山下来的?”葛荣讥笑道。

阿那壤的脸色变了一变，他的确是自玉皇顶下来，但却没有任何人注意到他的存在，因为他是化装之后才上山的，而蔡风的“沧海无量”的确让他叹为观止，知道自己绝对不可能是“沧海无量”的对手，也可以说，“沧海无量”是所有刀法中无可超越的极限。阿那壤是用刀的高手，所以他明白自己永远都不可能胜过蔡风。这才会有刚才那一说法，但他并不否认，道：“不错，我是自山上下来，不过我想告诉你一个不是很好的消息，蔡风坠谷而死，我自然无法对付一个死人!”

葛荣似乎听到了很好的笑话，目光向阿那壤身后的一名三十多岁、脸上有一块紫斑的汉子望了一眼，眼中闪过一丝怪异之色，秋末波便提在那人的手中。

“葛荣，感到很意外吗？蔡风的死的确有些可惜，不过，要想英雄救美自然必须付出代价!”那脸有紫斑的汉子补充道，似乎是在讥讽蔡风，也似乎是在提醒葛荣。

葛荣的脸色大变，看来阿那壤所说并非虚言。

“陆飞，去将那女子也一并提过来!”阿那壤向脸有紫斑的汉子吩咐道。

“是，大王!”那汉子恭敬地应了一声，伸手点住秋末波的穴道，如一道轻烟般掠向谈紫烟。

谈紫烟一惊，手中的孔雀翎一抖，飞刺而出。

葛荣心神一分之时，阿那壤的五尺大刀已如电弧般划出，切碎虚空，以汹涌无伦的气势紧逼葛荣头顶。

葛荣冷哼一声，手中的短刀化为无形，如一道血芒般疾射划出，在暗夜的火焰中，暴出一团腥红的血雾，将自己也吞噬在其中。

阿那壤吃了一惊，那短刀以无声之势逆风而上，竟逼临他的面门，也不知道葛荣所用的究竟为何种手法，但无论所用何种手法他都必须挡。

其实阿那壤根本就未曾刻意挥刀去挡，那完全没有必要，那是因为他的刀劲所笼罩的范围之中，似乎有一股极强的牵引力，将对方小刀的冲力完全缓解。

“当!”血雾微散，阿那壤的身子巨震，竟忍不住退了一步，葛荣左手一拂，那柄小刀犹如活物一般又飞了回来，纳入他的衣袖之中。

葛荣手中的小刀正是得自杜洛周的饮血宝刀，阿那壤身子未停，饮血宝刀在葛荣的腰际划过一抹凄艳，闪射而出。

谈紫烟一声惊呼，她根本不是陆飞的对手，出手才不过五招就被其所制。

阿那壤似乎有些吃惊，葛荣的功力的确胜他一筹，刚才这一刀就已表明得极为清楚，他退了一步，而葛荣根本就未曾受到任何影响，这不能不让他暗暗吃了一惊。

葛荣自窖洞中冲出之时，阿那壤只是捡了个便宜，这才一刀将葛荣击退三大步，而且那是因为葛荣怀中尚抱着一个谈紫烟，更以小刀对大刀，事起突然之下，才会吃亏，并不是表示葛荣的功力不如阿那壤。

阿那壤虽是漠外第一高手，但葛荣又岂是中原末流？对于江湖中人来说，葛荣的武功与其智慧一样深不可测，尤其他所学的是佛门至高无上的无相神功，其功力之纯是阿那壤所难以相比的。

阿那壤来不及查看自己的斩马刀是否完好无损，但他却知道葛荣手中的小刀是一柄宝刀，绝对不容轻视的宝刀，虽然他手中所执之物也非凡品，可仍忍不住有些担心是否能够抗衡那柄邪异的小刀。

饮血刀，本身就充盈着邪气，那噬血的暴戾之气表露无疑，再加上葛荣劲气的摧逼，虚空之中似乎飘浮着血腥之气。

“当当当……”葛荣一口气斩出七十九刀，每一刀都力若千钧，几乎不给阿那壤半点喘息的机会。

在第八十刀交击之后，阿那壤终于飞身后掠三丈，落入陆飞诸人的身前，脸色有些难看。

葛荣没有追击，只是自面具内射出的目光有点异样，甚至可以说有点古怪。

阿那壤也发现了葛荣那古怪的眼神，心中禁不住升起一丝阴影，葛荣那种目光，就像是在看一只掉进陷阱中的野兽，也便在这时，他感到腰际一阵冰凉，一股极为锋锐的力量袭入他的体内。

阿那壤禁不住狂号一声，手中的大马刀疯狂后扫而出，鲜血自他的腰际喷射而出。

“陆飞，你这逆贼!”阿那壤身后的几名护卫也似乎为眼前的一切给惊呆了，他们做梦也没有想到会成为眼前这种局面。

刺入阿那壤体内的是一柄锋利的短刃，只留下一截刃柄在体外。

短刃是陆飞的，一个让人出乎意料之外的杀局。

阿那壤的刀斩空，但陆飞仍受了伤，是被他身边两人所伤，这两人正是阿那壤的贴身护卫，无论在任何时候，其反应速度绝对是第一流的，无论是谁，只要敢攻击阿那壤，他们都会施以最无情的攻击。

陆飞暴跌而出，却是落在葛荣的身边，为葛荣所接。

阿那壤的眸子之中闪过无情的恨火，几乎要将受伤的陆飞烧成灰烬。

“为什么要这样？本王待你不薄，你身为本国的驸马，如此岂不是让本王寒心吗?”阿那壤的语调极为痛心，他怎么也想不到驸马竟会持刃杀他。

“老六干得很好！果然没有辜负我对你的期望!”葛荣自怀中掏出一张

洁白的丝绢为陆飞拭净嘴角的血迹，赞赏地道。

“陆飞，你这逆贼，原来竟是葛荣身边的人！枉大王对你如此恩宠，我胡赞今日不杀你这狼心狗肺的家伙，就誓不为人!”一个头顶只有三咎头发的汉子吼道。

陆飞似乎稍有些歉意地望了阿那壤一眼，苦涩地笑了笑道：“对不起，虽然你对我恩重如山，但是我的全部，包括我的生命都是庄主所赐，为了葛家庄的事业，其他的一切都不可能成为我的绊脚之石，包括爱情、友情、亲情。我的使命只有一个，那就是随时准备为葛家庄而牺牲!”

阿那壤和胡赞诸人全都怔住了，心头禁不住蒙上了一层阴影。

“你是葛家庄的奸细?”阿那壤冷冷地问道，他毕竟是漠外最有权威的人，很快就恢复了应有的冷静。

“哈哈哈……”葛荣有些得意地笑了起来，自信而悠然地道，“你明白为什么我会知道尔朱荣之事吗？又为什么会到这里来吗？这全都是我的好义子透露的，因为你所能知道的每一件事都逃不过他的耳目，而他知道的事，我就一定知道，阿那壤，你认命吧!”

“他是你的义子?”阿那壤和他的所有护卫全都大惊，他们怎么也想象不到陆飞竟然是葛荣的义子。

“不错，庄主就是我的义父，我也不叫陆飞，而是葛六，在葛家十杰之中排行第六。今日的一切全都是我与义父一手策划，这不能怪我，只能怪你挡了我们葛家庄在域外的财路!”陆飞稍稍站直身子，声音恢复了往常的阴冷。

阿那壤半天说不出话来，呆如木头人一样，他怎么也想不到这个在漠外混迹了十余年的人，竟然是葛家十杰之一的葛六，且还是葛荣的义子，而陆飞效力于柔然也有近十年之久，十年之中为柔然也立下了不可估量的汗马功劳。暗杀、阻击、领兵，无论是哪个方面他都是难得的人才，其武功之高在柔然国已找不出几个对手，阿那壤为了牢牢抓住这样一个人才，不惜将自己的大女儿下嫁陆飞，可是谁又曾想到，陆飞竟然是葛荣一手培养出来、故意放至漠外对付他的一颗棋子?

“柔然是漠外最大的一国，当然也是我们葛家庄看得起的地方，义父让我在柔然为你们打拼了十年，为你们柔然立下了不少汗马功劳，今日你死了，也怨不得我！”葛六冷冷地道。

葛荣望着阿那壤那似乎不敢正视现实的样子，禁不住得意地大笑起来，为自己的安排而笑，为这一幕好戏而笑，更为自己有这么忠实的属下而笑。

他笑得那般开心，笑得那般自在，只不过，阿那壤发现葛荣的笑容在刹那之间变得僵硬，就像是凝成了一块冰。

葛荣出手一刀，但却没有狂号惨叫，他的刀所斩对象是葛六！

葛荣的刀竟然斩向葛六，那并不是无因，因为葛六就像背叛阿那壤一样，背叛了他，葛六竟然将一柄短剑刺入了葛荣的小腹，虽然葛荣有神功护体，更以最快的速度凝气于小腹，但仍然被这一剑刺入了五寸之深。

葛六的劲力大得骇人，竟连葛荣体内的护体真气都无法相抗，这的确是一种悲哀，一种无可奈何的悲哀，葛荣的确没有想到，幸亏他体内的无相神功自然生出一股反抗之力，否则这一剑定会将他捅个对穿。

“叮……当……”葛六袖中闪电划出一柄长剑，竟然被葛荣一刀击断，而饮血宝刀毫无阻隔地在葛六胸膛之上划开一道长达半尺的伤口。

葛六飞跌而出，葛荣如风影一般掠至，他似乎是一个毫不畏痛的铁人，手中的刀以一道奇妙的轨迹削向葛六的咽喉，葛六竟然敢对他施以毒手暗杀，这几乎使葛荣愤怒如狂，绝对没有人可以背叛他，背叛他的结果只有死亡一途！何况葛六是他一直都信任的人？

葛六的眼中闪过一丝绝望，葛荣的动作之快，功力之高，的确超出他的想象很多，此刻的他几乎没有半点还手之力，即使有还手之力，在葛荣雷霆一刀之下，也只有死路一条。

胡赞诸人也看呆了，他们似乎没有想到竟会再次发生这种变故，葛六居然会杀葛荣，他们是义子义父的关系，怎么会出现这种局面呢？唯阿那壤依然冷静如恒。

当然，无论如何，对于阿那壤诸人而言，葛荣受伤是一件好事，至少可以减少极大一部分威胁感，若有人能将之击杀，那更是好事一件，葛荣一死，突厥、契骨、契丹诸小国就会失去支持，自然会再次渐渐沦为柔然所控。

柔然在北六镇与破六韩拔陵那一战之中，元气伤了不少，再加上杜洛周领兵直逼柔然心脏，与高车并击，在突厥内助之下，损失极其惨重。后来，北魏不仅未将北六镇让给柔然，尔朱荣反率兵而出，将柔然那一批已经疲惫不堪、伤亡惨重的大军逐出六镇，十万大军几乎只有三四万人回到柔然，虽然掠回了一些财宝奴隶，但却无法与损失相补，这使得阿那壤对尔朱荣恨之入骨，而当他得知这一策略出于一个叫蔡风的少年脑子之时，他对蔡风也恨上了。只是他一直无缘踏进中土而已，此刻他的密探查出域外吐谷浑和吐蕃有意入主中土，他就想到趁机获利，这才踏足中土，他对桑达巴罕所做的事了若指掌，却没想到竟遇到了葛荣。

“当!”葛荣的刀被挡住。

挡住葛荣小刀的，是阿那壤的斩马刀，阿那壤的表情依然是那么平静，如止水一般，给人一种清寒而冷杀之意。

葛荣退了两步，阿那壤顺手一带葛六退了二丈，与葛荣相对而立，却没有半点受伤之态。

葛荣的眸子之中闪过疯狂的杀机，刀尖在轻轻地颤抖，并发出“嗡嗡”震响。

胡赞等护卫更是糊涂，他们怎么也不明白阿那壤为什么去救一个叛徒，一个奸细。

“飞儿，你没事吧?”阿那壤语气极为关切地问道。

“谢大王关心，幸不辱命，我还死不了!”葛六有些痛苦地低语道。

阿那壤顺手封住陆飞伤口周围的穴道，以止住血水外流，这才对葛荣展开一个胜利者的笑意。

葛荣的心在发凉，阿那壤的厉害完全超出了他的估计，眼前的这一切竟是阿那壤与他的好义子上演的一出好戏，这的确出乎他的意料之外。

葛荣笑了，笑声有些涩然，没有人可以看到他的表情，但可以想象得出。

葛荣的确没有什么话好说，他失算了，此刻他方明白为什么阿那壤一开始就能呼出他的名字？而他敢肯定，他从来都未曾与阿那壤正式会面，虽然他曾暗中见过阿那壤，可是此刻自己戴着面具对方又如何能一眼认出呢？又为何似是专门为了对付他，以致炸塌窖洞的出口呢？显然是葛六将一切对阿那壤早已经说清楚了。

“葛荣，你是不是感到有些惊讶和意外?”阿那壤笑问道。

“的确有些!”葛荣并不否认，只是伸指速点伤口周围的穴道，强运功力于伤口附近，猛地拔出短剑，并以药末撒在伤口处，动作极为熟练和利落。

没有人可以看到葛荣的表情，但所有人都知道此刻葛荣的脸色一定极为难看。

鲜血射出近三尺，但葛荣连哼都未哼出半声，连阿那壤也忍不住暗赞葛荣的忍性之强。

“其实很早我就知道他的身份，人始终是人，总会有感情的，他也不例外。但不可否认，他是个了不起的人才，正因为他是了不起的人才，我才会孤掷一注，将女儿嫁给他，我要用真情改变一个人，当我再次找他谈话的时候，并明确地说出他的身份，我却不杀他，只是让他选择自己的所归，他没有令我失望，虽然你是他的义父，但他在你的眼里只不过是一颗可以利用的棋子，你们根本就没有感情，我相信，如果他对于你没有了一点利用价值，大概你连理都不会理他，对吗?”阿那壤自豪地道。

葛荣竟出奇的平静，伤口处的鲜血已止住外流，他虽然伤得不轻，但仍无法要他的命，此刻他最需要的是时间，能多一点时间调息，也就多一分把握对抗阿那壤的攻击。

“不错，如果他一点利用价值也没有的话，我顶多只会给他一碗粥喝!”葛荣并不否认，他觉得这的确没有什么必要去否认，那是毫无意义的。

“这就是你失败的原因，自从你与突厥暗通声息，想助他们强大，这就是对柔然的威胁，任何威胁到柔然的人，都必须死！你也不例外，这就应验了你们中原的一句话——将计就计!”阿那壤说着轻松地拔出插于腰际的短刃，那竟是一柄设计成两层的短刃，完全是江湖中那些骗人的术士所用之物，刀尖之上仍沾着血迹。

“这里是一个储满血的小猪肚子，你没想到吧?”阿那壤得意地道。

葛六挺了挺身子，挣开阿那壤的手，向一旁的谈紫烟摇摇晃晃地走去。

阿那壤一愕，似乎也不知道葛六想干什么，不由得向他望了一眼。

葛六转到秋末波的身后，这才转头向葛荣和阿那壤笑了笑，那张似乎仍有些扭曲的脸上，绽出一丝古怪的表情。

“飞儿，你在做什么?”阿那壤有些不解地问道。

“公子，你没事吧?”秋末波和谈紫烟竟突然之间恢复了行动和知觉，一把扶住葛六，关切地问道。

阿那壤和胡赞诸人同时变了脸色，他们竟被眼前之事弄糊涂了，秋末波与葛六又是什么关系呢？怎会突然叫葛六为公子?

葛荣也有些茫然。

隐约之中，蔡风竟听到了虎啸狼嚎自山洞的深处传来。

洞内竟会是虎狼的杂居之地，的确有些出乎蔡风的意料之外，对于一个猎人来说，虎狼之声并不陌生，甚至更有一种亲切感。蔡风是一个猎人，当他决定在杀死那老魔头之后，就会与野狗为伴，寄居山间林中，抑或在溪水边筑造一所茅屋，静静地死去，在死之前他只想再去享受一下回归大自然怀抱的恬静和自在，所以，他对虎狼的感觉还算是极为亲切的。

想着想着，蔡风竟忍不住移步向虎狼嚎叫的方向行去，对于黑暗，他已经极为适应，此刻的他，衣衫都被电火所烧，几可算是清洁溜溜，光着屁股办事，感觉仍有那么一点不自然，幸亏黑暗使他的羞耻心减小不少，也不觉得怎样。

凭着感觉，蔡风知道自己与虎狼渐近，不过，他根本就不怕，也没有什么好怕的，对于野兽他天生就不会畏怯，这是猎人的天分，杀虎屠狼更若家常便饭。

当蔡风发现一点火光之时，已在黑暗的山洞之中走了近一盏茶时间。

黑暗幽深的山洞中竟然会有灯光，“难道是三子他们找到这里来了?”蔡风心中打了一个突，他实在不想让人知道他还活着，不过，他感觉到虎啸狼嚎便是自那有火光之处传来，细思之下，不由忖道：“三子诸人怎会与虎狼同室呢？难道他们被虎狼所困?”

蔡风想到这里不由得加快了脚步，他倒是要看看那里究竟藏着什么样的秘密，不过，快到灯火通明的一段洞室之时，蔡风的脚步却变缓了，因为他听到了铁链的“铮铮”之声，是那么清晰，那就说有什么东西被锁住了。

蔡风缓步行至，小心翼翼地伸头探望，眼下的情景却让他愣住了，他做梦也没有想到这洞中的场面，如非亲眼所见，实令人不会想象这个世上竟会有如此的巧合。

秋末波自怀中掏出一个小瓷瓶，倒出一些药末撒在葛六那极长的伤口上，动作是那般小心，那般谨慎，似乎怕弄痛了葛六。

葛六的眉头微微一皱，这才向阿那壤露出一个好看的笑容，有些阴森地道：“大王，你似乎有些太自以为是了!”

阿那壤的脸色再变，冷冷地盯着葛六，寒声问道：“飞儿，这到底是怎么回事?”

葛六得意地打了个“哈哈”，轻笑道：“你们全都是一群蠢材，本公子不叫陆飞，更不叫葛六，我的生命不属于任何人，只属于我自己，量你们也猜不到我是谁!”

“你究竟是什么人?”阿那壤和胡赞同声问道，葛荣的神情也有些古怪。

“你们别吃惊，也别大惊小怪，本公子身为尔朱家族的大公子，怎会替你这群蠢材卖命?!”葛六似乎语不惊人死不休。

阿那壤和葛荣全都禁不住一震，表情之怪，只怕任谁也不敢相信这就是中外两大顶级人物所应该有的。

半晌，葛荣也以不敢相信的语调问道：“你真是尔朱兆?那……”说到这里，他竟然不知该如何去问，这些事情的确太离奇了，他也不敢相信自己一手培养了十余年的葛六竟然是尔朱家族的大公子尔朱兆，那在尔朱家族之中的尔朱兆又是谁呢?

尔朱兆露出一个优雅的笑容，道：“我感激你将我养了十一年，更教我武功、兵法，不过，我只能向你表示歉意，因为我的身份不允许我与你同居一流！”

“二十三年前那对被马贼杀死的夫妇并不是你的父母？”葛荣声音有些发冷地问道。

“不是！那一幕正是我父王所安排，一切计划只是为了达到一个目的，为对付你的大行群盗，这是他将我送到你身边的原因之一，还有一个十分重要的原因，那就是父王早就知道你是烦难的两大弟子之一，蔡伤的师弟，只想让我习得佛门最高心法和世间最为霸道的刀法。谁知，这个隐藏身份一晃就是二十多年，的确不是一个很短时间呀！”葛六竟有些感慨地道，他并没有否认当年的那一切。

阿那壤似乎更为惊讶，心中的感受却是莫可言状，他也不知道自己是该哭还是该笑，机关算尽，到最后他和葛荣这两个自诩天下聪明之流的人物全被一个后生晚辈给耍了，更被那没有影踪的尔朱家族所耍，其中的感受的确无法说清。

“你既然是尔朱家族的大公子尔朱兆，那我们手中的尔朱兆又是谁？”胡赞奇问道。

“那只不过是个替身，不过，他也的确是我们尔朱家族的人，而且不是别人，正是我的胞弟尔朱明！”尔朱兆悠然道。

葛荣和阿那壤都愣了半晌，同声道：“既然你是尔朱兆，我也饶不得你！”

尔朱兆笑了笑，虽然神情有些委顿，但依然充满了自信地向阿那壤道：“大王最好不要再用真力，虽然刚才那一刀只是划破了一点表皮，但你不该拔出那柄短刃，因为我在刃尖抹了一层很特别的药物，没有拔出还没关系，一旦拔出，那刃口的一层薄膜在猪肚子皮上一擦立刻就会破裂，毒水也便渗入了你的血液之中，如果你强行动手，很快就会毒行全身，变成一个废人！”

“啊！”阿那壤身后的胡赞大惊。

阿那壤也忍不住抬起刀尖，竟发现有一点银色闪光之物，脚下的猪肚子已变了颜色，可见尔朱兆说出之话并没有错。

“哈哈哈……”葛荣大笑起来，他的确有一种想笑的冲动，事情的演变似乎越来越有趣。

阿那壤的整张脸容都气绿了，尔朱兆的心思竟如此细密，安排也精巧如斯，的确太出乎他的意料之外。

“尔朱兆，你做得很好，不过，要杀你根本不用阿那壤动手，只要我出手就足够了！”葛荣冷杀地道。

尔朱兆笑了笑道：“你不妨试试看？”

葛荣冷冷一笑，左手轻轻一扬，一点白光以快得不可思议之速射向尔朱兆的咽喉，是一柄小刀！

秋末波和谈紫烟大惊，他们的确没有出手相阻的能力，也根本阻不了，这一刀不仅快，而且准，更是力道大得惊人！

尔朱兆根本没有半丝慌乱，他没有出手相挡，也没有躲，也许，他根本就没有躲闪的能力。

阿那壤知道尔朱兆死定了，葛荣的这一刀的确是绝命之杀，以他对刀道的深究，也知道自己的刀道与葛荣还有些差距，刚才他听到尔朱兆说葛荣是蔡伤的师弟，这一刻才有些明白。

蔡伤是中原刀道的神话，在漠外也同样是，二十多年前，阿那壤败在了蔡伤的刀下，在此之前，阿那壤自认自己是漠外第一人，那蔡伤自然也可算是漠外刀道神话。

当年阿那壤并不知败他之人就是中原刀道第一人蔡伤，只是后来才慢慢弄清楚，而这两年崛起江湖的蔡风更是蔡伤之子，这是他在查明蔡风身份之时的意外发现。而今日白天他在泰山之顶亲见蔡风以那惊天动地的刀法战败区阳，他已经完全打消了与蔡伤比刀的念头。蔡风的刀已是如此，那蔡伤的刀法岂不是更为可怕？因此，阿那壤不想再去赴华山之约，不过，他却想顺手干掉葛荣，掳走尔朱荣，这对于他来说可是一件极有意义的事情，却没想到事情错踪复杂到这种地步。

“叮……”一块石子斜飞而出，竟然与小刀同时坠地。

所有人的目光全都向石子投至的地方望去，禁不住全惊呼出声：“尔朱荣！”

第一百六十一章　智者失策

火光是因为几盏长明灯，斜斜插在石壁之上，使得石洞的光线变得十分明亮。

这是一个极为宽敞的地带，就像是一个石室，虽然两头都有通道，但并不影响这石室之中的情形。

蔡风的确无法相信自己的眼睛，他看到的竟然是金蛊神魔田新球。

此刻的田新球，将自己反锁于一个铁笼之中，更将下身埋入一种焦黑的泥土之中，这种泥土显而易见是自外面运进来的，铁笼子之中似乎燃着一种奇异的药草，那缭绕的乳白色烟雾在田新球的体表隐显，并不外逸。而几只似乎饥饿至极的老虎和豺狼不停地以爪牙抓咬着铁笼四周的铁栅栏，大有要将田新球撕成碎片之势。

田新球的目光有些呆痴和散漫，在乳白色的雾气之中若隐若现，极尽诡异之感。

蔡风心中不禁感到有些发寒，这种场面在他的脑子之中依然留着无法磨灭的痕迹。

“田新球在炼制毒人!”蔡风心头升起这样一个概念，而这个毒人竟是田新球自己。

“为什么？为什么会这样？田新球竟会将自己炼制成毒人？以他的武功，以他的头脑，以他的毒功，为什么要让自己去尝试如此冒着生命之险的事？难道田新球受了什么天大的刺激吗?”蔡风的脑海中缠绕着一些无法获得答案的问题，他当然不知道田新球在黄海的手下死过一次，更不知道黄海已经废去了田新球的全身功力。

田新球没有死，不仅没有死，还在一个无人知晓的山洞之中自己炼制毒人，这可真是太出乎人意料之外了，只怕连黄海和彭连虎知道了，也定会不敢相信自己的耳朵和眼睛。

那次官兵找到城隍庙，并未发现田新球诸人的尸体，那是因为田新球根本就没有死，以他的毒功，要制造假死之象自是一件再简单不过的事情，却没有想到连黄海也失算了，这是任何人也没有想到的事情。

蔡风自然不知道这些，但是就是将田新球烧成了灰他也认识，因为此人曾经是他的主人，也是害得他变成一个杀人工具的祸首，更是杀害长生、柳青与十余名阳邑猎户兄弟的凶手，也是这个人改变了他生活的原则，改变了他的一切，对于这样一个人，他的心中竟涌出了无尽无期的感触。

恨、憎，更有一种莫名的情感纠缠在蔡风心中，他不禁产生了一种惆怅，一种怜悯之意也油然而生，更多的却是莫名的杀机。

连蔡风也读不懂自己此刻的心情，这时，他可以直接上前，很轻易地杀死田新球，可是他竟然下不了手，他心中想的太多太多，这两年来的辛酸和苦涩又岂是一言所能道尽的？如今他却只有一个月好活，而这一切的一切，全拜眼前之人所赐，想到黯然伤神之处，蔡风有些痴了。

命运似乎总有太多戏剧性的变化，对于他来说，更像是在演着一场戏，但却是伤感的戏。

在神池堡中，八个月的痛苦，此刻又在田新球自己身上重演，这就是一种报应吗？而此刻田新球似乎已到了最后一个阶段，他的精神完全松弛，正在被野兽的思维入侵，而眼前的这些野兽也将成为他的主人，一个被野兽控制的人，这真是一种悲哀。

蔡风的心头一动，也学着狼狗的声音叫了一声，天下之间，也只有蔡风懂得野狗的语言，他不仅听得懂野狗的叫声，更可以学着野狗的声音，他刚才叫出一句大意是：“我是你的主人天网，你的敌人是石中天和尔朱荣！”

蔡风想到了以牙还牙之计，对于毒人的可怕，他知之甚深，以田新球的武功，再成毒人的话，其功力绝对可列入绝顶高手之列，如果能借毒人之力去对付石中天和尔朱荣这两个大魔头，那可就有趣了，到时至少会对石中天和尔朱荣添上无尽麻烦。

想到石中天，蔡风禁不住咬牙切齿地恨，若不是这个人，他的家庭又岂会变成现在这个样子？若非这个人，天下的黎明百姓也不会陷身于水深火热之中，若非这个人，他就可与娘亲同享天伦之乐，可以与兄弟姐妹们尽情欢聚。石中天是个罪人，是蔡家的罪人，也是北魏的罪人，更是天下的罪人。而如今的石中天又在哪里呢？蔡风的心中禁不住蒙上了一层阴影，以石中天的可怕，若是潜伏于暗处，那可真是不好对付。

那些虎狼似乎感到有异类入侵，全都回身向蔡风这边扑到。

蔡风心中并不惊，因为这些野兽都被铁链锁着，即使未被锁住，它们那点攻击力也根本不在他的话下，不过，此刻他不得不显身了。

一头斑斓的老虎迎面扑至，带着一股腥风，似乎感觉到眼前的确是一块可口的点心，竟显得无比狂野。

蔡风淡淡地挥了挥手，在灯影的摇曳之下，那头巨虎竟然倒跌而出。

如今他的功力今非昔比，举手投足间，所迸发的劲气已不是这些饿虎饥狼所能够承受的。

蔡风此刻并未穿衣服，竟然想在这群虎狼身上打主意，所以，他下手毫不客气，掌切、足踢，几只饿狼被踢得脑浆迸裂，巨虎也被撞得昏头转向，无以为继，它们似乎遇到了克星，再也不敢向蔡风攻击，只是低低地怒吼着。

蔡风身上散发出来的那种浓烈的浩然正气也足以震慑群兽。

“田新球，你叫田新球！听到了吗？听到我说的话吗？”蔡风的声音显得极轻极缓，就像是在梦中呓语一般。

“你叫田新球，听到了吗？听到我说的话吗？”田新球呆板地学着蔡风的原话，呆板地重复着。

蔡风一呆，立刻又以刚才的语调缓声道：“我叫田新球，我的最大敌人是石中天和尔朱荣，还有魔门的所有人都是我的敌人，邪宗的人也要杀！凡是敌人，都要杀，一定要杀！”

“我叫田新球，我的最大敌人是石中天和尔朱荣，还有魔门的所有人都是我的敌人，邪宗的人也要杀！凡是敌人，都要杀，一定要杀！”田新球呆板地念着。

“我要将这话多念几遍，要牢牢记住我的敌人，一定要杀死他们。”蔡风又沉缓地念道，他的声音虽然低缓，但却压住了饿虎的低吼，清晰地传入田新球耳中，深深控制了田新球的思想。

“我要将这话多念几遍，要牢牢记住我的敌人，一定要杀死他们。”田新球重复地道。

“田新球是谁?”蔡风突然声音一改，有些冷厉地问道。

“田新球是我！”田新球的眸子中依然混沌一片，木然呆板地答道。

“你的敌人又是谁?”蔡风又冷厉地问道。

“我最大的敌是石中天和尔朱荣，以及魔门的所有人都是我的敌人。”田新球木然应道。

“对付敌人该怎么办?”蔡风问道。

“杀！邪宗的人也要杀，凡是敌人都要杀，一定杀！”田新球答道。

蔡风露出一个欣慰的笑容，他知道这些话只要烙入了田新球的记忆，将会像真理一样，由他去执行，绝对不会违命，这将是江湖的一大幸事，也是石中天和尔朱荣晦气将临，蔡风极为心喜。

蔡风又改为极为轻柔的语调低声念道：“我叫田新球，蔡风是我的主人，我要忠心不贰地服从他的吩咐和决定，完成他的命令！”

“我叫田新球，蔡风是我的主人，我要忠心不二地服从他的吩咐和决定，完成他的命令。”田新球跟着道。

“我叫田新球，没有过去，也没有未来，只有主人，主人叫我活，我便活，主人让我死我就死！我的生命全都属于主人。”蔡风又温声细语道。

“我叫田新球，没有过去，也没有未来，只有主人，主人叫我活，我便活，主人让我死我就死！我的生命全都属于主人。”田新球重复着。

“你的主人是谁?”蔡风问道。

“蔡风是我的主人!”

“主人的话听不听?”

“主人叫我活，我就活，主人让我死，我便死，服从主人的吩咐和决定，完成主人的命令，我的生命全都属于主人。”田新球木然道。

“我叫蔡风！你看清楚我是什么样子!”蔡风又冷声道。

“你叫蔡风，你是我的主人!”田新球眼中闪过一丝茫然地道。

“对，我就是你的主人，你要听从我所有的吩咐，完成我的命令！知道吗?”蔡风冷冷地问道。

“对，你就是我的主人，我要听从你所有的吩咐，完成你的命令。”田新球道。

蔡风满意地一笑，他似乎想象不到竟会有这般奇遇，这可真是十年风水轮流转，报应不爽，田新球这叫自作自受，今日居然也落在他的手中，反而被他所控制，这是蔡风做梦也没有想到的事情。

望着田新球头顶乳白色的气体越凝越多，蔡风知道对方很快就要完功了，这也是最后一关。任何一个毒人炼成之前必须苦熬十天十夜，不眠不休，以药物维持生机并完全解散自己的意识，使自己的神经、脉络以最大的限度松弛，以确保药物能够充斥自己的每一寸肌肤和脉络穴位，这才能让毒人大功告成。

蔡风现在能做的，就是杀虎取皮，再以一尸喂饱其他的饿兽。

那射出石子之人竟然是尔朱荣。

阿那壤心中大惊，他最先想到的是看守尔朱荣和尔朱兆及叔孙长虹诸人的兄弟，以他的估计，尔朱荣再怎么厉害，也不可能逃得了，但事实证明他的估计完全失误。因为事实胜于雄辩，尔朱荣活生生地站在他的面前。

“你怎么逃出来的?”阿那壤忍不住奇问道。

“我为什么要逃出来？在这个世上还没有任何地方可以困得住我尔朱

荣！不过，今日能够见到你们两位难得一见的人物，可真是幸会至极！”尔朱荣说话之间，已如一片云彩般飘至尔朱兆的身边。

“真是没有想到，我们在议论着你，你却这么快就出来了，的确有些令人感到意外。不过，尔朱荣始终是尔朱荣，没有让我失望！”葛荣冷冷地一笑道。

“葛荣与我想象之中也没差多少，不过，我还要谢谢你对我儿的十一年养育训导之恩。”尔朱荣淡淡一笑，向葛荣微微行了一礼，却并没有那种剑拔弩张之势。

“尔朱荣，我们之间似乎没有什么可以说的，难道你不觉得吗？如果我知道他是你的儿子，早就不会容他活到现在。不过，最终你还是胜了！”葛荣语气之中多了几分愤怒之意，一缕淡淡的杀机自他刀上徐徐散发出来。

尔朱荣笑了笑，道：“葛兄似乎有点不尽人情，倒不如阿那兄。”尔朱荣说到此处，将话锋一转，向阿那壤道：“对了，我还没有谢过阿那兄呢？多谢阿那兄对我儿看得起，更立他为驸马，这可真是我尔朱家族之幸。”

“哼，算我瞎了眼！”阿那壤怒哼道。

“你不用生气，我尔朱兆绝对不会辱没你的女儿，你死了之后，我一定会继承你的王位，将柔然变成漠外的霸主，甚至完成你未成的心愿，统治整个中土。那时候，天下之大，便全都是我囊中之物，你女儿贵为一国之后，为天下所有人敬仰，想来你也会瞑目了！”尔朱兆极为向往地道，眸子之中闪耀着火一般的光芒。

阿那壤不屑地道：“你妄想！”

“这其实也并不是妄想，只要你今日一死，明天我儿就可回柔然继承你的王位，任何不服和绊脚之人全都只有死路一条，当我儿名正言顺地坐上了柔然王之位时，以柔然的兵力再加上我尔朱家族的十万大军，而突厥、契骨、契丹又无葛荣支持，那整个漠外自是手到擒来，根本不在话下。而中土又有我尔朱家族，天下还不是我们的囊中之物？南朝萧衍的败亡是指日可待之事，又有什么不可行的？”尔朱荣自信地道。

阿那壤心头发凉，今日之举，他的确有些失策，尔朱荣的计划和野心也实在太过可怕了。

葛荣的心头也在发冷，尔朱荣的奸滑和老谋深算的确超乎他的意料之外，禁不住目光向阿那壤移动，恰好阿那壤的目光也转向他。

两道目光在空中一交换，竟似乎达成了一种默契，再同时射向尔朱荣。

“哦，你们两位准备联手了吗?”尔朱荣禁不住洒然一笑道。

“难道有何不妥吗?”葛荣反问道。

“当然没有，我只是觉得这样比较有趣一些!”尔朱荣自信地笑了笑，又道，“只是你们两人恐怕会令我有些失望，因为阿那兄身中剧毒已经没有能力与葛兄联手对付我了，看来今晚之事，你们唯有以饮恨而收场了。”

阿那壤的心头的确蒙上了一层阴影，他感觉到体内有些异样，不过，他也不知道对方所说是真是假，只得声色俱厉地道：“横竖都是一死，又为何不能赌上一把呢？即使死也要让你知道我阿那壤并不是好惹的!”

尔朱荣轻轻地摇了摇头，似乎是在表示遗憾，向秋末波和谈紫烟笑了笑道：“你们两人干得很不错，以后可以不用再流落江湖，如果你们愿意回神池堡，也可以安安心心地享受后半生!”

“谢谢族王！谢谢族王!”秋末波和谈紫烟大喜跪下，向尔朱荣磕起头来。

“好了，你们扶兆儿先去一旁休息吧!”尔朱荣淡淡地道。

“是!”秋末波和谈紫烟竟显得异常激动。

尔朱荣却向葛荣和阿那壤逼进数步，一股锋锐无伦的剑气，无孔不入地散射至每一寸空间，竟然直接威胁到葛荣和阿那壤。

葛荣和阿那壤同时一惊，尔朱荣未战已先露这么一手，的确可见其剑道修为已至化境，以如此功力，他们无法想象尔朱荣怎么会被桑达巴罕所擒，这的确耐人寻味，可是事实的确如此，又让人无从说起。

葛荣很清楚地感觉到，以自己目前的状态，不可能胜得了尔朱荣，因为他已有伤在身，虽然这不是很重的伤，但高手决斗，也许就只少许的劣势都会变成致命的死点，而他就是这样。此刻葛荣若想将刀道催至极限，就必须精、气、神同时达至极限，而当他的劲气催至极限之时，伤口不迸裂才怪，这样就绝对会影响战机，只会成为致命之处。

葛荣与阿那壤同时转身，面对尔朱荣，凝神静气，两人的气势竟凝在一起，同时代表着刀的境界，两大绝世高手联手对付一个最为可怕的敌人，其气势果然不同凡响，也很快压下了尔朱荣的气势。

葛荣和阿那壤的武功与尔朱荣相比，只不过有稍稍一段差距，但这个距离绝对有限。如果不是两人都有伤在身，根本就不用惧怕尔朱荣，他们若打不过，至少脱身不是一个难事，以尔朱荣那一点点的优势，还没有能力留得住他们两人之中的其中任何一个。这是尔朱荣也不得不承认的事实，所以，他故意布下今日这个两败俱伤之局，使得葛荣和阿那壤陷入一个无法脱身之境。

葛荣和阿那壤有关于尔朱荣被擒的消息全都是来自尔朱兆，葛荣也知道阿那壤将会出现，他只想利用葛六来对付阿那壤，因为阿那壤阻扰了他通往漠外和域外的生意路，任何挡住他生财之道的人，他都想杀。同时如果杀了阿那壤，就会立刻得到突厥、契骨、契丹各国的全力相助，那对于他来说可是有百利而无一害。只是葛荣万万没想到阿那壤也是想利用葛六这个身份来击杀他，结果两人全都中了尔朱荣父子的圈套。而此刻，两人不得不抛开成见携手共对强敌。因为，谁也没有把握能够独自应付尔朱荣这个可怕的敌人。

风寒露重，夜的确很深，森寒的杀气在虚空之中飘浮，浓得像一层淌在空气中的冰水。

胡赞几人禁不住打了个寒战，自葛荣身上散发出来的是一股强烈的刀气，他与阿那壤之间几乎将刀气化作有形，两人联合的刀气的确让尔朱荣身上的剑气淡了很多。

尔朱荣似乎有些讶异，不过，他并未心惊，葛荣和阿那壤联手的气势的确惊人至极，可尔朱荣更相信自己的计划，没有把握的事情，他绝对不会做。

尔朱荣再逼上两步，阿那壤的身形一晃，嘴角竟溢出一缕血丝，体内犹如千万钢针在扎刺。

“大王!”胡赞忙伸手去扶，这似乎并没让他太过惊讶，因为尔朱兆说过已在阿那壤体内下了毒，胡赞心中一直有着一丝阴影，此刻阿那壤毒发，只是在意料之中。

葛荣却大惊，本来两人联合的阵线根本无懈可击，无论是在所做的防势和攻势之上，都已达成完美，而此刻阿那壤突然毒发，使他的气势顿弱，一个人正面面对尔朱荣那疯长的气势，更似乎突然失去了凭借，如赤裸裸地坦露在风中一般。

葛荣出手了，他必须抢先出手，无论对方是否有破绽，无论对方是否正期待如此，他根本就没有等待的机会，除非他想坐以待毙。

“走!”胡赞一抱阿那壤，向几名护卫轻喝一声，便向苍茫的夜色中奔去。

远处有马嘶，他们已经准备好了战马。

“想走?没有那么容易!”秋末波冷冷地哼了一声，斜截向胡赞。

胡赞“嘿嘿”一声冷笑，身子倒掠，竟不是逃，而是直逼向尔朱兆，那几名护卫似乎也明白胡赞的意思，飞速地全力攻向尔朱兆，他们必须擒下尔朱兆，方有可能获取解药救治阿那壤。

“快走！此毒还毒不死我，有高手正向这里赶来，再不走只怕来不及了。”胡赞怀中的阿那壤脸色有些苍白地道。

胡赞一惊，知道阿那壤所说绝不会错，而且赶来之人敌我难料，但无论是谁，还是小心为妙。

“断后，我们走!”胡赞只要阿那壤没有生命危险就行，以阿那壤这般功力的人，天下虽大，只怕还没有什么毒药可以毒死他，顶多只是暂时受制，只要给他一些时间绝对可以恢复，将毒性排出体外。

“轰!”正当胡赞准备飞退之时，葛荣与尔朱荣已经不可避免地硬击了一记。

葛荣连退四步，尔朱荣如影随形，一缕青幽的光亮在火光中乍现。

光亮乍现之时，剑尖已如毒蛇一般射向葛荣的咽喉。

葛荣举轻若重，那轻悠的刀身似是悬着千斤巨石，沉缓地横切向尔朱荣的小腹，一快一慢相映成趣。

尔朱荣明明一剑可以杀死葛荣，但他却放过了这个机会，这让胡赞有些不解，他甚至弄不明白葛荣的刀法。

阿那壤的眸子之中爆出一团异彩，低呼道："好刀法！好刀法！中原的刀道果然多姿多彩！"

葛荣的表情无人可以看到，他似乎并未听到阿那壤的称赞，所有的心神，几乎全都凝聚于手中的刀上。

面对尔朱荣，他没有半刻敢松懈，因为他心中十分明白，尔朱荣绝对不想与他同归于尽，这是他唯一可以拿来作赌注的本钱，也是尔朱荣半途收回长剑的原因。并非尔朱荣不想杀葛荣，而是他不敢保证在杀死葛荣之后，不会被对方的刀所创。毕竟，葛荣这一刀的确精妙，而且霸道至极，他没有把握，所以，他只好放弃击杀葛荣的最好机会。

葛荣小腹上的伤口再次迸出血水，他有苦难言，虽然化解了尔朱荣这必杀的一击，但是他早一步有伤在身，根本无法全力以赴，如此下去，即使尔朱荣不杀他，他也会因鲜血流尽而亡，更何况，他如此运刀，所耗功力之巨与尔朱荣不可同日而语，看来唯有败亡一途。不过，他似乎并不在意这些。

尔朱荣的剑再一次斜绞而上，身子和剑一起，化成一缕暗淡的幽光，人与剑融合为一个整体，抑或是夜色、人、剑已经不再分彼此。

尔朱荣的消失，葛荣并不感惊讶，而他手中的刀，也在同时消失。

阿那壤不愿走，他也有些不想走，他是一个刀客，是一个高手，而真正的绝世高手决斗的场面有些人甚至愿意用生命为代价去换来欣赏。

阿那壤自然不是那种不顾大局、莽撞冲动的人，可是他仍为尔朱荣的剑和葛荣的刀所吸引。

这的确是两个足以惊世骇俗的高手，葛荣的刀法只让阿那壤心神激荡，飞越无限，他竟然领悟到葛荣的意境，一种必杀的意境，也是刀道的最高层次。

葛荣终于使出了让江湖誉为刀道神话的“怒沧海”，一个自死角击出最为狂野、最为霸烈、最具震撼，也最为惊险的一刀。

刀，出现在一抹血红闪过之处，那正是尔朱荣剑式的极限，最为锋锐之处。

尔朱荣的剑式之锋锐几乎无坚不摧，无孔不入，似乎没有什么可以阻住他的锋刃。

“锵！”一声清脆的龙鸣，刀锋径直斩在剑尖之上，不差一分一毫。

这几乎是个奇迹，一个让所有人都震惊的奇迹。

葛荣一声闷哼，小腹伤口处再次喷出一缕血箭，这是一处致命的伤，在这最要命的时刻成为了他的负累，虽然葛荣在极力控制，极力强压伤口血液的奔涌，以最坚强的毅力不发出声来，可是他的手仍然忍不住微微松懈了一下，那是一下极为细微的颤抖。

胡赞没有捕捉到葛荣的这一微小变化，尔朱兆和谈紫烟也没有发现，但尔朱荣却清楚地感受到了。

刀与剑贴身滑过，尔朱荣的剑速要比刀身快上那么一点点，这是肉眼根本无法察觉的速度，但高手却可以清楚地感受到，他们只以一种直觉、一种经验和手感去判断。

尔朱荣的剑的确要快上那么一点点，葛荣也很清楚地感觉到了，只是他有些无可奈何，这不能怪谁，江湖之中本就没有什么规矩可言，而对于他们这一类级别的高手来说，只论成败，根本不在乎手段，只要能够击杀对手，任何手段都可以用。

尔朱荣是邪道中人，葛荣也同样是枭雄，同样是一个只讲成败而不论原则的人，这是野心家们的共同特点，这个世上并不只有猎人才会如此。

因此，有人说乱世之中只存在两个角色，那就是“狩猎者”和“被猎者”，你如果沦为猎物，没有任何理由可讲，最后终将死于狩猎者之手。

当然，此刻的葛荣正是被猎的对象，他竟被自己的义子所算计，苦心培养的葛家十杰，居然成了养虎为患之举，他的确连做梦也没有想到，身为他义子的葛六竟是尔朱家族真正的大公子尔朱兆！

的确，他收养尔朱兆那年，尔朱兆已经有七岁了，一个七岁的孩子应该可以记事。葛荣更惊的是尔朱荣的老谋深算和深谋远虑，二十多年前的他，只是稍露头角，就已被尔朱荣看准了今日，尔朱荣的可怕的确是不可言喻的，但无论怎样，这些已经不再重要，重要的是此刻尔朱荣的剑。

“哧……”尔朱荣的剑斜挑而起，在葛荣的胸前划开一道长长的血槽，而他却在此刻闪身让过，再次放过将对方一击致命的机会，也因此而避开了葛荣的致命一刀。

葛荣的“怒沧海”完全无法发挥出最强的威力，他的精、气、神不能够亲密无间地结合，这便使得原本完美的“怒沧海”产生不了伤敌的作用。

葛荣败了，败在尔朱荣的剑下，虽然原因不多，可葛荣败给了尔朱荣这是一个事实。

蔡伤静静地立在蔡风跃身飞下的山谷之处，望着迷茫的深谷，心头涌起一阵淡淡的酸楚，手中却轻轻抚摸着自蔡风身上掉落的猎刀。

那是马叔亲手打造的猎刀，在蔡风的躯体经受雷电煎熬之时，他身上的所有东西全部都四散飘落，因为他的衣服尽数成为灰烬，而这柄猎刀乃是马叔所选精铁特意打造，竟然未有损伤。

这柄猎刀可算是最后接触蔡风身体的亲密伙伴了。

蔡风的尸体仍未找到，三子和游四几乎出动了所有力量，找遍山谷的每一个角落，但却并未能找到蔡风的尸体。

那只有两种可能，一种是蔡风没有死，自己走了；另一种是被野兽拖去吃了。骨头，在山谷之中倒是找到不少，但那都是在昨日打上十八盘之时，落入山谷被野兽啃食的尸体，也许，这之中也有几截骨头是蔡风的，但没有人敢肯定。

葛家庄的弟子仍在寻找，更有英雄庄与各路江湖人马相助，与葛家庄有点关系的人谁不想巴结天下第一刀蔡伤？他们更是亲自见到蔡风那惊天动地、泣鬼骇神的武功，如果蔡风没有死的话，有幸得到他传那么一招半式的，只怕这一辈子受益匪浅了。如果能够巴结上蔡伤，那也会使自己的身价大增。

因此，参加这次行动的人数几近上千人，如此多的人，要找遍一个山谷，只是一件简单的事情，结果很快便出来了，只不过，有些人仍不死心，在寒冷的冬夜，手执火把继续寻找。

尔朱天光的大军在晚上更不敢轻易上山，他心中明白，在这里要与这样一群江湖人打仗，那根本就没有半点胜望，如果是在平原旷野上，以人海战术，或许还有效，而面对偌大的泰山，区区数千人，显得是那般单薄，即使驱赶那些山贼和盗寇都无法奏效，更何况是一群江湖中的精英？因此，尔朱天光所率官兵驻于泰安，只是做做样子而已，随便在镇上抓些江湖末流人物充数，以应付任务。对泰安镇的封锁只是个空架子，而无什么实际的作用，山间的江湖人物依然自由自在地活动着。

其实众官兵心中又何尝愿意如此？面对山上那些武艺高强的江湖人物，他们根本就没有反抗之力，人又岂会不怕死？尤其当他们知道泰山之上全都是一些神话般的人物时，便有人想到了逃。幸亏，尔朱天光只让他们随便守守，稍稍注意一下而已，否则，他们只怕有半数人已做逃兵了。

泰山之巅，玉皇庙的小沙弥基本上已经安睡，只有戒嗔和晦明诸人仍静坐在蔡伤身后的仁圣之石上。

那是一块已经破碎的石头，已被蔡风和区阳的气劲摧毁得不成样子，中间更塌陷出一个石穴，一个充满臭气的石穴。数十年来，区阳吃喝拉撒都在石穴中，其内的臭气可想而知，不过此刻里面被葛家庄的弟子以松枝熏烧了一遍，更以樟树皮作料，檀木多次熏烧，这才使得臭气稍减，在佛门圣地之前，自然不能容下污垢之物的存在。

戒嗔所担心的，不仅仅是蔡风的安危，更担心区阳老魔再出江湖究竟会弄出什么乱子，以老魔的盖世功力，天下间又有谁堪与其匹敌？虽然区阳此刻已经身受重创，经脉冻结，可是若等他伤势尽数复原，到时只怕没有一人可以逃得了他的毒手。

四十多年前，区阳的杀性之重，魔念之强，连冥宗内部的人都为之侧目，更憎厌和疏远，经过四十余年不见天日的禁闭生活，其暴戾之气日盛，杀心只怕已无人可阻，这是不争的事实。

天下间也许只有蔡风一人可以成为老魔的克星，也只有蔡风一人有实力杀死区阳，可是此刻的蔡风生死未卜，这的确让人隐忧于心。

“生死由命，师弟你要节哀呀!”戒嗔竟然叹了口气，安慰蔡伤道。

蔡伤沉默了半晌，淡淡地吁了口气，平静地道：“我知道该怎么做，我并不是在为风儿的生死而烦，只是在想，风儿为何竟能够突破他的极限，如此完美地将‘沧海无量’的威力发挥至极限!”

戒嗔也在深思，徐徐道：“师父曾对我提过，说师伯所创的刀法之中有一式融入天心、人心、佛心的绝世刀法，那必须以至高无上的佛心才能够发出这样一刀，以风师侄的功力，也许勉强可以施展，但他那超凡的佛心又是从何而来？难道在生与死之间，他终于大彻大悟了吗?”

“不，以风儿的功力，仍然无法发挥出如此刀式，就算他大彻大悟，具有无上的佛心，但他的功力仍无法将‘沧海无量’催至极限。”蔡伤肯定地道。

“这就奇怪了，风师侄的功力难道会在短短两日之间飞速提升这么多?”戒嗔也有些不解地自语道，想了又想，道，“难道真是师父显灵，早在十余年前圆寂之时便已算准了今日所发生的事情？还留下了十六个字：‘莲碎石裂，魔现东岳，玉顶将灭，佛莲自现’，我们一直都无法明了这十六个字的真正含义，可是现在竟似乎完全印证了今日所发生的事情。”

蔡伤神情微动，禁不住叹了口气道：“现在，天下之间唯有‘沧海无量’可以击败区阳老魔，而风儿又下落不明……”

“会不会风师弟的佛心仍未达到至高境界，强行摧功，引得天地正气入体无所泄放，而……”晦明打断蔡伤的话，却又只将话语说了一半便刹止了，改口不好意思地解释道，“师叔可别听晦明胡说八道，风师弟一定福大命大，还活在世上……”

“晦明，休要多嘴!”戒嗔微嗔道。

蔡伤并不以为意，淡淡地道：“晦明所说并非没有道理，物极必反，任何引用的外力既可伤人，也可损己。而‘沧海无量’以己心度天心，这种借用自然之力很可能将自己击成飞灰，而散落于虚空中，如果风儿是这样的话，也算是修成了正果吧!”

晦明心生悔意，暗怪自己不该如此莽撞地说出这样一番话来。

“师尊也未曾学过一式刀法，我对‘沧海无量’也只是听说过而已，不过却知道师弟所说的仍有不足之处!”戒嗔想了想道。

“哦，师兄觉得有何不对呢?”蔡伤讶然道，他虽然将“怒沧海”练至登峰造极之境，经过十余年的修心养性，更窥得“沧海无量”的真谛，但却始终未能尽善尽美地掌握它，甚至有些细节连烦难也无法阐述清楚。

“师弟所说的以己心度天心，这虽是刀道的最高境界，也是任何武功的至高无上境界，可却并不是‘沧海无量’的最高境界，道家有‘无量寿佛’之语，无量即无尽无穷，永无底限之意，‘沧海无量’的境界应是永无止境的，无限无意……”

“那师兄认为‘沧海无量’达到最后境界时又该是怎样一个场面呢?”蔡伤奇问道。

戒嗔想了想，道：“什么都不是!”

“什么都不是?”蔡伤和晦明诸人全都奇问道，他们有些不明白戒嗔的话意。

“对，什么都不是。‘沧海无量’永远都不可能致人于死命，能致人于死命的就不是‘沧海无量’，而最后，一切都是空无，唯有空无才是无量。因为它本身就什么也没有，自然便无可计量!”戒嗔认真地分析道。

“空无?”蔡伤也似乎有所思，虽然他不知那究竟是怎样一种状况，可是这并非不可能。

“‘沧海无量’的最高层次，据师尊猜测，那不应该是以人心度天心，而应是天心自生，人心与佛心、天心完美的结合，根本就不分彼此你我，那就将与宇宙自然融为一体，不生不灭，无穷无尽，那才是‘沧海无量’的最高境界!”戒嗔又道。

“天心自生，自然结合，而不需相引，不生不灭，那不就是进入天道了吗?”蔡伤惊喜地道。

“我想应该是！天道之钥就在我们的手中，只是关键在于我们是否能够好好把握它，让它去打开天道之门。”戒嗔吸了口气道。

“不错，‘沧海无量’并不是杀人的招式，而是救世，普度众生的招式！”蔡伤恍然而悟，心中一片清明，唯有的只是对烦难的无限尊敬。

只有当一个具有大慈大悲、拥有广博胸怀、仁爱苍生的人才能够创出这般将佛性推向极峰的刀招，而一改刀法只有霸杀之意的前例，开创独一无二、举世无双的圣招，这样的人，是值得任何人尊敬和爱戴的。

烦难不愧为武林之神，的确当之无愧！

蔡伤想到烦难于北台顶升入天道，那是不是因为他终于悟出了最后一层境界“天心自生”呢?而他们在北台顶之上所留下的遗录，是否就是最后一层境界的秘密呢?

“师伯佛心之深，确已达到了慧远祖师的境界，只怕在武道的修为更胜当年的慧远祖师。”戒嗔感叹地道。

蔡伤不语，他在轻轻抚摸着手中冰凉的刀身，似乎刹那间明白了为什么区阳只是重创，而未曾死在那一刀之下，全因那一刀根本就不是置人于死地的招式，虽然能败敌创敌，但总会留下一丝生机给对手。而真正伤了区阳的，只是那柄怪异的刀。

“那天下之间就没有什么武学可以除掉那老魔头了?”晦明有些心忧地问道，他心中仍为今日的一战而惊悸未平，想到那种疯狂、野性的毁灭力量，如果再次上演的话，那将会成怎样一个局面呢?

“天无绝人之路，虽然‘沧海无量’不是杀人的招式，但以它来重创老魔却并不是一件很难的事，只要老魔头受到重创又有何惧之有?”蔡伤自信地道，心中暗暗决定，待华山事了，一定要去北台顶一探究竟，或许会寻出对付区阳之法。不过，仅只有佛心一项，他仍无法达到大圆满之境，唯有指望了愿能悟出圣舍利之秘，那样才会有胜算可言，抑或是风儿仍然活着，但世事是否就如人所愿呢?蔡伤不知道，也没有人知道。

败，对于有些人来说，只能以死去衡量，唯有自己死了才会言败。

胜，对于有些人来说，也只能以死去衡量，唯有对手死了才会言胜。

对付狼，只有一个原则可讲，以绝灭的手段去对付它们，赶尽杀绝，也是唯一的路子和方法，只要它们还有一口气，你就不得不担心它们临死反扑，这是绝对不可否认的，因此，要对付它们，就一定要往死里打！

葛荣和尔朱荣都是这样的人。不过，葛荣这次并未再出手，受伤而退，他的神情依然自若如常，就像一只用舌头舔着伤口的狼。

尔朱荣自然不想让葛荣存活于世上，葛荣已被朝廷定为最危险的人物，只凭他那遍布天下的商业网络和拥有的近百万义军，无论是谁，都绝对不能小看这个人，任何时候，只要给了他一个机会，你定会遭到不可想象的报复。因此，只要有机会，尔朱荣岂会不对葛荣痛下杀手？

鲜血自葛荣的指缝之间滑落，看来他的手指似乎并不够用。

冷风习习，葛荣的样子有些惨烈，尔朱荣正要如影随形地飞扑而上，尔朱兆却一阵抽搐，倒地惨号起来。

这一变化几乎让所有人感到愕然，唯有葛荣似乎极其从容。

尔朱荣大惊，尔朱兆是他的儿子，他又怎会不惊？本来攻向葛荣的身形一改，而掠向尔朱兆。

“还不走？”葛荣向阿那壤喝道，此刻他却希望阿那壤永远都不要死，至少在他未曾消灭尔朱家族的势力之前，阿那壤不能死去。否则的话，若让尔朱家族一旦控制了柔然族，那整个中原的各路势力将很难有出头之日，他的域外商业网络也会戛然而断。

阿那壤一惊，他弄不明白究竟发生了什么事，但此刻他与葛荣的利益相同，再也不用担心葛荣施展出什么花招，唯一的生路也只有趁尔朱荣察看尔朱兆的时机而逃。

葛荣最先动身，他行动的速度似乎并不比胡赞逊色，虽然此时他的伤势的确不轻，但在生命的危急关头，他已经不再在意这些了。

“尔朱荣，如果你想要儿子有命活着的话，就赶快清除他体内的‘三分天下散’吧！哈哈哈……”葛荣微微有些得意的笑声由近而远。

尔朱兆在惨号，鼻孔和嘴角渗出血丝，尔朱荣本想立刻追杀葛荣，以最快的速度击杀这个最狡猾也最难缠的敌人之后再来照料尔朱兆，此刻一听对方之方，尔朱兆竟是中了天下至毒之物“三分天下丸”所炼而成的“三分天下散”，哪里还敢犹豫？一手紧按尔朱兆的膻中大穴，一手落在命门之上，他必须阻止毒气流入尔朱兆的心脏，否则，尔朱兆必死无疑，连神仙也不可能救活他。

要知道，“三分天下散”不发作则已，一旦发作，在数息之间就会有三种毒气攻入心脏，绝对无法挽回，如果尔朱荣想先杀死葛荣和阿那壤，那就注定会失去尔朱兆。因此，他唯有先替尔朱兆护住心脉，然后才能慢慢逼毒，以尔朱荣的功力，他还自信可以为尔朱兆逼出毒性，当然，最好的办法是能找到解药。

这毒肯定是葛荣所下，但他又是在什么时候下的毒呢？尔朱荣也有些疑惑，“三分天下散”乃是极为烈性的毒药，一般在一盏茶至半炷香时间就会毒发，而在毒发之前没有一点异常反应，不像“三分天下丸”那般会让人折磨得死去活来，生死不能，那就是说这毒一定是在今晚所下，而且就是在这个地方。

想象之间，葛荣和阿那壤的身影已经没入黑暗之中，当然，如果尔朱荣此刻要追其中一路人马的话，绝对可以追上，因为他们都受了伤，可是他却不能放下尔朱兆，若携带尔朱兆追击，其速度就会大受影响，而此刻他更听到有马蹄声传来，禁不住微微有些色变，向秋末波和谈紫烟冷冷地问道：“明儿和二主人关在哪里？”

秋末波的脸色也有些难看地道：“应该是阿那壤那厮劫走了，十三狼他们全都被杀，定是阿那壤干的。”

“你们果然是剑宗的好弟子，将来我统一了天下魔门，定不会亏待你们，现在你们立刻去向天光报告，让他们密切注意阿那壤的动静，一定要想办法救出二主人和明儿。”尔朱荣认真地吩咐道。

“是，属下明白，我们这就去办！”秋末波和谈紫烟应了一声，准备离去。

“慢着，你们不用去了，他们已经被救出来了。”尔朱荣抬眼向那奔近的几匹健马望去，只凭几点火光依然可以辨清，而马背上之人，秋末波和谈紫烟根本就看不清。

“那是二主人?”秋末波奇问道。

“不错，奇怪，是谁救出了他们呢?”尔朱荣有些不解，但迅速道，“我不想与他们见面，兆儿的事交给我，你见了二主人，就告知葛荣和阿那壤的事，让他去追杀两人！明白吗?”

“属下明白!”秋末波和谈紫烟似乎极了解尔朱荣与来人之间的关系，恭敬地道。

尔朱荣身子一晃就迅速融入黑暗中，唯留下秋末波和谈紫烟静立在清冷的夜色中。

第一百六十二章　落难枭雄

马队渐近，马背上之人已可看得极为清楚，但秋末波却惊讶莫名，他惊的不是马背上的人，而是马背下的人。只有一人，一个打扮极为怪异的和尚，健步如飞，在马队的前面似是一道异样的风景，那飞驰的健马并不能超越他，转瞬便已至秋末波面前。

“嗯，怎么只有你们两个？刚才不是还有一个人吗？”那和尚如影子一般立在秋末波身边，在他的肩上轻轻一拍，奇怪地问道。

秋末波一惊，此人的功力之高有点超常，他竟然看到了尔朱荣的存在。

“和尚，你看走眼了吧……”

“大胆，你们胆敢对大师如此无礼？啪！”马背上人影一闪，在怒叱声中，秋末波已被重重掴了一记耳光。

“不好意思，大师勿怪，这两个下人不知礼数，得罪之处还请勿怪！”说话之人竟是尔朱荣。

自马背上飞下来的人竟是尔朱荣，那气势，那容颜，与刚才出手的尔朱荣完全无法分出彼此。

秋末波和谈紫烟也为之一愣，他们虽然早已清楚这之中的隐秘，可是仍为眼前的人给怔了一下，不过，他们立刻恭敬地向和尚行了一礼，歉然道：“小人有眼无珠，冒犯大师之处还请见谅。”

“哦，原来你们都是一伙的。”那和尚正是达摩。

原来，达摩也已赶至泰山，能够参与如此盛会，他自然不想错过，要知道，他本身就是一个武痴，对于中原武林人物十分向往，而且此次又是中原武林的顶级高手云聚泰山，他岂会不登上泰山一饱眼福？不过，他却在半途遇到了桑达巴罕谈起尔朱荣的事，于是便跟了下来，竟凑巧自阿那壤的人手中救出了尔朱荣以及其一干属下，其中更包括刘承禄和叔孙长虹，他们更夺了阿那壤属下的马匹，只是因为达摩并不想杀生，也就未取那些人的性命。

不过，达摩听说阿那壤是漠外第一高手，而且便在这附近，就心生好斗之心，这才追到此地。

“阿那壤呢？”达摩揪住秋末波问道。

“他走了！”秋末波向尔朱荣望了一眼道。

“你不是那帮贼子一伙的吗？”刘承禄仔细打量了秋末波夫妇一眼，怒问道。

“刘老，你别生气，他们乃是我安排在吐谷浑的，乃自己人。”尔朱荣解释道。

刘承禄哪里还会有什么不服气的，尔朱荣虽然算起来比他晚一辈，但对方身为尔朱家族之主，而且武功更列入天下有数几位高手之列，既然尔朱荣如此说了，他也只好作罢。叔孙长虹虽对那假尔朱兆有所成见，但却也并非不识大体之人，有尔朱荣在场，他根本没有发言权，即使想说话都没有机会，毕竟尔朱荣的威势不同一般，没有人惹得起，就是他爷爷叔孙怒雷亲来，也要对尔朱荣客客气气，这是不争的事实。

“阿那壤向哪个方向走了？”尔朱荣问道。

秋末波有些奇怪，尔朱荣怎会对一个和尚如此客气呢？这似乎是从来都没有过的事情。不过，他见尔朱荣的眼色，便立刻明白其意，也就没有将刚才的情况说出来，只是指了指阿那壤逃走的方向。

“大师、刘老，听说二弟天光已领兵在泰安镇，不如大家先一起去凑凑热闹如何？”尔朱荣提议道。

“好哇！”叔孙长虹长长吁了口气道。

“也好，想来二当家口中的消息应该比较灵通。”刘承禄倒是极想知道眼下天下的局势。

“对了，泰山之上叶虚和蔡风谁胜谁败?”假尔朱兆有点迫切地问道，他不仅仅关心蔡风的战事，更牵挂着那个大美人哈凤。

“听说事情有些变化，蔡风落到山谷中去了，而且泰山之顶出现了很多奇异的现象，百里之外都可清楚地目睹。”谈紫烟道。

“是呀，葛家庄来了很多人马，就连葛荣也亲自前来了。”秋末波插口补充道。

所有的人都为之动容，惊问道：“葛荣也来了?”

“是呀!”谈紫烟道。

假尔朱兆的脸色变得最为复杂，似乎突然之间心事重重。

达摩在听到蔡风坠入山谷之时，心神已微有震撼，不由得出声道：“尔朱施主，我想先去泰山看看，再去神池堡!”

“哦，大师有事不妨先去办理吧，我们随时欢迎大师至神池堡做客。不过，大师若是在近两日到达泰安镇，应该可以联系上我。”尔朱荣客气地道。

达摩不再客气，他并不明白中原的局势，更无正与邪的分别，自然不知道尔朱荣和蔡伤之间的关系，再说他也不会在意这些关系。

秋末波只看得眉头大皱，却无法明白达摩究竟是何种身份，不过，达摩的武功深不可测，他是感应到了。

“大师对我们有救命之恩，他日若有缘，不妨前去广灵刘家做客，我们一定倒履相迎!”刘承禄也极为客气地道。

“不客气!”达摩毫不在意地回了一句，便掠身而去。

葛荣与阿那壤分两路而行，阿那壤有众侍卫相护，而葛荣却只是单身一人，倒不是因为他太过相信葛六，而是因为太过自信，而且泰山之上又有自己的强援，任何时候，只要他上了泰山，即使是千军万马也难奈他何，不过此刻的情况就有些不同了，一路奔跑下来，他流血太多，即使功力再高也受不了，更何况又怕尔朱荣追踪而来，使得他连驻足都不敢。

尔朱荣的出现，葛六变成尔朱兆，那的确是个意外，但也是致命的杀机。

葛荣眼下最要紧的，当然是包扎伤口，进行调息，尔朱荣的那一剑虽只在他胸前划开一道长长的血槽，但剑气已损坏了肌肤之下的经脉，更有可能伤了内脏，这绝对不是危言耸听。

以尔朱荣的身手，每一剑所潜在的杀机是绝对可怕的。

葛荣虽有神功护体，但对付尔朱荣这般高手，仍只是无可奈何，也根本无法抵抗，他只是想不出为什么尔朱荣来得这么快，对方不是被桑达巴罕所擒吗？那为什么尔朱荣来得如此之快，而且连一点受伤的痕迹也没有？这不能说不是一个让人奇怪的问题，当然，世间值得称奇的事情仍有很多，而葛荣这辈子见过的奇事绝对不少。

让葛荣担心的只是地上一路滴下的血迹，这会暴露他的行踪。否则，如此深夜，他大可坐下来好好休息，根本不必担心尔朱荣追来，可此刻他却不敢有丝毫大意。

而葛荣此刻却发现一队人马驰来，一长串的火把，将夜空照亮，郊野幸亏多是林荫之处。

葛荣并不知道来者是何人，但无论来人是谁，对他来说都不会是一件好事，除非是葛家庄的兄弟，但尔朱天光封锁了泰安镇，这群人是葛家庄的弟子希望很渺茫，因此，葛荣必须躲避。

当葛荣蹿上树梢之时，那队人马的面目已出现，却是一队官兵。

葛荣不由忖道："这大概是看到了那烟花信号赶来之人，幸亏自己走得快，否则以重伤之躯抗拒这些官兵，恐怕有些力不从心。"

"汪汪……"葛荣心中凉了半截，对方居然还带来了猎犬，这下子可真的要糟糕了，正想着那猎犬已经向他隐身的树上狂吠起来。

"希聿聿……"战马一阵低嘶，也全都围了过来，唯有猎犬嗅着血腥之气狂吠。

"什么人？快出来，否则我们放箭了！"其中一名官兵头目张口呼道。

葛荣知道再也无法躲藏，只好飞身落下，不过他却认为对方不能识破他的身份，因为此时他仍戴着面具。

“汪汪……”猎犬还没扑上去，已被踢得翻了两个跟斗，直跌出去。

“畜生找死！”葛荣低吼道，这还是他未用什么力，否则那猎犬的脑袋不迸裂才怪。

那些官兵一呆，他们没有想到出现的竟是这样一个戴着鬼脸面具、浑身沐血的人物。

“你们谁身上有刀创药？快拿些来，大将军可在其中？”葛荣向前踏上两步，以一种不怒而威的声音连串问道，他竟先入为主地把握住这些人的心神。

那些官兵果然一愣，竟被葛荣的语调和神态给震住了，在没有弄清对方虚实之下，他们根本就不敢胡乱出手，生怕眼前的这人极有来头，如果得罪了，那可就吃不了兜着走。何况，泰山脚下龙虎聚会，什么身份的人没有？此刻他们虽然已张弓搭箭，但只是做做普通防卫而已。

“我问你们有没有刀创药？难道没听见吗？你们大将军的营帐在哪里？我有要事跟他商量，先将药拿上来！”葛荣装作有些气恼地道。

那开口说话的官兵头目还算见过世面，自怀中掏出一个小瓷瓶抛给葛荣，有些漠然地问道：“阁下究竟是什么人？”

葛荣拿到刀创药，长长地吁了一口气，淡淡地道：“你们立刻派人回去告诉你们的大将军，就说阿那壤潜至中土，而且到了泰安，更有大批吐谷浑奸细潜至了泰安，告诉他刘文才与阿那壤交手后，受了重伤，让他们快来接我！”

“啊……”近百名官兵全都大惊，葛荣的话的确让他们惊异莫名，他们怎么也没有想到，柔然王阿那壤竟然也到了泰安，而且还伤了刘文才，虽然他们并未见过刘文才，但是刘家的二当家他们却知道。

“你是……”

“老夫就是刘文才！”葛荣打断那头目有些疑惑的话语，沉声道。

那些官兵再惊，哪里还敢以箭矢相对？全都收下了强弓，态度变得十分恭敬，他们从来都没有想到会见到刘家的二当家，更不知道刘文才长着一副什么样子，在他们的想象中，刘文才本就是极为神秘的人物，而眼前这人戴着鬼脸面具，无法看清其真正面目，这本就增添了几分神秘之感，再则，此人虽身受重伤，可那股凛然霸气，依然具有极强的震撼力，任何人都可以感受到眼前这人的身份绝不简单。

葛荣自怀中亮出一块令牌，冷傲地道：“要不要验明身份？”

那群官兵见葛荣亮出一块闪着金光的五寸令牌，皆大吃一惊，后听葛荣这么一说，才知道对方只是在证明自己的身份，他们哪里还有什么怀疑？虽然没有看清令牌之上刻了些什么，但那名官兵头目仍不得不诚惶诚恐地道：“不知是刘大人大驾，小人冒犯之处还请见谅，大人有什么吩咐我们只管照办就是！”

葛荣心头暗笑，收回令牌，他早就估到这群人根本就没有胆子敢检查他的令牌，只要抬出刘文才的名号，就已足够震住这些官兵，官兵们又岂敢再仔细检查他的令牌？但如果这些人真的要检查葛荣手中的令牌，他就只好杀出重围逃之夭夭了。这块令牌只不过是他的一面金令而已，哪里是什么刘家之物？他这么做只是孤注一掷，但他心里却十分清楚，自己如此做绝对不会输。

葛荣之所以能够拥有今天，不仅仅是因为他的远见和智慧，更多的是他善于赌运气，行事往往出乎人意料之外，但是却必定能赢，这也就形成了他独特的魅力。

“阿那壤也受了伤，他不会逃得太远，我相信他伤得不会比我轻多少，你们立刻分出一大半人向北追，抓住了阿那壤可是大功一件！”葛荣吩咐道。

官兵头目哪有怀疑，更不敢迟疑，要知道，阿那壤虽然助北魏击败破六韩拔陵，但是柔然国对北魏的威胁依然存在，要是能擒杀阿那壤，那可的确是大功一件。于是，官兵头目竟一下子将这队人马分成两组，一组六十人，一组三十人，那六十人领着猎狗向北驰去，而剩下的三十人便守护着葛荣。

葛荣心头暗松了一口气，伤口的鲜血也止住了，虽然失血极多，但仍能够撑下去，他让一名官兵脱下一件衣服，撕成布条，将伤口扎得极紧，然后望了剩下的三十名官兵一眼，又道："你们再派人回去通知大将军，让他遣人前来接应我，你们要小心吐谷浑的奸细，至少需十人一组，否则只怕会给他们有机可乘!"

那名头目一愣，只好按照葛荣的吩咐，再分出十人先行回镇禀报一切，众官兵虽然觉得眼前的刘文才有点怪异，却也不敢稍有微词。而"刘文才"的架子也极大，居然还要让他们的大将军接迎，不过心中皆暗忖道："大概每一个权大势强之人都有这么大的架子吧，刘文才身为刘家第二号人物，自然架子高喽。"

葛荣暗自调息，尽快恢复一些功力，对付三十名官兵，以他现在的状态，似乎仍有些吃力，但要说只是对付这二十名官兵，以宝刀之利，却不是一件难事。他当然不能去见尔朱天光，那样只会是死路一条，他可没有活够，绝不想就如此死去，因此，他必须支开这些无力对付的力量，以求给自己少添压力。

望着那十名官兵策马返回泰安镇，葛荣笑了笑道："回去，每人赏银五十两，今日你们出力不少。"说着又向那名头目问道："你叫什么名字?"

那名头目有种受宠若惊的感觉，恭敬地道："小人赵忠!"

"嗯，赵忠，我记住了，你办得很好!"葛荣故意放高音调道。

"谢谢大人夸奖!"赵忠吓得溜下马来，欢喜之情却不敢露于形色，那些官兵全都惊羡不已，他们似乎看到了赵忠连升三级的那种得意之态，不过，每人能有五十两银子作为嘉奖，也不亏，总算是发了一笔横财。

树林之间火把通明，尔朱天光大为震怒，他接到那十名官兵的飞报，及时赶到，却仍是显得迟了些。

那十名官兵也为眼前的景象给吓呆了，其中一人禁不住有些颤抖地道："刘大人明明跟赵队长在一起，怎会……怎会这样呢?"

林间静寂，地上十余具染满鲜血的尸体，横七竖八地静静躺着，每人眉心多了一道血口，赵忠的尸体赫然就在其中。

尔朱天光静静地看着刀痕，有些怒意地骂道："饭桶，全都是一群饭桶!”

“刘大人……”啪！那名官兵还没有将话说完，就被尔朱天光一个耳光打住。

“咕……”两颗门牙和着鲜血被那名官兵强自吞入腹中，他没有想到尔朱天光竟发如此大的怒火，被打了只好自认倒霉。

“给我追!”尔朱天光怒极狂声道。

那些官兵全都有些茫然，不知道所追目标是谁，也不知道往哪个方向追，战马有些骚乱，却并未松散阵脚。

“这个自称刘文才的人究竟是什么模样?”尔朱天光冷冷地向那十名官兵问道，眸子中竟闪过一抹杀机。

那十名汉子心中倏然一跳，立刻知道问题出在哪里，那名被尔朱天光打落门牙的官兵显然是十人中的小头目，他急声道：“小人该死，小人该死，那人戴着一张鬼脸面具，我们并未能看到他的真正面目……”

“饭桶!”尔朱天光怒叱一声，那名官兵在一抹白光闪过之时已经人头落地了。

“给我顺着血迹找，无论是死是活，一定要将此人给揪出来!”尔朱天光怒吼道。

“是!”所有官兵迅速分成四组，分别向四面寻找。

半晌，各路人马回头报告道：“禀大将军，四面都有血迹远去，而且皆有马蹄印。”

尔朱天光一愣，一看地上只有十七具尸体，那另外三具尸体一定被马驼着朝三个方向驰去，而且尸体还在滴血，这就使人根本就无法根据血迹判断凶手朝哪一个方向逃走。

葛荣策马缓驰，此刻他倒不怎么担心追兵，他拥有一匹代步的战马倒是轻松了很多，杀死那二十名官兵也并不是一件难事，虽然牵扯得伤口极为疼痛，但是经过布带缠紧之后也不会渗出多少鲜血，就没有了失血过多之虑。

葛荣绝对是个聪明人，将三具尸体分放上三匹马背，然后稍稍用劲在马腹上一拍，尸体滴着血朝三个方向而去，而他自己则选择另一方向，血腥味朝着四个方向散发，让人根本就无从追踪。

夜静林寂，唯有孤狼凄嚎相伴，夜鸟偶啼，为这分静谧之中增添了一丝阴森。

葛荣有些茫然，他并不想在泰山脚下现身，如果此刻策马行向北集坡，只怕沿途会出现一些波折，不如首先就近养伤，待伤好之后，天大地大，又有谁能够阻拦得了他呢？

“前途不能去！”一声清脆而低沉的语调惊醒了葛荣。

葛荣本能地一带马缰，目光之中闪过一丝戒备之色。

林间暗影之处闪出一人，一袭长衫，表情极为冰冷而不带半丝情感，但有一点可以肯定，那就是这个人极为年轻。

“尔朱兆！”葛荣口中吐出三个冰冷的字。

“不，我不是尔朱兆！”那人冷冷地反驳道。

“噢，本人忘了你只是假尔朱兆，应该叫你尔朱明才对。”葛荣似乎想起了什么又道，他虽然从未与这年轻人见过面，但对于江湖中各后起之秀的名单和画像他仍能够极为清楚地掌握，眼前的年轻人正是为叶虚所擒的假尔朱兆。

“不，你错了，我也不叫尔朱明！”假尔朱兆神情竟微微有些激动地道。

葛荣一愕，他也有些弄不明白眼前这位年轻人有何意图，但对方只不过是空手而来，似乎根本没有丝毫敌意，更不像是来挡道的。

“那你究竟是谁？”葛荣有些讶异地问道。

假尔朱兆的嘴唇微微抖了抖，似乎是在强压着心头的激动，但声音仍忍不住有些颤抖地道：“我叫葛明！”

“葛明？”葛荣的脑海中顿时一片空白，身子禁不住在马背上晃了晃，眸子之中竟闪过一丝泪花。

“想不到吧？”葛明冷冷地道，似乎有些讥讽地反问道。

半晌，葛荣才收回神思，竟若大病了一场，有些虚弱地问道：“你娘她……她还好吗?”

“你还有脸提起她吗?”葛明眸子之中闪过一丝晶莹。

葛荣仰天一声长叹，忆及当年黯然的离别，心头一阵绞痛，充满歉意地道：“我不知道你娘那时候怀了你，我知道对不起你们母子，可是求求你，请告诉我她现在在哪儿?如今她还好吗?”

“哼，单单一声‘对不起’就行了吗?娘为你忍受了二十多年的屈辱，偷生了二十多年，就只是一句‘对不起’就能解决吗?你好轻松，好自在，二十多年来，你一天天壮大了自己的势力，活得快活惬意，你有没有想过娘亲?”葛明的声音竟有些呜咽。

葛荣心头一片黯然，但坚决地道：“我有!我没有一刻忘记过她!更没有一刻不在思念着她!”葛荣说着激动地撕开胸前的衣襟，在长满黑毛的胸前赫然烙上了两个血字——王敏!

葛明脸色再变，身子竟然有些颤抖，突地，他低声道：“跟我来!”

葛荣稍稍平复了心绪，也听到了不远处有马蹄之声传来，不敢再作耽搁，一拉马缰，跟在葛明身后行去，心中却涌起了万丈波澜，不知是喜、是忧、是悲，抑或是苦涩……

抱犊崮，枣庄和向城的夹角之处，这并不是一个很有名气的地方，但却是一个对当地人来说极度危险的地方。

山不高，地不险，林密多野兽，这并不是原因，而是因为进入抱犊崮的人，很少有人能够下得山来。

其实，神秘的地方也不多，只有那么两三个峡谷和一个山头而已。

这里以人血写着“擅入者死”四个醒目而且让人心惊的大字，即使喝醉了酒的人也会酒醒一半。

当然，这片地域的确有些与众不同，那就是盛产药材，谷中气候湿润，几乎适宜任何药材生长，由于这个原因，至少有十三名药农入谷便不再出来，有人估计可能真是死了。

夜晚的抱犊崮，犹如一片鬼域，阴森至极，天上星月皆无光，更显得诡秘莫测，但仍有行人。

犹如夜鸟，旋飞的夜鸟，抑或是掠走的山魈幽灵。

幽灵长驱直入禁地，那是其中的一个山谷。人，不只是一个，而是两个。

火光骤亮，似是地火突升，照亮在两道掠飞的身影之前，两道身影同时倒飞旋舞。

“啪啪！”两声爆裂的脆响过后，那两道掠飞的身影重重坠落，而在他们的面对，静立着一人，此人浑身散发着一股浓浓的死气，面目完全被遮于一张低压的竹笠之下。

“黑心！”那两人同时低呼道。

“花杳、费天，你们终于来了！”那挡在两人身前的汉子以一种死气沉沉的调子欣慰地道。

挡路之人，正是石中天三大仆人之黑心仆木耳，而这赶来的两人赫然有费天在其中，另一人却是个一脸阴鸷，更有满脸皱纹的老妪。

“到底发生了什么事？主人呢？”费天问道。

“少主人受了重伤，正在药池之中疗伤。”木耳有些木然地回答道。

“少主人受了伤？这怎么可能？是谁干的？”那老妪讶然问道。

“是有‘天下第一刀’之称的蔡伤及其子蔡风联手出击，少主人中了他们的诡计，这才受了重伤！”木耳有些愤然地道。

“少主人？那主人呢？”费天似乎觉得有些不对劲，问道。

“主人已经归天，少主人现在就是我们的主人！”木耳认真地道。

“我要去见见主人。”老妪道。

“你们刚来，让我先去禀报主人！”木耳道。

“也好！”

“进来！”葛明在前面已经进入了一个小山洞，淡淡地道。

葛荣心情异常复杂，他也无法理解那究竟是怎样一种感受，跃下马来，迈步进入山洞，此刻的他并未想到可能出现的埋伏及其他。

葛明背对着洞口，也被背对着葛荣，冷冷地道："以前我只道你薄情，而今才知道，你胆小如鼠，怕死，贪生！"

葛荣呆了一呆，他的确无话可说，此时似乎说什么都无法补过。

"这是你娘说的？"葛荣吸了口气，心情缓缓平复了一些，问道。

"不，是我自己说的！但我相信娘也一定这么想。"葛明冷冷地道。

"你明白什么？"葛荣回应道，他毕竟乃一代枭雄，面对一个可能是自己亲生儿子的指责，还有些不太适应。

"哼，这个世上又有多少事我不明白的？这是娘叫我交给你的！"葛明气呼呼地说道，并自怀中掏出一只以丝绸包扎了许多层的珠钗，似为纯金打造，色彩明艳至极。

葛荣禁不住躯体震了震，望着珠钗神情一片茫然，心神似乎一下子飞越到二十余年前，又回到了那个春天。

繁花似锦，草长莺飞，翠树、碧湖。

衡水湖烟波缥缈，鱼游鸟掠，确是一番生机勃勃的清静之地。

"啪……"湖水被一块碎石激起了层层涟漪，更有几点水花溅在葛荣的脸上，清凉清凉，一种湿润的感觉惊醒了沉思中的葛荣。

葛荣根本就不用回头，便已知道来者是谁，但他却并没有作出太强烈的反应。

"你在想什么呢？居然这么入神。"一声娇脆的声音自他的身后传来，一只灵巧而白滑的手在他肩上轻轻拍了一下。

那时候的葛荣，活脱脱是一个浪子，英俊中多了几分玩世不恭，不过，他似乎有着他这个年龄之人所没有的深沉和睿智，这更衬出其狂放不羁和风流倜傥。

葛荣反手一抓，准确地握住那似可挤出水来、温润无比的柔荑，轻轻一带，身后之人"呀"的一声惊呼便摔倒在他的怀中，现出一张葛荣自认为是这个世界上最美的丽容，娇俏俏的粉面犹如三月的春水，更融解了桃花的色调，鬼斧神工的线条尽头却凝在那让人神魂为之倾倒的樱唇之上，剪水般的眸子如两颗乌黑的龙眼，只不过那流溢的神芒，似乎将人引入一个万花竞艳的春天，那双眸子之中仿佛包容着整个天、整个地、整个人类的真善美，葛荣此刻仍然清楚地记得，那长长的睫毛每眨合一下，他的心中就会泛起一层涟漪。

“本来想骗你说不是在想你，可是一看到你的眼睛，我就没有办法再骗你了。”葛荣也眨了眨眼睛，一副无可奈何的样子道。

“你骗人，你眨了眼睛。”那美人娇声不依地道，但脸上却荡漾着一层幸福的光润。

“不错，我是在骗人，可是我却不敢骗你。”葛荣笑了笑，忍不住在那让人心醉的眸子上轻轻亲了一口，爱怜地道。

“哦，好哇，你敢说我不是人？”那美人不依地用粉拳轻擂葛荣的胸膛，娇声道。

葛荣煞有其事地道：“你当然不是人了，你是仙女，是荷花之仙，是牡丹之仙，更是水仙之仙，你是上苍赐给我的精灵，人间的凡夫俗子哪有你这样绝美而又不食人间烟火的仙子？”

那美人禁不住为之醉倒，紧紧揽着葛荣的脖子，满目是情地望着葛荣那充满爱怜的眸子。

“你眼里有东西。”美人突然道。

葛荣一愣，忙伸手擦了擦，竟是一粒眼屎，想着禁不住大笑起来，美人也跟着烂漫地笑了起来，就像盛开了满地的杜鹃花。

两人笑了半晌，葛荣将美人搂得更紧，两颗心似乎以同一个频率而跳动。

“敏儿，如果我要离开一段时间，你会怎么样？”葛荣突然转换话题道。

“我会跟着你一起走！”那美人毫不犹豫地道。

“傻敏儿，那怎么行了，你爹怎会让你跟着我这样一个无形浪子浪迹江湖呢？”葛荣淡笑道。

“我可管不了这些，除非你不要我！”美人有些固执地道。

葛荣深深地吸了口气，望了望眼前微微荡起了一丝浪花的湖面，半晌才移目看向那张此时略带惊惶的美丽容颜。

“葛大哥，敏儿说错了什么话吗？”美人有些惊悸地问道。

“没有，敏儿的话在我的心中，永远是对的！”葛荣认真地道。

“你有心事，能对敏儿说吗？”那美人敏感地问道，眸子之中充满了希冀。

“别多心，没有的事。”葛荣望着那充满希冀的眸子，强装欢颜地道。

“你别骗我了，你要走了是吗？”美人神情欲泣地问道。

葛荣知道眼前的美人心思极其细密，有些事情根本就无法瞒过她，不由得吸了一口气道：“我的一位兄弟有些事情需要我去解决一下，可能要离开一段时间，长则半年，短则一月。”

“那你带我去。”美人急道，她对葛荣的话并不感到意外。

“不行。”葛荣坚决地道。

“为什么？”美人失望地问道。

“这件事情极其危险，我不能让你跟着我一起去冒这个险！”葛荣认真地道。

“我不怕危险，只要跟你在一起，我什么都不怕！”美人的话语也是那么坚决。

葛荣涩然一笑，道：“你不怕，我怕，如果你有半点损伤，我会感到比杀了我更心痛，更何况这件事情非同小可，不能有半点纰漏，否则只会惹来大祸，不是你想象中的那么简单。”

美人似乎也敏感地觉察到事情有些不简单，禁不住问道：“你是说可能会有生命危险？”

葛荣也不想隐瞒地点了点头，道：“不仅如此，甚至会带来诛灭九族的危险！”

“啊，那你不要去做吧？”美人惊问道。

“人在江湖身不由己，有些事情是必须要做的，男子汉大丈夫立身处世，最不能失的，就是情、义、信，更何况我如果永远都只是一个浪子的话，你爹也绝对不会接纳我的，因此，我一定要创出一番属于我自己的事业。浪子，始终只是一只孤独的狼，更不配拥有一个家，但，我必须要娶你，所以我要浪子回头！”葛荣认真地道。

美人的脸上升起两朵红霞，嗫嚅道：“可是你想浪子回头，也不必去冒险啊，只要你能供我吃，供我住，哪怕是粗茶淡饭，粗布衣服，住的是茅屋竹棚，只要不漏水，我都愿意。”

葛荣感动地在美人脸上轻轻吻了一下，才深情地道：“你是天上的金凤，怎能住茅屋竹棚，吃粗茶淡饭呢？我一定要让你如一品夫人般享受荣华富贵，如果让你受苦，我葛荣就不配拥有你的爱！”

美人脸上闪过一丝幸福的笑容，满足地道：“只要你有这份心，我就心满意足了，我不求荣华富贵，只求你平平安安地守在我身边，如果你愿意的话，我可以让爹推荐你去当官，这不就得了吗？”

葛荣自信地一笑，道：“对于为官之道，我并没有兴趣，即使我想做官，也一定会凭借自己的本领去争取，我很明白你的心意，但你应该明白我的性格。我相信，在不久的未来，我就可创下一片属于我们的天地，而且还会天下瞩目，我要让天下人知道，只有天下最美丽的女子才配拥有这样的生活！”

“可是……”

“别说了，请相信我！”葛荣一手按住美人的樱唇，一手拿出一根以黄金打造的珠钗，温柔地插在美人的发髻上，道：“这是我昨天让一名巧手为你所打造，没想到竟如此协调，你真美。”

美人心中一阵激动，紧紧地搂着葛荣的脖子，似在梦中呓语般道：“答应我，好好地活着，好吗？”

“我一定会的，不为别人，只为你，我也要好好地活着，你等着，我一定会回来娶你！”葛荣自信地道。

“今生，除你之外，我再也不嫁！希望你能遵守承诺。”美人依恋地道。

葛荣如何还能够心智不动？终于忍不住吻上了她的樱唇。

两个年轻的生命在迸发，在激扬，热情如喷出地壳的溶岩，一发而不可收拾，激情冲溃了所有世俗的伦理，冲溃了数千年的道德理念，一切的一切都以最原始的情态上演。

男女之情本为天地之间最为美妙、最为无法揣测的一种意识。

一切都发生了，就在这一天，在这桃花盛开的季节，在美丽动人的湖畔，在这静谧安详而生机昂然勃发的天地下，他们以坦诚相对，抵死缠绵，将情、爱、欲推向极峰，然后结合，而达到生命的另一种辉煌……

不知过了多久，细微的波浪声击打着湖岸，使得葛荣心头一阵静谧，美人安详地依偎着他，甜美之中蕴着无尽幸福的情怀。

葛荣轻抚着那微微有些凌乱的秀发，感受着这位刚刚将自己的全部身心交给他的美人的温驯和温馨。

“你可不能负我哦?”美人深情地望着葛荣，幽幽地道。

“不会，我要你成为世上最幸福的女人，你永远都是我的仙子!”葛荣深情地道，并在美人的额头轻吻了一口。

美人嫣然一笑，满意而幸福地闭上了眸子，如梦呓般道：“我可能会怀上你的孩子，你说将来我们的孩子叫什么名字呢?”

第一百六十三章　痛忆往事

葛荣一愣，旋即笑道："孩子当然姓葛喽，至于名字嘛，就依你的名字好了，如果是女孩，就叫葛敏，如果是男孩便叫葛明，怎么样？"

"葛敏？葛明？好哇，这名字很好听！"美人欢喜地道。

"当然好喽，我一旦将这件事情办好，就立刻回来向你求婚，无论你爹答不答应，我一定要娶你为妻！"葛荣坚定地道。

"你要早点回来，我会等你的！"美人对未来充满了向往地道。

"我会的……"

"小姐，时候不早了，该回府了，不然大人回来，小的无法交代！"不远处传来一个微微焦急的声音，打断了葛荣的话。

葛荣和美人儿望了望天色，快近黄昏，于是整衣相携向声音传来的地方行去。

不远处，停着一辆小巧的马车，马车的辕上坐着一名苍老的车夫。

"根叔，劳你久等了。"葛荣笑着打招呼道，美人儿却俏脸泛红。

"年轻人就是没有时间观念，快些上车吧，小姐！"那车夫嘀咕道。

葛荣向怀中的美人望了一眼，温柔地道："我为你赶车！"

美人心中一阵激动，点了点头，此刻她早已心系于葛荣之身，一切只听葛荣的吩咐。

"根叔，让我来给敏儿赶车！"葛荣道。

"你……这可不行，你是府中的客人，怎能让你赶车？何况要是让大人知道了，我可真是交不了差。"车夫不依地道。

“你别担心，一切全都由我负责，出了任何事我会向王大人交待的，反正迟早总得让大人知道，你又怕什么？”葛荣温柔地将美人送上马车的车厢，自己却不由分说地跃上车辕，夺过马鞭。

车夫没有办法，只好让葛荣驱车。

这是葛荣一生中第一次当车夫，也是最后一次，虽然他驾车技术不是很好，可是因其武功超凡，车子虽然颠簸了一些，但却极为安全，美人更感受到情郎屈身降价为其赶车的那分情意。

第二天，葛荣真的告别美人，向美人之父也即是朝中三品大员的王涛辞别，王涛身为冀州刺史，权势很大，葛荣因自身武功极高，在江湖中的名气正节节攀节，于一次偶然之中帮了王涛一把，这才被请到刺史府做客，并指点那些护院的武功，也因为这样，他才结识了王涛之女王敏。王敏为葛荣的狂放不羁、文采风流及超凡的武功所倾倒，而葛荣则被王敏那绝世芳容、明艳不可方物的美丽所震撼，于是两人很快就进入了热恋之中，但这之间的交往多是偷偷进行，并不敢让王涛知道。

王涛虽然欣赏葛荣，但却极为势利，只想让葛荣成为他仕途的踏脚石，更有意将王敏送入皇宫，盼望有朝一日她能得皇上恩宠，当个娘娘什么的，那王家就可借机飞黄腾达了。因此，葛荣在王涛的眼中，顶多只能算是一个可用之才而已，自然不会让葛荣与王敏交往。葛荣和王敏也明白这一点，所以两人只能背着王涛，偷偷地约会。

其实，追求王敏的王孙公子大有人在，其中包括尔朱家族的大公子尔朱荣，叔孙家族的叔孙猛，刘家的刘文才，都是当代杰出的人物，可就是因为王涛一心想做国丈，才拒绝他们于门外，未作明确答复。他自然想不到却让葛荣捡了个便宜，来个近水楼台先得月。如果王涛知道了这件事，不气得吐血才怪。

葛荣走了两个多月之后，江湖中纷传葛荣与他的一批死党盗窃了五十万两官银，并斩杀虞城太守，而这五十万两官银正是告老还乡的虞城太守的全部家资，此官的钱财大半可算是贪污得来，但无论如何，虞城太守乃是皇亲国戚，又岂能被人乱杀？

北魏侦骑四出，到处追杀葛荣，更劳动了四大家族中的高手。

有人传说葛荣与其死党在太行与官兵交手，又杀官兵五百，也有人说葛荣已被尔朱家族的高手所杀，而追查葛荣事件的人，对葛荣的亲朋好友全都不放过，大有牵连之势。

冀州刺史王涛乃是朝中尚书王肃的侄子，王肃曾是镇南大将军，无论是朝中还是军中，都能起到极大的影响力，是以众官兵虽然查到王涛，但却没有人敢动他。只是王涛所受压力极大，而王敏更终日以泪洗面，更为让她担忧的却是她真的怀上了葛荣的孩子。

王涛在强行逼问之下，得知真相后几乎气得快要发疯，恨不得掐死这任性的女儿，硬要逼着王敏打掉孩子，但王敏死活不肯，并以死要挟父亲。

王涛也没有办法可想，便制造了葛荣的死讯欺骗王敏，更要急着将王敏嫁出去，在孩子与出嫁之间，她必须作一个决定。王涛绝不希望他的女婿是葛荣，一个杀人通缉犯，一个甚至会令整个王家遭到牵连的女婿。因此，王涛必须及时采起补救措施，那就是趁女儿对葛荣绝望之时，断了葛荣的最后一点点机会。

王敏听到葛荣的死讯，几乎昏绝，几次想到死，但却想到与葛荣所怀的骨肉，竟坚强地活了下来，在多方的压力之下，她无可奈何地出嫁了，嫁给了四大家族中的尔朱家族，这是一桩带了政治色彩的婚姻，那是在葛荣离开后的第三个月。

事也凑巧，葛荣在王敏出嫁的那天竟偷偷潜了回来，他找到了那个被打断双腿的车夫根叔，车夫的脚是王涛亲手打断的，但根叔对葛荣的印象仍是极好，并没有怪葛荣连累了他，反而将这三个月中所发生的事情向葛荣细细叙说了一遍，但送亲的队伍已经走了。

葛荣如遭雷击，他所做的第一件事情就是夺下一匹快马，飞速追赶送亲的队伍，他根本不怕惊世骇俗，心中唯一的意念就是抢亲，他答应过她，一定要回来娶王敏，可是他没有做到。

葛荣追上送亲的队伍，但是他以一人之力又如何能够敌得过如此庞大的送亲队伍？何况其中高手如云，而王涛更是做好了葛荣前来抢亲的准备，既然葛荣能够劫下官银五十万两，自然能够前来抢亲。

那一场血战，只让王敏红了眼，她亲眼见到葛荣杀人，也亲眼见到葛荣被伤，葛荣竟奇迹般地杀尽送亲的百余名官兵，更斩杀二十八名高手，但终于未能扑近马车，王敏眼睁睁地望着葛荣身上鲜血飞溅，声嘶力竭地哭喊着，却无济于事，她最后终于被人点了黑甜穴昏睡过去。

葛荣犹如一头发怒的野兽，不知痛苦，不知生死，支撑着他的只有愤怒，那一战让所有送亲的人为之胆寒。

葛荣并未夺回王敏，但他却差点命丧当场，救起他的人是他的一群死党，那时候尔朱家族也有高手赶到，但葛荣仍是被人救走了。不过，葛荣的兄弟也死了十三人，他们只换回了葛荣的命和八名尔朱家族高手的陪葬。

那是王涛见过的最残酷、最惨烈的一战，之后，王涛竟然有些后悔，后悔小看了葛荣，葛荣的武功可以说已经达到了登峰造极之境，居然在数十位高手的围攻之下，仍将一百余名官兵杀得一干二净，更力杀二十八名好手，更战到最后一刻。自葛荣的身上，他看到了这个年轻人无限的潜力，而葛荣的那帮朋友更是个个舍身忘死，为其去死而毫不皱眉，只凭这一点，就可看出葛荣绝不会是池中之物，王涛开始有些后悔自己的所作所为，但事情绝对没有回转的余地。

葛荣的死党救出他后，竟在他身上数出了一百三十二处创伤，但葛荣仍奇迹般地活了过来，抑或他本身就是个奇迹。

之后，葛荣销声匿迹了几年，直到北朝太子元诩登基，葛荣才再次出现在北魏的土地上，而且在冀州建下了葛家庄。此时的葛荣早已轰动武林，只因为当年那一战，而葛荣更是身家不薄，一到冀州便购下店铺、钱庄，甚至青楼，其势力发展之快，犹如滚雪球一般。

王涛本想对付葛荣，但他却没有借口，再则，葛荣此刻变得更加高深莫测，更非单身只影，任何要对付他的人，就必须付出沉重的代价，这是不可否认的事实。而且赤脚不怕穿鞋，王涛有权有势，有身份有地位，更有家产万贯，葛荣却能说走就走，任何敌人根本找不到他，但他的敌人必须时时刻刻提防他的报复，这种情况王涛自然会考虑。再后来，葛荣的朋友遍布天下，更是身负侠名，多做义举，若对付他考虑的问题也就更多了。只要葛荣不找麻烦，他就已经心安意得了，哪还敢去招惹对方？

而葛荣以后似乎再也听不到王敏的消息，那桩婚姻似乎是一件大秘密，竟被封锁了所有消息，即使自王涛口中也无法得知。

葛荣的势力很快就几乎覆盖了北魏，更向南朝发展，其经商天才和发展之快，就是王涛无论如何也估计不到，而葛荣越强大，王涛越是感到压力重，更显得郁郁寡欢，最终病死。但王敏一直都未曾抛头露面，甚至连父亲病死也未曾回家一次，而葛荣安插在尔朱家族的探子，也无法得知王敏的下落，一直等了二十多年，葛荣也苦苦经营了二十多年，他恨极了这个世界的那种势利眼之人，他要让人看看，并不是只有世家子弟才会有所出息。而此刻，他更是要改变这种畸形的世界，但却没有多少人能够理解。

沉默，死寂一般的沉默，葛明静静地盯着葛荣，就像是在看着一只受伤的猎物。

葛荣自沉思之中醒来，轻轻地叹了口气，他不想做太多的解释，只是淡淡地道："你娘都对你说了些什么？"

"什么都说了，又什么都没说，她只是让我将这支珠钗交给你，这些年她一直都将之戴在头上，直到我出江湖之时，她便在家里修了座佛堂，让我告诉你，这是她了断的最后一桩俗缘！"葛明有些哀伤地道。

"啊！"葛荣禁不住心神大震，虚弱地倒退两步，眼角竟滑落出两行泪水。

葛明的心头也在痛，他根本就不知道该如何去处理眼前的关系，只是在心中为一往情深的娘亲喊冤、抱屈，但他想不到这个他从未见过面的父亲竟然也是一往情深，只是感情无处可寄而已，更痴情到将母亲的名字以火烙在胸前，这使他感到眼前的父亲也同样是可怜的。

"孩子，带我去见见她，好吗？"葛荣语气微缓，带着诚恳地道。

葛明吓了一跳，退了两步道："不，不行，那里太危险，而且娘亲根本就不想见外人！"

"在神池堡，还是北秀容川？"葛荣沉声问道。

“你不要问了，我不会告诉你的，娘亲她说过不能让你知道。”葛明沉声道。

“哼，她是担心我出事，难道你也不相信我有这个能力去毁掉神池堡和北秀容川吗？我是你爹，是你娘今生最爱的人，而你娘同样也是我今生最爱的人，难道你希望眼睁睁看着你的双亲相隔两地苦苦相思，受尽思念之苦吗?”顿了一顿，葛荣又有些激动地道，“孩子，不是爹没去找你娘，我这二十余年来，一共派出了四百多名探子，打探你娘的消息，可是一直都没有半丝令人满意和值得欣慰的结果。你以为我没想过攻破神池堡吗？我已经为这些事情筹备了二十年，足足二十年哪！这二十年之中，虽然我也娶过女人，但在我起事之前，从来都未曾近过女色，那些女人与我只是有名而无实的夫妻，你以为我开心吗？你以为我惬意吗？每天，我打理数百本账目，每隔一个月去大江南北巡视一番，为的是什么？为的不就是要摧毁尔朱家族见到你母亲吗？你以为你爹真的志在天下吗？权力在我的眼中只不过是粪土一堆，只是我知道，在这个世上若没有权力，没有实力，就休想去打倒一个强大的敌人！我之所以费尽心思的操劳、起兵，就是为了你娘!”

葛明禁不住呆了，他没有想到事情竟曲折成这样，更没有想到葛荣用情如此之深，但仍有些疑惑地问道：“可是你不是有两个儿子吗?”

“那全都是我收养的孤儿，我原就没想到还有你在人世，更不想我的愿望和遗志没有人接手，这才收养了两个孤儿，这一辈子，我只真正的爱着一个女人，那就是你的娘亲，在我眼中，只有她才配做我的妻子，而在葛家后院，我始终虚席以待，等待着有朝一日她回到我的身边，我不管这二十多年中发生了什么事情，也不管二十多年的风霜改变了她多少，但我依然会一如即往地深爱着她，一如昔日那般疼她恋她。孩子，你告诉我，你娘在哪儿好吗?”葛荣恳切地道。

葛明的心也软了，他不知道真正爱上一个人究竟会是什么感觉，他会为哈凤做这些吗？此刻的他竟对爱产生了一种恐惧感。

很难想象，有的时候，爱可以让一个人去创造奇迹，是一种动力，一种让人心惊而且莫测的动力。而对王敏的爱，却让葛荣创造了一个奇迹，一个商业的神话，更造就出了一个军事天才。葛荣由一名狂放不羁的浪子摇身一变，成为天下势力和财力最为雄厚也最具威胁的起义军首领，这之中却只以一个爱字和情字相连。爱人是他拼搏的动力，二十年如一日地去实现目的，这绝不是一个普通人所能做到的，其中所需要的不仅仅是智慧，更需要一个支撑的信念。

可以说，除朝廷之外，天下任何一个家族的力量都不可能比葛荣的实力更雄厚，用二十年营造出别人数百年才能打造出来的基业，任何人都应该感到吃惊，萧衍所说的也不是虚言：葛荣在他心中至少可排至第三！

山洞之中除了野兽的呜咽之声外，几乎是一片死寂。

蔡风以灯火烧干那虎皮上的血迹，虎肉却给那些饥饿的豹狼分食，心中却在为田新球的安排而惊悸。

田新球的智慧的确深不可测，竟想到以野兽来煎熬他的意志，当初田新球以熬鹰之法摧毁他的意志之时，就是选择了几人对他轮流拷问，以各种手段刺激他，而使蔡风十日十夜不眠不休，精神才完全崩溃，更在药物的刺激下使本身潜能在不知不觉中被激发了出来，而此刻的田新球，以这些饥饿的野兽凄吼之声来刺激他的意志，更在铁笼之上设下机关，只要兽爪一抓到铁栅栏，就会牵动机关刺激他的神经，让他不可能入睡，这种以野兽熬鹰之法的好处，就是永远都不会受到野兽的摆布，虽然这些野兽在田新球醒来之时都会成为他的主人，但却因它们不通人语，无法向田新球发号施令，这就是田新球的可怕之处。

正在思忖之间，蔡风竟捕捉到一丝细微的脚步之声。

蔡风心头一动，暗忖道：“该不会是三子他们找到这里来了吧？”想着拿起虎皮闪身退到阴暗之处。

半晌，脚步声渐近，两颗脑袋自一旁探了出来，似乎他们对石室之中的虎狼极为担心，不过看到这些虎狼被铁链锁着，却在大嚼虎肉之时，二人禁不住脸色大变，不过仍小心翼翼地贴着洞壁向田新球靠去，手中提着一篮子饭菜。

蔡风心头稍稍放心，他只是不想见到故人，对这两个陌生的人却并不在意，何况对方只是前来送饭，看来应该是田新球事先所安排的。

“大爷，大爷……”那两人轻轻地唤了两声，每人手中都紧张地握着刀，显然是怕受到野兽的攻击。

“饭菜给你送来了，我们的解药呢?”那两人小心翼翼地问道。

田新球并没有回答，但头顶的烟雾渐敛，显然很快就会醒来。

蔡风此刻才恍然，原来田新球竟是以毒来挟迫这些人为他办事，果然是本性难改，但他对于田新球用毒并不值得奇怪。

虎狼见又有猎物进来，全都怒目而视，露出贪婪之色。不过，它们似乎被刚才的蔡风给吓坏了，抑或是此刻饥饿已除，并不是表现得十分凶猛，但那两人的神情显得很紧张。

田新球突地眨了眨眼睛，那呆板的神情慢慢恢复了一些正常，显然已经功德圆满。

“大爷……”那两人小心翼翼地叫着，他们似乎也清楚田新球已经醒了。

田新球伸了伸手，“啪”地一声大响，那埋住他下身的泥土竟碎裂成粉末，四散射出铁笼。

狼一阵惨嚎，似乎这些碎末的散射力量极强。

蔡风心中暗惊，变成毒人的田新球其功力的确暴增了许多倍，否则也不可能散发出如此强劲的震力。

“大爷，你醒了?”那两人小心翼翼地问道。

田新球此刻似乎才注意到石洞中有人，不由得充满杀机地问道：“你们是什么人?”

“大爷，你不记得我们了？你不是让小的为你送饭吗?”那两人一听田新球如此说法，禁不住慌了。

“我让你们给我送饭?”田新球似乎全然想不起有这么回事。

蔡风立刻恍然，如今田新球已经成了毒人，前事尽忘，哪里还会记得这些印象并不深刻的人？不由得立刻紧裹虎皮缓步行出，向田新球冷冷地问道：“你认识我吗？知道我是谁吗?”

田新球神色一肃，恭敬地道：“你是我的主人蔡风!”

"很好!"蔡风淡淡地道。

那两名送饭的人更惊，骇然道："你……你就是泰山上……上……的蔡风?"

蔡风望着两人结结巴巴的说话样子，心中禁不住有些好笑，道："你们是什么人?"

"我……我们是……是英雄……庄……庄的弟子，他叫刑志，我……我叫李宝。"那两人显然被蔡风的身份给吓着了，竟然说话结巴起来。

"他……他们……在找……找你……"那两人巴结道。

"我知道!"蔡风淡然道，转瞬又向田新球问道，"你叫什么名字?"

"我叫田新球，愿听主人的一切吩咐!"田新球在铁笼中恭敬地道。

那两名英雄庄的弟子显然不知田新球为何人，毕竟田新球的名字只是在漠外极具盛名，在中原只有少数江湖阅历极深的一部分人知道，而这两人只不过是英雄庄中的一些小头目，自然不知道田新球乃何人。

"很好，你先在自己腕上咬下一块肉吃吃!"蔡风冷冷地道，他心中竟然也想出了这个报复的念头，正好补偿当初田新球的要求。

田新球毫不犹豫地张大嘴巴在右腕上咬下一片血肉，有滋有味地嚼了起来，也不顾鲜血直流，更不感到恶心，那两人看得直冒寒气，只感到鸡皮疙瘩抖落一地。

"很好，你出来为这两位症断一下，看看他们究竟中了什么毒，并吸走他们身上的毒。"蔡风心中稍安，能够收服这头凶魔，也算是天意，谁又能估计到，金蛊神魔将自己炼成毒人之后又会取到怎样的破坏作用呢?如果不是机缘巧合，被蔡风所控制，其后果可真难以预料，难道这就是传说中的因果报应?

田新球再嚼了嚼口中的碎肉，伸手往那巨锁上一捏一扭，竟在没有钥匙的情况下，那柄大锁"咔嚓"一声给拧开了。

那两人骇了一跳，田新球的功力的确让他们大感震惊。

葛荣缓缓摘下脸上的鬼脸面具，脸色苍白，但那股自骨子里散发出来的霸气和傲气仍不减，这也许正是葛荣身具的独特魅力。

葛明的心颤了一下，这是他第一次见到生父的真面目，刚才他自秋末波的口中得知葛荣戴着鬼脸面具，而且身受重伤，就心中在颤抖，天幸，他竟然在这里真的截住了葛荣。

“孩子，快告诉我，你娘在哪里好吗？要相信你爹有足够的力量将她安全地带出来，给你们母子幸福，我所有的一切，全都是你们的！”葛荣动情地道。

葛明心一软，但神情却蒙上了一层忧色，深深地吸了口气，无可奈何地道：“我若说出，你必须答应我不能莽撞行事，必须养好伤之后再有计划地进行。”

葛荣一愣，旋即露出一丝满足和自信的笑容，虽然葛明的话带着一丝稚气，但那种关切之情却溢于言表，这位与他从未见过面的儿子，显然对他有着一分真挚的感情，毕竟，血浓于水。

“你不要笑，别以为我的话多此一举，更别以为我小孩子气，其实我们对尔朱家族的了解只是一些皮毛而已，尔朱家族的内部情况错综复杂，连我也不完全明白，甚至包括尔朱天佑和尔朱天光！”葛明表情肃穆地认真道。

葛荣禁不住一呆，眸子之中泛出一缕奇光，奇问道：“这怎么可能？”

“我也知道得不太清楚，据娘说，尔朱荣可能不止一个，而是两个！”葛明断然道。

葛荣似乎吃了一大把毛毛虫般，惊得脸上表情古怪至极，他从来都没有听到比这更让他感到好奇和惊讶的话。

“这件事情只怕在尔朱家族之中都很少有人知道，娘亲也只是从平时的小事中观察和言语之中发现出这个秘密。而且，在神池堡中有两个极其神秘的地方，一个是元老堂，里面究竟是什么人居住并没有多少人知晓，只知道这两人的辈分比尔朱天佑还高，有人说，尔朱家族一脉武功最高的不是尔朱荣，而是住在那里面的人！”葛明深深地吸了口气道。

葛荣心中暗惊，这个元老堂他当然听说过，他在神池堡中安插的暗探就曾多次提到这个地方，不由得点了点头道：“这个我知道，曾有四名探子进去，但却没能出来，是以，那里面的事情我也不太清楚。而神池堡中的另一神秘地方又是哪里呢?”

葛明感到有些讶异，看来葛荣身边的确有很多人打入了神池堡，心中有忧也有喜，那种情感他也说不明白，一边是他的亲生父亲，一边又是他的养父。不过，他对尔朱家族并无好感，做一个人的替身，他受够了，再也不想去做什么替身，一个替身，那始终是别人眼里不入流的人物。

“另一个地方，只怕连尔朱天佑也不知其中的详情，那个地方被尔朱家族列为禁地，里面的人擅自出来，则杀无赦，外面的人擅自进去，也照样杀无赦！那里究竟藏着什么秘密我不知道，但我却知道要进入那里，就必须先通过元老堂，没有元老堂的人批准，即使尔朱天光和尔朱天佑也要受到惩罚，那里唯有元老和族王方有资格自由出入。至于元老堂，我也没有机会进去，而元老堂中的禁地我就更没有机会去了，即使在神池堡中知道这个禁地的人亦不多，本来我也不知，只是在尔朱荣一次醉酒之时偶尔提到禁地，我才知晓。那处禁地，唯有资格进入元老堂的人才有资格知道!”葛明肃穆地道。

葛荣倒抽了一口凉气，心中暗想：“看来对于尔朱家族的了解，我的确还做得不够，而那处禁地里面又藏着些什么呢？还有那尔朱荣，怎会有两个呢？如果有两个像尔朱荣这般的绝世高手，再加上元老堂中的未知高手，那整个尔朱家族的实力岂不大得惊人？至于元老堂中的禁地，很可能藏着尔朱家族的所有财宝，这才不允许人擅入!”

“我说这些只是想让你好好地考虑清楚，并非危言耸听，而且绝对不容许忽视!”葛明肃穆道。

“无论如何，我一定要将你娘亲接出来，只要来到葛家庄，就是有十个尔朱荣也不可能动得了她分毫，即使神池堡和塞上北秀容川再如何强大，我毫无畏惧。为了这一天，我足足准备了二十年，没有任何力量可以阻碍我去寻找爱人，就像没有人可以阻止我挥军南下一般，只要我乐意，那整个天下也将是我的囊中之物!”葛荣自信地道。

“可是，你有伤在身!”葛明担心地道。

“伤总会好的，我等了二十年，难道还在乎多等十天半月吗?”葛荣犹如一个永远也无法崩溃的铁人，自信就是他的支柱。

葛明一阵沉默，半晌才道："娘亲所修的佛堂离元老堂不远，在神池堡内院的东北角近山坡之处！所以你在堡中的探子根本找不到她！"

"好！你先跟我一起回葛家庄，我们共同去筹备如何救出你娘亲！"葛荣果断地道。

"不，不行，我不能跟你一起回葛家庄！"葛明急声道。

"怎么，爹爹所有的一切都是你的，难道你就不想跟爹一起去看看你将来的一切吗？"葛荣奇问道。

"至少，眼下我不能跟你一起走，我如果跟你一起走了，尔朱荣一定会有所怀疑，为避免诸般麻烦，到时我再与你联系！"葛明认真地道。

葛荣立刻醒悟，笑道："对、对，来日方长。"

"那我先走了，你不能向北集坡去，他们已算到你可能去北集坡，是以在路上设下了埋伏，而朝徂徕山一带逸走是安全的，其他地方全都有危险！"葛明再次提醒道。

葛荣心怀大畅，这大概是他二十余年来最为欣喜和快慰的一天，但似乎仍有些怅然地道："明儿，难道你不想叫我一声爹吗？"

葛明深深地望了葛荣一眼，声音变得有些淡漠地道："我该走了！"说完竟不再叫出葛荣所梦想的一字，转身投射出洞，唯留下葛荣惆怅地望着苍茫的黑夜。半晌，才悠悠地叹了口气。

洛阳，宫中沸腾，满朝皆惊，孝明帝元诩竟于昨夜暴病而毙，变故发生的是那般突然，那样让人难以接受。

孝明帝暴病而亡是今早宫女才发现的，宫娥、贵妃、皇后痛哭之声使得后宫陷入一片疯狂和凄惨之中。

最为震惊的还是尚书李崇，他怎么也想不到竟会发生这种事情，宫中的文武百官，只有数人有资格去见元诩的遗体。

惊蛰竟然发生了这种惨事，的确太过突然，满朝文武泪洒早朝，幸亏太后很快便赶到了现场，此刻太后方显出了其超常的镇定。虽然悲泣之色溢于言表，可对皇上的后事安排井井有条，连朝政都一一处理得极为妥当。

洛阳之内的消息尽数封锁，元诩的死讯只有文武百官知晓，但却不能传出宫外，更不能传出洛阳。

太后的理由是怕有损各路将领的斗志，乱了军心，更不能助长叛贼逆党的凶焰，也就将元诩的死讯秘而不宣，而太后又提出，朝中不能一日无君，她乃一介女流之辈，自不能亲自主政，因此，另立新皇之事又成为众臣议论的话题。

翌日，太后和数位大臣决议，立临洮王元宝晖的世子元钊为帝，元钊却是一个仍未断奶的小孩，虽然许多大臣断然反对，可是却无法抗衡胡太后的决议，遭受到郑俨诸人的言词攻击。

朝中大臣多有微词，但却不敢说出，胡太后权倾天下，谁也无话可言。

李崇在新皇登基后三天辞官归隐，举家迁出洛阳，朝中文武百官和胡太后极尽挽留，但李崇去意已决，仍是辞官而去。

新皇亲政，小儿坐龙椅倒闹出不少笑谈，还专门有奶娘照看，胡太后垂帘听政，所有决断全由胡太后决定，官吏罢免、乔迁，史部和刑部及各部完全无法插手，朝纲几乎大乱，一些敢于直言之臣悉数遭贬或遭斩，更有些人步李崇后尘，辞官而去……

尔朱天光闻知元诩驾崩，如遭雷击，再也不管什么泰山之会，迅速领兵回朝，更自黑白双奴的飞鸽传书中得知孝明帝为胡太后毒死，更是大怒。

李崇也正是明白此节，才感觉到胡太后的可怕，因此辞官还乡。那天夜里他很晚才离开御书房，此刻正逢刘公公送参汤入房，后来他亲见元诩尸体，又不似暴病之状，心中早就估计问题出在那碗参汤上，可是他再去找刘公公之时，刘公公竟也恰巧病死，那几名小太监更是失去踪迹。这事显而易见是太后指使下毒，他若再不离开这是非之地，只怕胡太后的下一个目标就是他了。

天下皆惊，元诩之死，虽然朝廷内部极力隐瞒这个秘密，但是纸终究是包不住火的，更何况，洛阳城中各路义军都有密探，只要宫中有半点异常事情，就立刻会传出很远。更何况，另立新皇可是一件大事，又如何能够蒙蔽过去呢?

天下本已够乱，百姓心中不安，战火纷烧，义军四起，人心思变，元诩一死，新皇又是一个未曾断奶的毛头小儿，天下百姓岂有不乱之理?

最得意的还是各路义军，元诩之死使得义军斗志大盛，战意高昂，攻城略地猛不可挡，官兵战意大弱，各路义军中最强的要属葛家军，破巨鹿、克隆尧，直接南下，一路披靡，很快就威胁到邯郸和邢台，大将元融在定州被鲜于修礼所缠，根本就分身不得。尔朱荣的大军踞守晋阳，尔朱天光远在山东，萧宝寅和崔延伯居兵黑水，朝中猛将虽多，但能跟葛荣交手的人却几乎没有。

莫折念生在陇西再结部将又准备反攻，几乎缠得崔延伯、萧宝寅欲退不能，而且莫折念生这次的攻势似乎超乎往常的猛烈。

胡琛占据高平，赫连恩、万俟丑奴分兵两路出击，也夺下数座城池，战况之惨烈，实让人心寒。

朝内朝外，全都是一片混乱，元诩一死，另立新皇，各路王族反对极烈，其中以长乐王元子攸、高阳王元雍和河间王元琛反对最烈。

高阳王元雍富贵冠一国，正因其极富，才会反对立元钊为帝，何况，小儿当道，岂不是权力全为胡太后所掌?王室之人又怎能让胡太后这个外人把掌朝政?

尔朱荣与众王相商，拟立长乐王之子元修为帝，北率大军以“入匡朝廷”为名向洛阳进发，这使得胡太后心头大震，朝中文武百官都大骂尔朱荣大逆不道，而这种结果更是出乎胡太后的意料之外，但无论如何，洛阳方面立刻重整军队和护城军，对城防各方面都加强力度，而宗子羽林和望士队的人数也大增，为保太后和新皇安全，皇宫内廷防守极严。

尔朱荣一路南行，所到之处，无人敢阻，一是慑于尔朱荣的威仪，二是各地守将都极度不满胡太后所为，扰乱朝政，竟全都大开城门，让尔朱荣长驱直入。

胡太后在洛阳无可用之将的情况之下，竟取用了一个极为出乎满朝文武意料之外的人物，那人竟是南朝的平北侯昌义之。

这的确让众臣无法想象，推荐之人正是郑俨，虽然满朝文武都知道昌义之的守城之术天下闻名，但是对昌义之却极有成见，毕竟这人曾是己方的敌人，杀害魏兵无数，满手沾满了魏兵的血腥之气，让众臣怎能接受？不过，太后既已答应，就没有人敢出言反对。

当然，洛阳中的大臣多是一些文官，对那些武将都颇有偏见，更是一群阿谀奉承之辈，只要能讨太后欢心，其他的一切都不重要了，更何况他们只相信尔朱荣是乱臣贼子，而在南方边关的守将，也有很多将领带兵回救，因此对尔朱荣的大军并不是很害怕。

葛家庄内，蔡伤每日都伴着胡秀玲，泰山一战已经告一段落，蔡风的踪影全无，众人只当他已死。葛荣回到葛家庄，告之蔡伤有关阿那壤之事，而阿那壤也派人修书一封送给蔡伤，华山之战可以取消。

阿那壤在信中说："此次中原之行，方知中原人在山川灵气的熏陶之下，的确卧虎藏龙，未入至漠外，不知沙多，未至中原，不知武源，尔辈武学智慧确非我所能比，二十多年的一次约会，就此揭过……"

蔡伤也因此少了一桩心事，在调节自己的情绪同时，又在安慰胡秀玲。

胡秀玲似乎没想到假太后竟然如此毒辣阴险，元诩的死显然跟她脱不了关系，再加上亲生儿子之死，显得悲痛万分，与蔡伤的心情一样沉重。

蔡念伤和蔡泰斗全都未曾出战，而是在葛家庄中陪着蔡伤，他们希望能借此来平复蔡伤心头的痛苦。

葛荣的伤势渐好，但心事却似乎日趋沉重，对于各路强攻的将士做了许多方面的调整，内丘被攻破，包家庄也为陈楚风与高欢诸人率高手攻破。

众喇嘛也全都四散，对付慈魔蔡宗之事，黄尊者也是有心而无力，更何况慈魔蔡宗似乎成了葛家庄的朋友。再则，慈魔蔡宗的行动极为隐密，中土林密山高，以他们的实力根本就没有办法查出慈魔蔡宗的行踪，如今包家庄被毁，使他们连落脚之处也成了问题。黄尊者似乎从来都未曾想过，与葛家庄相比，包家庄竟如此不堪一击，就连包向天也逃得不见踪影，更让黄尊者吃惊和感到意外的，却是赤尊者的下落。

赤尊者竟被包向天所擒，想必是为了嫁祸葛家庄，欲借助吐蕃和喇嘛教的力量来对付葛家庄，但是包向天却没料到，他还未盼到喇嘛教高手前来中原，事情就已经败露。

葛家军的声势大噪之下，其地位在江湖人的心目中更推高了一层，北国三大庄此刻唯剩下一个葛家庄，而葛家庄几乎成了左右整个北魏的最大一股力量，不仅仅各路起义军看好葛家军，就连天下的百姓也都极为看好葛家庄的葛家军，那是因为这一群来自民间百姓的军队绝不会如强盗一般，在破城之后就是一阵乱抢乱掠乱杀。

葛家军有自己的军备来源，每当攻破一座城池之后，只是有计划也极有秩序地以税和租的形势征聚财粮，至少不会如北魏执政时那般苛捐杂税，几乎让百姓喘不过气来。

葛荣的部下有的是人才，不仅有打仗攻城的厉害将领，更有治理和整顿的人才，定军法、立军纪，并逐步将葛家军转化为正规的军队。各路山寨的人马竟相投奔，有的武林人物也不远千里赶来效力，所有这一切，使得葛家军以极快的速度膨胀、壮大，虽然也因此带来了许多麻烦，添了不少乱子，可这在葛荣的眼里算不了什么。

葛荣此刻要面对的就是定州之事，鲜于修礼就像一根毒刺，虽然刺不伤他，但也使他不痛不痒地蒙上了一层阴影。

破除内丘，烧了包家庄，更夺走了包家庄未能带走的财物，这就表明葛荣正式向鲜于修礼宣战，葛家军与鲜于修礼所领的义军，两军交手是在所难免的，也没有人可以改变这个局面。

第一百六十四章　战地风云

安国镇，可谓龙蛇混杂，可算是三股势力的夹角，那就是定州鲜于修礼的势力，另两股就是新乐的葛家军及博野的官府势力。

官府势力以元融为代表，而元融更是元家数一数二的高手，只是因为其多数身处军中，在江湖上一向低调而为人所不知而已，但与其交过战的葛荣和鲜于修礼却很清楚。

安国镇，其实也不能算是个什么镇子，根本就不具规模，或许是因为战乱的原因，使得镇上已经破败。

残垣断梁，破败的酒旗在风中“噼啪”作响，似乎诉说着一种别样的凄惨。

这里常常成为三股势力的战场，所以在这里的人都基本上逃到别的地方去了，唯剩下几个不想离开故土的老人和少数几户人家，镇上几乎全都是外地赶来之人。因此，整个安国镇连一家像样的酒店和客栈都没有，只有几个茅草棚随便搭起的茶肆，即使镇中有酒楼，也像这些茅棚一样，只不过宽敞一些，以几根木柱架起四角，一层芦苇毡搭个顶，再铺些茅草，四周在天寒之时，也以芦苇毡一围，挡住风就行，里面是几张新旧不一的桌椅，抑或是擦得多了，竟闪着黑黝的光亮，有些洁癖的公子小姐们还不敢坐。

其实，在这种地方，这里已经算是极为高档之处了，至少还可弄几盆火来暖暖身，更有热酒上送，牛肉、面条、馒头、花生之类倒是俱全，有钱的人还可来上几道小菜，有大沙河的鱼，还有獐子、兔子之类的，只要有钱，那就很好说话。

这里也有官道，不过极其荒凉，杂草丛生，似乎并没有怎么整理修整，而这些小酒肆茶棚也就在官道旁边。

别看这种小酒肆，可生意还不算坏，往来的行人总免不了要在这地方歇脚，因为从这里到达博野，抑或定州与新乐，都必须再走上大半天的路程，如果不在这里打尖，歇歇脚，似乎也对不起自己的双脚和肚子，当然，那些难民们便无法享受这般待遇。不过，自这里走过的难民并不多，他们可不想在这个充满杀机的地方经过，自这里经过的人甚至会被人怀疑为奸细，生命在这里毫无价值可言，他们很明白这一点。

走这段路的人，骑马的极多。

在一家并不知名的酒肆外的几根木桩上，拴了七八匹马，更在不远处停着一辆马车，还有几匹正在荒野上悠闲着吃草的健马，马的毛色不一，但都极为健壮膘悍。

酒肆中喝酒的人有十余个，而在另一边的茶店中，品茶的人也不少，一壶热茶，配上几个小点心，倒也极富情调，只不过此镇太过荒野。

当然，在如此冷的天气，人们更偏爱烈酒一些，烈酒不仅可以驱寒，更能够壮胆。

风依然极寒，北国之冬，似乎去得很迟，虽然此刻已是二月中旬，草也顶着寒风冒出地面一点新绿，但一片朦胧的生机却无法否认这是一个极冷的天气。

酒肆中倒是极为温和，声音也极其嘈杂，高淡阔论之辈似乎很多。

不过，有几桌也算十分安静，不仅安静，而且气氛似乎有些死寂，那是靠近内沿厨房的两桌六个人，占了整个酒肆中人数的三分之一，另外就是靠门口的一桌，那一桌也是最为惬意轻松自在的。

“公子，那两桌有人认识小的两个，该怎么办？要不要避一避？”那坐在门口一桌上的两名车夫打扮的汉子有些担心地问道。

“应该叫老爷子，你们若再忘了，我就废了你们！”一个装束不太显眼的中年汉子低声冷冷地道。

那两名车夫打扮之人噤若寒蝉地望了那中年汉子一眼，又将目光移向另一名作老头打扮的人，诚惶诚恐地道：“是，是，小的一时顺口，以后再也不会出现纰漏了，还请老爷子原谅。”

“算了，以后小心一些，只能叫我老爷子或老爷，你们也不必回避，认识便认识，没有什么大不了的，他们要是发现了你们，就随便找个理由搪塞过去，若连这一点都做不到，又怎么出来行走江湖？”那老者也低低地道，同时端起一杯酒，环目四顾，大有睥睨天下之势。

“是，老爷子教训得是！”那两人似乎放下了一颗心思，也放开了胆子吃喝。

“你是怎么认识他们的？”那老头突然又问道。

“惊蛰，泰山脚下，那六人当中有三个上了泰山，并在英雄庄拜见过庄主，当时小的二人负责接待，所以认识，他们是飞龙寨的高手，一个叫郑飞，一个叫付正华，还有一人叫冯敌，另外三个我们却不知道了。听庄主说，郑飞等三人都是江湖上数一数二的好手。”那两个车夫低低禀报道。

那老者并未言语，也并不向那六人多瞧几眼，似乎对六人的身份早已了然于胸。

“哼，什么叫高手，只怕刑通那小子都不明白，这样的人也……”

“战龙！”那老者低声轻喝道，中年汉子立刻停声不说，他似乎对这老者的话言听计从，绝对不会违拗。

“那当然，我们庄主的武功怎能与大爷及老爷子相比呢？你们是江湖中的神话，而我们庄主只是凡夫俗子，他说的高手和好手都是针对凡夫俗子而言……”

“李宝，别再乱拍马屁，快些吃了好赶路！”那老者微叱道。

“是，是。”那说话的车夫忙应道。

靠近厨房的六个人神情极冷，似乎有着许多的心思而无从解开一般，那沉闷的气氛与酒肆之中的暖意显得格格不入，让人感觉到他们内心的忧虑，那几人似乎并无心观察外人，对两个车夫打扮的人物却是视而不见。

“嗒嗒……”“吁……”“希聿聿……”一阵马嘶之声在外响过，似乎又有一队人马行来。

“不好，是定州的兵马来了！”酒肆中的掌柜伸出头来向茅棚外望了一眼，惊道。

坐在里桌的六人全都一震，只见其中一人抓起放在桌旁的连鞘刀向桌上猛力一拍，神情激动地吼道：“我跟他们拼了！”

酒肆中的人全都为之侧目，纷纷将目光移向那大吼之人。

“老五，别冲动，也许他们并不是冲着咱们来的。”那人身旁的郑飞一手压住同伴的肩膀，轻声道。

“是呀，到时候咱们再拼也不迟。”一个稍稍年长的汉子也附和道。

酒肆里的掌柜似乎对来人也深感畏怯，变得有些心惊胆战。

“我们还是走吧，这些人少惹为妙！”那些本在高谈阔论的人突然全都站起身来。

“各位少安毋躁，也不必忙着走人，坐下喝喝酒又有何妨？”酒肆内突然一亮，一股冷风涌了进来，几人掀开了门口的帘子大步行了进来。

光线又一暗，来人踏入之后，帘又已垂落，随着帘子一晃一晃的，光线也在轻悠地波动着。

酒肆之中的声音立刻静了下来，所有的人都不再说话，唯有门口一桌的那四人仍在悠闲地吃着，“吧嗒吧嗒”的咀嚼声显得有些别具一格。

那进来的几人全都以头巾缠头，在脑后打个结，外披一袭披风，颇有几分英武之姿，一看就知是鲜于修礼的部下，而且还是极有身份的人物。

为首之人冷冷地扫了靠近门口的那一桌四人一眼，然后目光很快便移向内桌的郑飞和付正华等诸飞龙寨兄弟身上。

“冯兄，真是幸会呀，我们又见面了！”那为首的鲜于修礼部下皮笑肉不笑地道。

那六人再也坐不住了，抬头怒视着进来的几人，冯敌刻薄地道：“谁与你幸会？不过是鲜于修礼的狗腿子而已，以前我还重你麻鹰是个人物，今日一见，全不是那回事儿。”

那头目脸色稍稍一变，他身后的几人已经拔刀怒目相向，显然，只要麻鹰一句话，他们就会立刻对冯敌等人发动攻击。

“不必跟他们啰唆太多！”付正华冷冷地道，同时扭头向麻鹰森然道，“你想要我们的命，就动手来拿吧，别在这里畏畏缩缩的，像个龟孙子！”

“死到临头，还想逞口舌之利！”麻鹰身后的一人怒叱道。

“冯敌，我们大帅说过，只要飞龙寨不再与我们为敌，我们就可以不再追究你们杀人的过失，如果飞龙寨愿意为大帅效力的话，大帅绝对不会亏待刘大寨主！”麻鹰深深地吸了口气，淡淡地道。

“哼，鲜于修礼有这样的诚意吗？如果有这分诚意，为什么不答应我们的要求？”郑飞不屑地道。

“大帅并不会伤害那名刺客，虽然刺客杀了我们不少高手，但大帅却没有伤她，更没有用刑，这对她来说已是仁至义尽了，也是看在飞龙寨的面子上，否则早已人头落地！”麻鹰神色一肃道。

“我看不是鲜于修礼好心，而是他想拿凌姑娘做挡箭牌！”冯敌不屑地道。

“哼，我们大帅有足够的实力去应付任何敌人，何需以一个刺客做挡箭牌？真是无稽之谈！”麻鹰反驳道。

“呸，鲜于修礼胆小如鼠，不敢跟蔡公子正面交锋，也怕葛家庄强攻定州，这才拿凌姑娘当人质，可谓让人不耻！”郑飞鄙视地道。

“既然几位一致要如此认为，我也没有办法，看来与飞龙寨结怨也是在所难免……”

“那就杀吧！”付正华一声暴吼，挥刀掠出。

蔡伤轻轻敲开颜礼敬所住屋子的门，颜礼敬似乎吃了一惊，奇问道：“主人没有陪夫人吗？”

蔡伤对于颜礼敬这句似乎有些不恭的问话，并没怎么在意，只是淡淡地道：“我决定要去海外待上一段时间，礼敬可否愿与我一同前去？”

颜礼敬微讶，但很快便露出喜色，道：“那太好了，中原已无净土可言，四处皆是烽火狼烟，这种血腥生活的确有些令人生厌了。”

蔡伤淡淡地笑了笑，似乎是悟道的弥勒，道："是呀，至少在海外会比较清静一些，那是完全属于自己的世界，秀玲需要一个不沾血腥的世界，一个安宁的世界，我答应过她，同赴海外，不再理会世俗中事。"

"那庄主的事和公子之仇？"颜礼敬有些疑惑地问道。

"生死有命，生生死死又何必在意太多？众生之苦，又岂能以一人之力可以挽回？我见过那个年轻人，他说区阳手上的五大经脉唯有手阳明胃经是完好的，其他经络全都坏死，不足为虑。而且他们的目标并不是我们起义军，而是四大家族。这些事情便暂由戒嗔师兄和别人去办好了，我也并非不回中原，只是等秀玲心情平复了之后，再回来解决中土之事，相信为时不晚！"蔡伤淡淡地道。

颜礼敬这才释然。

"爹，你要去海外？"蔡泰斗和蔡念伤的声音自蔡伤背后传来。

蔡伤和颜礼敬同时扭头外望，只见蔡念伤和蔡泰斗的额头都渗出了汗珠，显然是刚练完功回来。

"嗯，你们来得正好，爹准备明天就与你娘一起去海外住一段时间，我已经跟你师叔说过，他已将出海的船及东西全都准备好了。"蔡伤认真地道。

"明天？"三人全都吃了一惊。

"这么急？"蔡泰斗有些不解地问道。

"早一些离开中土，你娘的心情也会早一些好转起来。我走后，你们两人要互敬相亲，多听你师叔的教诲，切不可手足不和，可惜风儿的命不好，这一生注定劫难重重，你们也不必想着为他报仇的事了，你们只需练好武功就行，以你们的武功在武道上还不入流，即使那个叶虚也比你们强。"蔡伤叹了口气道。

"孩儿愚钝，若是能有三弟的一半聪明就好了。"蔡念伤感慨地道。

"并不是你的资质比风儿差，只是因为你的心思没有风儿纯，风儿能在习武之时抛开其他所有的事情，而你所想的事情就多了。泰斗的进展就要比你快一些，不过有朝一日你若能贯通西域和中土两大佛门绝学，成就一定在爹之上，好好地练，爹相信你一定会超过我的！”蔡伤伸出修长而有力的手，轻轻搭在蔡念伤的肩上。

“谢谢爹爹的鼓励，孩儿一定更加努力练功！”蔡念伤喜道。

“孩儿明天送爹！”蔡泰斗并不喜欢太多的言语，更似没有将蔡伤的表扬放在心上。

蔡伤对蔡泰斗的这种个性似乎十分欣赏，转头朝颜礼敬道：“你去通知擎天和异游，让他们收拾一下可用之物。”

“是！”颜礼敬应了一声，也便走了出去。

“走，你们陪我去与你娘好好聚上一天，今天不用做别的事了。”蔡伤轻轻吸了口气道。

葛荣听着探子的报告，心中甚喜，想到很快就能够见到苦思了二十多年的爱人，那种雀跃的心情，使一向镇定的他也显得有些浮躁起来。

“传游四与何五来！”葛荣向外呼道。

半晌，游四和何五连袂而至，向葛荣请了安。

“目前各路人马有何异动？”葛荣问道。

游四向何五望了望，这才回应道：“尔朱荣自晋阳出兵攻打洛阳，此刻快近黄河了，而假太后竟调用昌义之坚守洛阳，弄得朝中人心涣散。”

“哼哼，南北两朝的魔门终于正面交手，可有好戏看了，那妖人肯定是阴癸宗的人！”葛荣不禁微微有些得意地笑道。

游四和何五自然知道魔门的分裂情况，更明白葛荣所指为何事。

“庄主何不趁此机会统一河北，将魏境东部各路义军全都控制呢？”何五仍有些不解地问道。

“北魏的东北部基本上已算是我的了，留下鲜于修礼，只是为了消耗元融的元气，时机一到，他们很快就会全部消失。过两天，我有些事情要办，你们去给我调三百名好手，另外你们二人领兵一万攻下御枣口，要快！”葛荣吩咐道。

“大王要进军山西？”游四和何五同时惊问道。

“哼，我要以迅雷不及掩耳之势趁尔朱荣、尔朱天光和尔朱天佑这群人都未归老巢之时，毁去神池堡，让尔朱荣吃了萝卜失了青菜。”葛荣认真地道。

“我们对尔朱天佑进行了拷问，但却始终没有得到什么关于尔朱家族的信息，我们是否要杀了他？”游四狠声道。

“杀他是有必要的，但却不是这个时候，尔朱家族的‘天地生死剑’乃剑术之冠，如果能自他的口中得知此剑的秘密，对付尔朱荣就容易多了。”葛荣道。

“对了，我们不如逼他使出‘天地生死剑’的剑招，再以庄主的修为悟出其中的奥妙岂不是轻而易举？”何五脑子一转道。

“如何能逼他使出剑招呢？”葛荣问道。

“我们可以毒物使他暂时失去功力，再给他一柄钝木剑，让他与人比画，并对他讽刺说：‘失去功力的他连我们庄中的下人都不如，如果他赢了，就放了他，否则每输一次就斩下他的一根指头’，在求死的意念驱使下，我就不相信他会不使出剑招精髓！”何五自信地道。

“好，就这么办。”葛荣赞赏地道。

酒肆之中的气氛立刻紧张到了极点，其实也并不值得大惊小怪的，只不过是杀机太过强烈了一些而已。

付正华的刀，并不是用来切肉削水果的，而是杀人的，他要杀的人，是所有鲜于修礼的人！任何想要对付他的人，都必须付出沉重的代价。

麻鹰的脸色稍稍变了变，付正华比他想象中更为凶猛，刀势来得极快。

“呼……”黑影一闪，比付正华的动作更快一倍，自他的身侧闪过。

“轰！”断木四散而飞，黑影只是冯敌甩出的桌子，被麻鹰一拳劈得粉碎，而麻鹰的另一只手，却划出了一剑。

碎木过处，付正华的刀已经逼临麻鹰的眉睫，在桌子的掩护之下，付正华竟然速度加快，再次出乎麻鹰的意料之外。

麻鹰大惊，闪身飞退，如倒掠之鹰，若闪飞的蝴蝶。

“当!”麻鹰不得不撤回那划出的剑，他根本就来不及刺死付正华，因为付正华的刀后发而先于。

麻鹰倒跌而出，他身后的人忙闪身相扶，同时挥剑出击，以阻付正华的攻势。

那本来高谈阔论的人全都缩在一角，他们害怕沾惹上这些麻烦，那在门口的一桌也挪了挪位置。

“轰!”酒肆的外墙芦苇席子被击开几个大洞。

冷风灌进来的同时，冯敌和郑飞几人全都向外掠去，而且在同时将所坐的板凳当暗器甩出，为付正华开路。

酒肆的掌柜心痛不已，但是遇到这种事情是没有办法的，人家要逃命，自己总不能为了吝惜几张椅子吧。

“嗖嗖……砰砰……”似乎有数不清的劲箭飞射而至，有的自破洞中射入，有的全都钉在芦苇席外的木柱上，更有的穿透了芦苇席射入，使四面挡风的席子千疮百孔，斑斑点点的光线透入，给人一种沧桑而又森然的感觉。

郑飞和冯敌犹如肉球一般倒滚回来，二人背部都中了两箭，冲出去的五人，有三人受伤，有一人中箭倒在外面，被冯敌拉了回来，看来伤势颇重。

付正华一呆，显然他们已经陷入了敌人的包围之中，外面的伏兵极多，使他们连逃的机会都没有。

“退出去!”麻鹰低喝一声，闪身飞速向门外掠去，他不想再与付正华诸人在酒肆中耗下去，既然后援已到，他们就没有必要与这些人短兵相接，以命搏命，大可放火焚烧酒肆，以乱箭射死这些人。

“啪……”麻鹰最先撞开门帘退了出去，接着就是那击碎木椅的几人，付正华根本没有机会追击。

“呀……”几声惊惶的惨叫传来，却是麻鹰和他的一干属下所发。

“呼!”门帘再次被撞开，麻鹰以最快的速度带着身上所中的三支劲箭进了屋子，随后又有三人连滚带爬地冲回了酒肆，身上都受了箭伤。

付正华和冯敌诸人全都大感意外，也不明白这究竟是怎么回事，酒肆之中的人全都有些讶然，就连那一直不动声色的老者也显得有些疑惑。

付正华没有出刀，倒是有种幸灾乐祸的意味，他没有想到麻鹰中的箭比他们更多，不由揶揄道："难道外面的伏兵并不是你们的人马?"

"是元融的官兵!"麻鹰的脸色有些苍白地低呼道，同时身子紧贴着一根木柱，这也是最好的挡箭牌。

"元融的官兵?"酒肆中的人全都一惊。

冯敌刚才因退得太快，根本来不及看清对方的阵容，不过，对方那一阵劲箭显然展示出极强的攻击力，同时也可表现出那一队人马的训练有素，既然对方连麻鹰也射，那肯定不是鲜于修礼的兵马。

"里面的人听着，奉元大将军之令，我们前来捉拿你们这群乱贼，如果你们愿意弃刀投降，弃暗投明的话，大将军仁慈，也许会放你们一条生路，如果顽固不化，则休怪刀箭无情，我给你们半盏茶时间!"外面一人沉声喊道。

"考虑你妈个头，老子就是死也不会向你们这些杂种投降，让元融来给老子磕头，也许还有得商量!"麻鹰扭头向外怒骂道，他一行十个人，有六人死在乱箭之下，早就已经豁出去了。

"大胆逆贼，胆敢辱骂大将军，给我放火烧了这座破酒肆，我倒要看看烤人肉比烤猪肉哪种味道更好。"外面那人怒道。

那缩在一角的两名车夫有些担心地问道："老爷子，怎么办?"

"你们怕什么，又还没有烧!"那中年汉子叱道。

两名车夫吓得不敢说话，他们似乎十分畏惧这个中年汉子，对老者反倒不怎么畏惧。

"怎么办?"那几个高谈阔论的汉子也急了，掌柜的更如热窝上的蚂蚁，苦着脸向麻鹰诸人求道："几位大爷，你们就投降吧，这样大家都不会……"

"放你妈的屁，老子岂会投降!"麻鹰怒叱着挥剑就斩，似乎要将怒气全都出在掌柜的身上。

“当！”付正华挥刀为掌柜的挡开这致命一剑，讥讽道：“有本事就出去杀人，在这里耍威风算什么英雄好汉？”

麻鹰怒视付正华一眼，恨声道：“你以为我不敢吗？”说着抓起一条桌腿，以桌面挡身就要冲出去。

“老大，这样不行，他们人多势众，出去也是送死！”麻鹰身后的一人急拉麻鹰道。

“我们若不出去还不是一样死吗？与其坐以待毙，倒不如搏上他妈的一回，杀一个够本，杀两个赚一个！”麻鹰杀气冲天地道。

掌柜吓得脸色苍白如纸，身躯直发抖。

“外面的人听着，要放火先等一会儿，这里面也不全都是逆贼和叛逆者，还有良民和无辜的人，你们要放火也要等这些人出去了之后再行动！”付正华放开嗓门喊道。

掌柜的和那几个高谈阔论的汉子全都一呆，他们似乎没有想到付正华会这样做，心中禁不住对他多了几分感激。

“哼，他们与你们这些逆贼在一起，就是同流合污，也便死有余辜，给我放箭！”那人在外面指挥道。

“你他妈的讲不讲理？你娘在妓院门口溜一圈，难道就是想做妓女去卖身呀？”付正华破口大骂道。

“是呀，你老爹在妓院门口站了一会儿，不就成龟奴了？”李宝也附和着骂道。

“哦，这不是英雄庄的李宝兄和刑志兄吗？”付正华似乎这一刻才发现这两个改扮成车夫模样的人物。

“正是，想不到我们竟在这种地方又见面了！”李宝向付正华一抱拳，苦笑道。

“你们从泰山这么大老远跑到河北来干吗？”付正华奇问道。

“有点事情待办，今天先不谈这个，只是眼下的棘手事情该怎么办才好？”李宝含糊其辞地道。

那中年汉子微微赞许地望了李宝一眼，付正华的目光在老者和中年汉子身上溜了一圈，却是极为陌生，也没怎么在意，如果不是事情紧迫，也许还会问一下这两人的身份，而此刻却似乎是半点心情也没有。

“好个牙尖嘴利的逆贼，死到临头还逞口舌之利！”外面那人似乎杀机大起。

“嗖……呼……”一支劲箭洞穿了芦苇席子，直射进来。

“哎哟……我的妈呀……”劲箭擦过掌柜的鼻子，吓得他仰面坐倒，脸色惨白。

“他妈的，一点都不讲道理！”那缩在一角的几人骂道。

“格老子的，老子跟你们拼了！”那一堆人中有人开口竟是蜀中口音，让人听了怪怪的，却大感有趣。

“拼了！”麻鹰操起一张桌子，便冲了出去。

“砰砰……”一串劲箭射在桌面上，发出一阵闷响。

“哼，笨蛋！”付正华贴身靠紧一根木柱，掏出一张弩机，指间夹上三支箭矢。

“老五，你照看好小范！”冯敌向他身边握刀的汉子吩咐道，说话间也自怀中摸出一张小弩机。

“妈的，你射，我也射，射死他们！”郑飞缩身蹲下，将底下的芦苇席破开一个洞，以便观察外面的动静和射出弩箭。

那几名鲜于修礼的义军却不知该怎么办

“这麻鹰还算是个人物！”那老者淡淡地道。

“老爷子，我们该怎么办呢？”李宝忧心忡忡地问道。

“外面有多少敌人？”老者向麻鹰的部下问道。

“大概有近两百人吧。”那几人有些不敢肯定地道。

那老者端起酒杯，轻轻吸了一口，再夹了几片肉丝淡淡地、悠雅地嚼了起来。

“主人！”那中年汉子轻轻地唤了一声。

“不可杀孽太重，最好尽量少杀人，但杀几个也无妨！”老者缓和地道，似是在与人大聊家常，是那般自在和悠闲。

“是！战龙明白了！”中年汉子说着站起身来，掀开帘子大步行出，行出之时，那门帘便如一片云彩般随其身后飘出。

众人大惊，屋内光线陡亮，箭雨如蝗般向这边射来，更多的却是射向那行出去的中年汉子，但在众人眼下似乎出现了一个奇迹。

麻鹰腿上中箭，以桌子为挡箭牌，蹲在地上，寸步难行，但却没有死！这当然不是个奇迹，而是另有奇迹发生了。

那些劲箭在逼至中年汉子身前三尺之时，似乎被一团无形的气劲所阻，再难寸进，而纷纷坠地，那些射向门口的劲箭，似乎受到如云彩般的门帘所牵引，竟然也纷纷坠落。

掌柜的和李宝发现了外面那个坐在高头大马上的人脸色变得极为难看，神情也古怪至极，显然，他是众元军的首领。

那些箭手仍不死心地拉着弓弦，但他们很快就死心了，无论他们用了多大的力气，那些箭始终无法射进中年汉子的三尺范围之内。

“我主人不想我乱杀无辜，如果你们不想死的话，全都给我滚，滚回你们的军营！”中年汉子双脚分开，不丁不八地直立着，那门帘刚好盖在麻鹰那张桌子之上，整个人就像一只拖着尾翼的巨大鸟雀。

“阁下究竟是什么人？竟敢插手我们擒拿逆贼的事？”那立在马首的头目语调有些发冷地问道，底气很明显不足，显然是为中年汉子的气势所逼，那些箭手也全都停止了放箭，这中年汉子让他们感觉到劲箭全都是垃圾废铁，没有半点作用，甚至使他们感到沮丧。

“我是什么人，你没有必要知道，我现在倒数十声，如果你们还不撤走的话，我就只好大开杀戒了！”那中年汉子的目光向四周一阵环扫，那些与他目光相对的人，心头禁不住一阵颤抖，一丝凉意自心底升起。

那领头的人心中也打了个突，他也清楚地感觉到，眼前此人的确是个可怕的高手，但他却不相信两百人马对付不了一个武林高手。

付正华和冯敌诸人禁不住有些讶异地望了望李宝和刑志，却想不到他们自哪里请来了一个这么厉害的高手，也想不出这个厉害的人物究竟是什么身份和来历，而眼前的老者显然更为深不可测，他的仆人已经如此厉害，那主人就更不用说了，付正华诸人禁不住全都收起了弩机。

“十——九——八……三——二”

那些官兵禁不住全都神经绷得铁紧，他们连想都不曾想过，自己如此多人竟然会惧怕一个不明身份的人，所有的箭手禁不住向那领头的偏将望去，似乎等待着他发号施令。

麻鹰被同伴拉回屋子，他身上一共中了五处箭伤，可谓悲惨至极，不过此人似乎极有骨气，竟连哼都不哼一声，看样子的确是倔犟至极。

“杀了他!”偏将长刀一挥，他终于还是忍不住了，他绝对不会对这样一个来历不明的人低头，至少，他有两百名兄弟，可以作为赌注赌一把!

酒肆之中，那老者轻轻叹息了一声，淡淡地向李宝吩咐道：“倒酒!”

冯敌有些异样地望着那老者，到了这种剑拔弩张的时候，他居然还有心情饮酒，可真有些别具一格。不过，他却无权干扰别人的事，更感觉到眼前这老者的叹息之声极为熟悉，就像是对死者的怜悯，对生者的无奈一般。

麻鹰的眸子之中却闪过异样的光彩，似乎发现了宝物。

“既然你们执意想找死，也便怪不得我了!”中年汉子冷冷地哼了一声，大手一挥，那张门帘如一片疾掠的云，飞射而出，更带起强劲的破空之声。

“希聿聿……”战马一片惨嘶，马蹄竟如豆腐般被门帘斩断。

十余匹战马跪倒，马背上之人惊呼着飞跌而出。

那中年汉子更如幻影一般掠出，根本就没有几人能看清他是怎么出手的，但听“砰砰……”十余声清脆而响亮的爆响，那十余名自马背上飞跌而出、还未来得及落地的人，便已被中年汉子的拳头击中，再落地时，已如一堆烂泥般瘫软于地，连惨哼都未曾来得及发出。

那名偏将像是遇到了鬼似的，手中的长刀飞速斩下，但是他看到的却唯有一只拳头，一只已经自他刀锋之下滑过的拳头。

“轰!”那名偏将并没有死，而是被抛了出去，连人带马一起被抛了出去，而马头已经成了一堆碎骨，甚至没有马头可言，就因为那自刀锋之下滑过的拳头。

偏将惊呼，手中的长刀变得凌乱不成章法，其实，任何章法都是没有用的，在中年汉子的眼中，他的一切就像是儿戏，可笑的儿戏。

所有的一切，只是发生在眨眼之间，甚至有些人的眼睛还没有来得及眨一下，战局便已结束，在中年汉子的手中，捉着的人正是那名惊骇若死的偏将，看那被吓得乌青的脸色，就像鲤鱼的背。

“你们谁敢动，我就捏死他！”中年汉子的声音冷得像甩出去的坚冰，使得每一个官兵心头发寒。

官兵们望着地上的马尸、人尸，似乎返回到了一个让人无法理喻的世界，他们从来都没有想到，世上竟会有如此凶狠的对手，那中年汉子的一举一动，每一细节，都充盈着毁灭性的能量和杀机，那沾满鲜血的手，便如同魔鬼的舌头。

眼前的人，几乎完完全全是个魔，一个绝对不会在意他人生死的魔鬼！

众元军没有人敢动，不只是因为偏将的小命捏在中年汉子的手中，更重要的是这些官兵打心底升起的畏怯之意，对这可怕人物的畏怯。任谁见到这种杀人的场面都会为之胆寒心惊，这些兵士虽然身经百战，但并非不怕死，任何人都有求生的欲望，哪怕是生活在最为艰苦之时，只要没有绝望就有希望。

“大家不要……不要乱来！”那名偏将吓得大摇其手，他完全已被眼前的对手吓破了胆。

“哼，当我说的话是放屁吗？”中年汉子伸手一个耳光，抽在那偏将的脸上，另一只手依然紧钳着他的后脖子。

那名偏将的脸立时如紫茄一般肿得老高。

“让他们给我滚！”中年汉子冷冷地叱道。

“是，滚滚滚！你们全都退开，不准留在这里丢人现眼！”那名偏将但求能逃得一命，此刻让他骂元融大概也会照骂不误了。

麻鹰在酒肆之中禁不住低声骂道：“窝囊废！”

那老者冷冷地望了麻鹰一眼，却依然在淡淡地品着杯中美酒，他似乎对外面所发生的事情全不在意。

冯敌和郑飞诸人仿佛仍未自中年汉子刚才那疯狂的杀戮之中恢复过来，那种闪电般的杀戮给人的震撼力是无与伦比的。

“几位老兄刚才所说的与鲜于修礼究竟有何怨隙呢?”那老者突然开口向付正华问道。

冯敌和酒肆之中的人全都神情一肃，注意力转向这老者。

付正华有些惑然地望了老者一眼，似乎并不明白老者如此问话的意图，但对眼前的老者却不敢不尊敬，不由得道：“这只是我们飞龙寨与鲜于修礼之间的恩怨，前辈也有兴趣知道吗?”

老者将目光转投麻鹰，淡淡地道：“我只是想问一下，刚才你们所说的那个凌姑娘，所指可是凌能丽姑娘?”

冯敌和付正华大惊，相望了一眼，表情极为复杂地再次扭头望向老者，掩饰不住内心的讶异。

“正是，前辈难道也认识凌姑娘?”冯敌试探性地问道。

那老者的眸子之中闪过一缕异样的光彩，但一闪即逝，更流露出一丝淡淡的哀漠之色，同时也端起一杯酒来掩盖那种无法掩饰的情感，半晌才沉沉地道：“她是我失散了多年的孙女。听闻她与其父隐居于蔚县，老夫此次自海外归来，就是要找他们父女两人。你告诉我，能丽现在在哪里?”

第一百六十五章　生死蛊毒

冯敌和付正华诸人大惊，他们想不到竟在这节骨眼上冒出一个凌能丽的祖父来，而且如此突然，如此出乎人的意料之外，心中更有着说不出的欢喜。他们对凌能丽的过去并不太清楚，也不知道凌能丽是不是真有个祖父隐居在海外，他们就连凌伯的事也只是道听途说而已，唯一清楚她是蔡风的心上人，更是蔡伤的义女。听眼前这老者如此一说，他们全都毫不怀疑，以这老者的身份，又岂会说出这种无聊的谎话？更且，老者一开口就道出凌能丽曾经隐居的地点。

李宝和刑志像看怪物一般望着老者，表情极为古怪，似乎为老者说自己是凌能丽的祖父而感到惊讶一般。

“敢问前辈高姓大名？”冯敌恭敬地问道。

“老夫数十载未入中原，即使说了你们也不知道。长年隐居海外，自己的名字也很少用，老夫姓凌，既来自海外，驾涛驱浪，便名沧海吧。”老者淡淡地道。

“凌沧海……”麻鹰脸色有些难看地低念道，心中却在嘀咕：“如果大帅又多了这样几个敌人，那可就难办了。”

“回凌前辈，凌姑娘此刻身陷定州，被鲜于修礼所擒，我们寨中的兄弟多次营救却只落个空手而返，还折损了不少兄弟，现在既有前辈出手，事情就好办多了。”郑飞脸显喜色地道，心中却有些奇怪：“这老者潜居海外，怎的数十年来也不将凌姑娘一家人接去海外呢？而海外又有什么地方呢？难道海里面还可以住人不成？”

“鲜于修礼？鲜于修礼是什么人？”老者假装糊涂地问道，似乎从来未曾听说过这个人。

“前辈长居海外，有所不知，鲜于修礼是起义军的首领，现在兵力也极为强大，前些日攻破了燕城、定州，还算是个人物。”付正华解释道。

老者将目光转向麻鹰，冷冷地问道：“你是鲜于修礼的人？”

“不错！”麻鹰并不想否认，他身后的几人却大急，生怕老者突然对麻鹰下手。

“看你也是个人物，怎就帮鲜于修礼对付一个女流之辈呢？”那老者冷冷地道。

“乱世之中没有男女之别，只有强弱之分，强者生，弱者亡。何况她是一个刺客，当然其行动失败了，如果她成功了，那么死的人只会是我们大帅。因此，这不算是谁帮谁对付谁，我们只是尽到自己的职责，你要杀就杀，我没话好说，因为你比我强！”麻鹰冷冷地道，并不畏惧这老者的威仪。

“你以为你是谁？没人敢杀你吗？”话音刚落，麻鹰竟双脚离地被人提起，而出手之人正是那名中年汉子战龙。

麻鹰似乎一口气缓不过来，脸上变成了猪肝色，根本就没有半点反抗的能力，他身后的三人也都受了箭伤，即使没有受伤，他们也不可能阻止得了战龙的动作。

“战龙，放下他！”那老者平静地道。

战龙这才将麻鹰向地上一掷，只摔得麻鹰额头渗出汗珠，但就是不哼声。

众人望了望战龙手中所提的那名偏将，只见他犹如霜打的茄子，一脸苦相，刚开始的那种威风已经荡然无存。

“放了他吧！”那老者淡淡地道。

战龙应了一声，却自怀中摸出一颗蜡丸，大声道：“吞下去！”

那名偏将额头渗出细密的汗珠，也不知道战龙想用什么方法折磨他，但要活命，只能乖乖地将蜡丸吞下肚去。

“好了，你可以走了。”战龙淡淡地道。

“大人，你……你给我吃的是……是……”那名偏将心中忐忑不安，小心翼翼地问道。

“生死蛊!”战龙冷冷地道。

“生死蛊?!”那名偏将吓得一屁股坐在地上，脸色如死灰一般苍白，半晌才想起来，忙跪倒于地，向战龙大磕其头，一副可怜兮兮的样子，哀求道：“大人，求求你饶了小人吧，如有什么吩咐，你尽管说，我什么都答应，什么都答应，只要我能做到的一定会尽力去做，请大人饶了小人一次吧?”

冯敌和其他诸人似乎也吓了一跳，似没有想到这战龙竟然也能够施下蛊毒，而且“生死蛊”这个名字他们似乎早有耳闻。其实，说到蛊毒，就让他们想起了一个人，那就是天下用蛊的第一高手金蛊神魔田新球！当然，眼前之人名叫战龙，不是田新球，而据闻，田新球的武功也未能达到如此登峰造极的地步，想来，此人并非金蛊神魔。

自称“凌沧海”的那老者并未作何表示，显然是有意将一切交由战龙处理。

“你真的愿意听我的吩咐?”战龙冷冷地问道。

“真的，小人发誓……”

“好了，你先滚吧，七日之中蛊毒不会发作，三日后，你便只身来此，我会给你解蛊之方，但别以为这七日之中我没办法对付你，只要我用意念一催，不管你在哪里，蛊毒都会吸干你的骨髓和脑髓，你看着办吧!”战龙冷杀地道。

“是，是……”那名偏将惶恐地道，但仍有些不死心地望望战龙，希望对方能够改变主意，现在就给他解药。

“还不快滚？若再不滚，你就在家里等着受死吧!”战龙怒叱道。

“是，是，小人这就滚!”那偏将一脸哭丧，连滚带爬地向外跌撞而去。

望着那名偏将狼狈的样子，麻鹰和他的几位兄弟心头都在发寒，他们心中想着，战龙将会以怎样的手段来折磨他们?

“能丽被鲜于修礼关在哪里?”凌沧海淡然问道。

麻鹰沉声道:“我不能出卖大帅,也不会出卖自己的军情!”

“跟着鲜于修礼是不可能有好结果的,良禽择木而栖,乱世之中,你与人讲原则,但别人不一定会与你讲原则,我劝你及早回头为妙。”凌沧海饮了口酒,淡淡地道。

“你说话未免也太自信了吧?谁能估到明日将会是怎样一个局面?谁又能断言成败是非?良禽择木而栖,谁又是好木?谁又是朽木呢?我麻鹰只讲自己的原则,只依据自己的眼光去判断事物,别人如何做我实在没有必要理会太多!”麻鹰极其倔犟地道。

“砰!”麻鹰惨叫一声,被战龙一脚踢得翻了个大跟斗,而插在他背上的羽箭,终因重力一压,竟一下子刺穿了麻鹰的胸膛,鲜血随着前胸刺出的箭头飞射如泉涌,洒落一片凄惨。

“我只能向你说声抱歉,因为我是个不相信原则的人,这一切全是你咎由自取,怨不得别人!”战龙冷杀地道。

麻鹰的眸子睁得极大,两腿撑了撑,脖子一歪,就此断气。他身边的那三名属下从惊愕中醒过神来,禁不住全都扑在麻鹰的身上,呼道:“老大,老大……”叫了几声却并无应答,全都一吼而起,向战龙扑去。

“不自量力!你们这几个怕死鬼也跟着他一起上路吧!”战龙冷哼一声,衣袖一拂,一股霸烈无匹的劲气激撞而出,那三人还未能近身,就已被气劲灌体,“哗……”的几声,撞开芦苇席子,摔出了酒肆,跌在地上爬不起来,更有一人也被羽箭贯穿身体,却非致命的位置,惨呼和哀号之声不绝于耳。

凌沧海似乎并不介意战龙这样做,对于生死,对于杀戮他绝对不是初次见到。

“吃吧,战龙,吃饱了,好去定州!”凌沧海毫不掩饰地吩咐道。

“是,主人!”战龙似对凌沧海的话根本就不会加以任何反对。

战龙坐定之时,那名语气中带着蜀中口音的汉子大步行到麻鹰身边,蹲下,伸手合上麻鹰那睁得大大的眼睛,自言自语道:“格老子的,骨头硬，老子敬你是条汉子，好好去吧！”

“唐兄！”另一名汉子忙行过来，拉住那自语之人，有些担心地望了战龙和凌沧海一眼，生怕那汉子的这句话激怒战龙，那可就吃不了兜着走了。

“铁兄，别拉，我唐旦平生就敬重硬汉，说说话又有什么关系？”那蜀中口音的汉子坦然道。

“唐兄，我们走吧，还有事情要办呢。”又一人自角落中行了出来道。

“各位英雄，我们先走了，告辞！”那名被唐旦称作铁兄的汉子极为客气地向众人作了一个揖，三人这才有些畏手畏脚地行出了酒肆。

“几位兄台可知道能丽被关在什么地方？”凌沧海悠然问道。

郑飞这才醒悟，忙道：“我们暂时不知，但只要我们去定州之后，稍作探察，就一定能够知道。”

“何不让麻鹰属下所剩的这三个家伙带路？”冯敌插口道。

“这三个人就交给几位小兄处理了，最好能自他们口中弄清能丽被关在何处，否则留他们也没用！”凌沧海沉声道。

新乐守将白傲是在当天晚上知道安国镇所发生的事情，禁不住大喜。

白傲知道，只要内丘攻下，包家庄一破，就是攻击鲜于修礼的时候了，而这些天来，他也一直在等待机会，等待一个至少有着六成胜算的机会。

鲜于修礼比葛荣想象中更诡，更老谋深算，一入定州城，就在城内进行大清理，虽然元融攻城攻得很紧，但他仍抽出三分之一的兵力对城内进行治理，这使得城内许多思反之人根本就无容身之地，只得逃出城外。

鲜于修礼早就防到葛荣会从城内外攻，这也是葛荣的一贯做法，何况定州先为葛荣所占，如今对方这样轻易撤出定州，岂会不留下残余部众？是以，鲜于修礼哪怕是花费再多的人力，也要清理城内属于葛荣的残余势力，以确保定州的控制权。所以，葛荣想攻破定州，绝对不是当初想象的那么简单，这也应该是葛荣失策吧！

葛荣若想控制北魏的整个东北部，就必须首先控制定州城！这是绝对不可否认的事实，因此，他让白傲在这里足足准备了半个月。

而今，定州城肯定有得乱，飞龙寨的实力绝不容小视，虽然飞龙寨曾与葛家庄关系密切，但既然不融入葛家军中，始终只能算是个外人。因此，白傲自然不介意飞龙寨打头阵，而且还有两个神秘莫测的外来高手，因此，他今日所要做的事，就是如何布置好明日之战，如何在提防元融大军的同时又夺下定州城。

当然，明日应是一场极为艰难的战局。

定州，可算是河北的心脏地带，控制了定州，几乎将河北拦腰截断。

鲜于修礼控制定州，若是再能控制保定，与燕州相连，其势力的确可以得到全面巩固，甚至超过葛荣也并非没有可能，其眼下的实力就有与葛荣分庭抗礼的能力，只是他没有葛荣那样雄厚的财力，更没有葛荣座下那么多人才，这也是他一直不敢与葛荣正面交锋的原因。

定州城内，气氛似乎极为不自然，虽然街上的行人依然来来往往，小店酒楼也照样开张，但很明显，其生意有些萧条，说白了，定州只是一座危城。一触即发的战争，使得居民失去了最起码的安全感，每天，定州只开放一面城门，而且盘查极为严格。

近来，战事极为频繁，使得城墙四处千疮百孔。

当然，也有许多人极为放得开，官兵入城，也不会对居民造成多大的伤害，葛家军更是以治理闻名，自然不会伤害无辜百姓。怕就怕这场攻城战拖得太久，使得满城百姓必须帮助护城，这是人们所担心的事。

对于这种黑暗朝政的统治，百姓已经吃够了苦头，受够了折磨，早就厌倦了，所有人都有思反的倾向，而起义军便成了他们的动向，加入义军不仅有衣穿，还会有饭吃，谁会不干呢？相对来说，葛荣部下的义军待遇更好一些，这全因葛荣有着富可敌国的财力物力。

定州城外，由于两河相夹，构成了一片特殊的平原之地，基本上毫无可凭，唯一可凭借之处就是河道，据定州，可锁定河道。

城外，以山丘居多，片片树林，兼具特色，不过，为了加强城防，在距城墙五百步之内的所有树木尽数伐尽，离护城河五里内没有大树可寻，这正是守城者坚壁清野的良策，使得任何敌人进入防区之内时，毫无可避之处，大军若想压境，必须考虑被城头的岗哨发现，然后就是劲箭的攻袭。

城外的城防可谓极其精良，不仅仅有护城河作为天险屏障，还有一道道交错的鸿沟，这是防止敌人以战车攻城，任何想攻城的战车，都需越过土沟，那就得首先填平土沟，而这种费时费力的攻城之法，自然让人很难接受。

当然，这种攻城为下策，而讲到攻城则有着多种多样的形势，掠地攻城，也不一定必须用战车，最后的攻城之法，非强攻硬上，动用战车之战本是不得已之战，所以葛荣常常自内外攻，这也是最高明的策略，亦是最好的攻城之法。

但，从内部瓦解敌人，并不是每个人都能办到的，更非对每座城池都有效。也许葛荣本来是想沿用这个方法去攻破定州城，但依照眼下的情形，这种方法根本是行不通的，鲜于修礼绝对不是一般角色。

鲜于修礼的确不简单，葛荣在算计他，他也同样在算计着葛荣，葛荣让白傲安排了半个月，而鲜于修礼对葛荣的防范却是无时无刻不在进行着。

任何人面对葛荣这样的敌人，若不小心谨慎，那才是怪事呢，尤其是鲜于修礼，他可是深深领教过葛荣的厉害，而杜洛周更是他的前车之鉴，此刻他的形势比之杜洛周更差，与葛荣的实力根本就没办法相比。葛荣的势力几乎将他团团包围，而他可算是在葛荣的肚皮下生存。

北面，以前杜洛周的势力范围全都是葛荣的，那几乎打通了与塞北的所有通道。虽然有几座城池为官兵重夺回去，但并未断去葛荣北通塞外的商业网络，自涿鹿以下，顺太行一脉相联，而鲜于修礼只不过是在葛荣包围下的城池之中挖出一块狭小的天地，他们之间注定只有一个人能够成王。

当然，鲜于修礼知道自己起事能够快速发展，与葛荣脱离不开干系，而定州城更有可能是葛荣拱手相让。在表面上，他对葛荣不得不礼敬有加，可骨子里巴不得葛荣早死一万年。

葛荣也曾多次与他交涉联合结盟之事，但鲜于修礼却找理由推脱了，他根本就没有想过受人控制的结果。他的野心绝对不比葛荣小，他也从来都认为天下没有人配约束他，他与破六韩拔陵的结盟是迫不得已，被蔡风所逼，而且是由当时的形势酿成了那种局势，他不得不妥协，正因为他的傲气，所以与破六韩修远极不投缘，这就注定使他成为葛荣的敌人。

既然与葛荣的敌我关系已经确立，他就不得不小心防范。

鲜于修礼是个极为谨慎的人，对于新乐守将白傲的一举一动，他都几乎了若指掌。这是他的自信，任何拥有野心的人，都会有自己的拿手好戏，因为那是他们的自信。

葛荣会伏下奸细，鲜于修礼也同样可以做到。

此刻，白傲究竟潜伏在什么地方，他也知道得一清二楚，虽然他对他的兵力分布情况并不清楚，但只要知道白傲在何处便行。

鲜于修礼此刻站在定州城城墙高处的哨楼之上，放眼眺望，在这块平原之上，至少可以望到十里开外的景观。当然，那只是一片密林，他所看到的，是天空中的飞鸟，以及自地面扬起的尘土。

鲜于修礼之所以清楚白傲驻兵的方位，并不是靠这般观察，而是凭借探子，分布在各地的探子。他不知道为什么白傲会潜伏在那里，但肯定有因，不过，他并没有必要去理会白傲，因为对付白傲的人大有人在，那就是元融的大军。

元融也是一个猎手，同样也是一个猎物，元融、白傲、鲜于修礼，三人所扮演的是双重角色，既是猎物，也是猎人，谁狩猎本事强，谁就能活到最后，这是实力与智慧的较量。

鲜于修礼有方法让白傲对上元融属下的头号先锋候景，因为一切都在他的算计之中。

候景，一个年轻但却极有天分的将才，在葛荣对付破六韩拔陵之战中表现得极为出色，因此，尔朱荣将他推荐给元融，元融对这个先锋也很满意。

鲜于修礼喜欢看龙争虎斗，白傲也是个不俗之人，但他和候景究竟谁更厉害一些呢？

在很远的地方，鲜于修礼看到了飞扬而起的尘土，那是大军通行的征兆，而且可自飞扬的尘土中看出其阵容和人数的大概。

一切都在顺利地进行着，鲜于修礼眉宇之间闪过了一丝得意的笑容，更展现出几许自信，而在他正想转身之时，他见到了几匹快马，如飞般向城下奔到。

“报大帅，是韩将军等人！”鲜于修礼身边的一个偏将出言提醒道。

“放吊桥！”鲜于修礼沉声道。

“放吊桥……”声音立刻传至城下。

“轰……隆……”沉重而巨大的吊桥缓缓放落，门口的铁链绞动声刺耳至极，而在此同时，城门打开一道不大的裂缝。

那几匹快马飞速驰过吊桥，蹿入城中。鲜于修礼的手掌缓缓握成拳头，他感到力量应手而生，天下似乎就捏在他的掌中一般。

快马停下，在城门的关闭声和吊桥绞动声中，几条人影如飞般掠上哨楼。

“报大帅，属下已经按照你的吩咐将候景引向白傲，此刻候景中计向南扑去，弟兄们会陆续撤回！”上楼者正是刚才快马入城的几人。

鲜于修礼似乎极为高兴，回头赞赏地望了几人一眼，道：“你们干得非常好，这次定会记你们大功一件。韩远，你立刻给我调集八千兵马，我们要痛痛快快地杀一场，让元融和葛荣看看，定州不是块肥肉，而是柄刀子！”

“是，属下这就去调集兵马！”那刚刚赶回的为首汉子似乎也极为兴奋地回应道，想到能够得渔翁之利地大杀一场，禁不住热血为之沸腾起来。

鲜于修礼的眸子之中闪过一缕幽深莫测的厉芒，望着那尘土飞扬的远处，自语道：“看谁笑到最后！”

定州城南十五里处，白傲似乎吃了一惊，他自然看到了那扬起的尘土，正当他奇怪的当儿，探子飞马来报。

“报将军，候景带领大队人马向我们这边靠近！”那名探子气喘吁吁地跃下马，惊报道。

“怎么会是候景？他们怎会朝这个方向奔来？”白傲感到大惑不解。

“他们本来是向西进发，可是中途似乎受了什么影响，竟改向南行，矛头似乎是冲着我们而来！”那名探子有些紧张地道。

白傲脸色有些难看，忖道：“候景这小子诡计多端，行军总有出人意料的变化，难道这次他早就知道我伏兵于此，而故意弄些玄虚，兜个圈子其实只是为了对付我们？”想着想着，白傲沉声吩咐道：“传我命令，所有人准备随时应战！”

“将军，那定州方面？”白傲身边的军师有些忧心忡忡地道。

“我知道，鲜于修礼想捡便宜，没这么容易！传我令谕，命西北两路人马放弃攻城计划，当鲜于修礼出城时，立刻截断他的后路，我要让他空得意一场！”白傲的脸上露出了一丝冷酷的笑意。

“是！”军师似乎对白傲的当机立断极感钦佩，这种临阵改变战况、随机而动的作战策略才是攻防之上策。

“备马！”白傲低呼道，同时向身边的几位偏将道，“你们各领兵一千，听我号令！”说着，白傲折下一截树枝，在地上轻画着，显然是这块地形的草图。

“一营、二营、三营，以奇兵直攻候景，以骑兵冲乱他们的阵势，五营和六营自左右两翼夹击，七营绕至敌阵后方，趁敌明我暗之势，对敌人后翼进行攻击，制造敌人后方混乱。但切记，你们的任务并非击溃候景的前锋军，只需稍战即退，其他任务便由一、二、三营和五、六营去做，你们的主要任务是要迎头痛击鲜于修礼来捡便宜的大军。四营和八营后备，哪方出现虚位，立刻补上，但大家切记，我们的目标不是与候景硬干，我们要想大获全胜，就必须逼迫元军与鲜于修礼所领的大军退出定州城！咱们只要以迅雷不及掩耳之势扰乱候景阵脚，乱他军心并迫使其后撤，他们自然会有鲜于修礼去对付！而五、六营对付鲜于修礼的前锋，一、二、三营则负责对付鲜于修礼的两翼，候景的残余力量自会有四营和八营应付，你们明白吗?”白傲一边吩咐着，一边以树枝迅速地在草图的大概位置上点动着。

那些偏将也都是身经百战之人，对于定州的形势也极为熟悉，白傲所点之处当然看得十分清楚。

“而你去通知西北四营的兄弟，他们的位置应该是这里!”白傲又指了两个位置对身边的军师道。

“属下明白，请将军放心!”那军师极为佩服地道。

“好，我们立刻出发，候景的兵马并不比我们少，甚至在兵刃方面更为精良，但我们却有身在暗处的优势，再说他们根本不明我方军情，因此，我希望大家能够好好协作打好这一场仗!”白傲翻身跃上健马，雄心万壮地道。

林间顿时杀气冲天，伏于各处的葛家军似乎全都苏醒了一般。

白傲对自己的布置极有信心，他的大军是在天仍未亮而出发的，夜里惊起林鸟，远处根本看不到，就算对方有探子知道他藏有伏兵，却不知伏击的人数，而天一亮，他们就已到达目的地。林中宿鸟早已飞尽，更不会有烟尘惊起，因此，白傲所领的葛家军可谓极度隐密。

那些偏将迅速策马而去，各自回到自己的营中，白傲纵马驰向一个山坡，在亲兵簇拥之下，号角之声立刻惊碎宁静的天空……

号角之声后，就是疯狂的喊杀声与马嘶声……

天空之中的尘土更为高扬，十余里外，也隐约可闻那千军万马的喊杀之声，定州城上展出一片喜色。

鲜于修礼全身披挂，望着那飞扬的尘土，豪气顿涌，高声道：“传我命令，开城杀敌!”

“轰……隆……”吊桥缓降，那已经在城口列好队伍的战士自三道城门内如潮水般涌出城外，鲜于修礼自哨楼飞身直下，跃马横刀，雄心勃勃地呼道："谁要是能拿回白傲与候景的人头，赏银一千两！"

军情立刻大噪，众将士的斗志狂涨。

定州帅府，戒备极为森严，自然是提防有刺客入袭帅府。对于葛荣的手段，任何人都不敢稍有掉以轻心，更何况前不久便有刺客刺杀大帅，后又有飞龙寨的兄弟闹事，帅府之内竟再一次加强守卫。

守卫森严的帅府，之所以守卫森严，是怕有人潜入，如果对方不是潜入，那这些守卫也便如打手差不多。

其实，守卫不一定有用，对于普通人来说，守卫就像是坚硬的大门，不得其门而入，但对于有些人来说，那只不过是摆样子的纸人。

帅府大门口有四名守卫，可是仍有人入府了，他们并不知道，因为这人不是自大门口进入的。当然，大门口也有入侵者，是一个表情极为冷峻的中年汉子，似乎没有人可以自他的表情中看出其喜怒哀乐。

任何人一眼就可看出来者不善。

门口的四个守卫发现这个人后，就感到一股寒意自心底升起，其中一人沉声问道："你是什么人？"

那中年汉子朝四人望了望，竟然笑了笑，有几分嘲弄和不屑的味道，那怪怪的笑容使那张冰冷的脸更为诡异和莫测，中年汉子没有答话，只是伸手爱怜地轻抚着门前的那头大石狮，喃喃自语道："这石头倒挺冷的！"

"哈哈，原来是个傻子！"四名护卫的其中一人自以为是地道，但他很快就冻结了自己的笑容，取而代之的是骇异和惊诧，因为他看到了一个手印。

深深的手印，犹如狮腹开了一个洞，手印深达五寸。

四名守卫感到自己的血脉都有些僵硬。

"你……你究竟是什么人？"半晌过后，那四名护卫才回过神来，惊悚地问道。

"四天前那女刺客关在哪里？"中年汉子向帅府的台阶上迈了一步，冷冷地问道。

“你是她……她一伙的?”那四名护卫惊声问道，同时也都不由自主地退了一步。

“她被关在哪里?”中年汉子再次冷冷地问道。

“来人哪……呜……呀……”，“砰砰……”一阵凌乱的爆响，那四名护卫还未来得及呼唤助手，就已经被击得五脏俱裂而亡，尸身更撞入门内的大院之中。

“哼，找死还不容易!”中年汉子昂首阔步地踏入帅府的大门，反手一挥，那两扇红漆大门竟自动关闭起来。

惨叫之声惊叫了院内的守卫，那跌入院中的四具尸体立刻引来了十余名护卫，但中年汉子似乎根本就像没有看见一般。

“什么人胆敢来帅府行凶，给我杀!”其中一名护卫凶霸地扑来。

“去死吧!”中年汉子两指陡伸，准确无比地夹住刀锋，轻轻一扳，那护卫根本就把持不住刀身，刀锋竟然回转反噬，在他仍未来得及反应之时，刀锋已经割破了他自己的咽喉。

中年汉子出手，犹如拈花一般，清爽利落之中却稍带了点邪异的韵调。

那十多名护卫大惊，同时向中年汉子飞扑，多件兵刃自不同方位攻至。

中年汉子冷哼一声，身上的披风如充满气体的斗篷猛地鼓起，一股无形的劲气旋转而出，如狂涛般激荡成一片气场，那些攻至的兵刃便如陷入了泥沼而无法自拔一般，挣扎之下，竟然根本无法接近中年汉子的身体。

“去吧!”中年汉子冷冷地低呼一声，双臂一震，那十余名护卫丝毫不能抗拒地被抛跌而出。

这群人只不过是些普通的士兵而已，又如何能与眼下的这位顶级高手相提并论?

这中年汉子，正是战龙!

对于眼前的大帅府，战龙根本就未曾将之放在心上，更何况，鲜于修礼此刻已率大军出城作战，在城中所剩下的虽然仍有数千人，但却必须守护城防，即使大军压境也全没有什么好怕的，帅府之中，有的是人质，一开始，战龙便选择背水一战，他之所以关上大门，就是为了断去府内外的基本联系。

“咔……嚓……”帅府前院之中的护卫几乎全都惊动了，近百人自各个角落中拥出，他们之中有许多人亲眼见到战龙震飞那十余名护卫，知道此刻必须动用更多的人。

战龙的步子极其悠闲，但却很快，跟眼下这群小卒缠个没完那实在没有多大的意思，即使杀死这些人，也不能动摇鲜于修礼的根本，像这种护卫，随便可以抓一大把。这一群人，只能当猎狗用用，放放哨，把把风，根本就无法登上台面。

战龙在迈步的同时，东出一掌，西击一拳，衣袖翻飞，根本就没有人能够阻止得住他向前迈步的节奏，反而这些护卫惨叫不迭，更是阵容混乱，溃不成军，不过，这群人显然都极为勇悍，居然不惧生死。

战龙所过之地，一片狼藉，血溅满地，呼喝声、惨叫声及重物倒塌声，再加上风声，使整个外院一片沸腾。

惨叫之声更传出很远很远。

战龙也清楚地感应到，有高手向这边赶来，当他击毙第三十八名护卫之时，已经越过外院，轻松地踏入内院。

内院，亭、台、楼、阁、小桥、流水、假山古木，看上去极其典雅，琉璃、青砖，更将古朴之风尽展于外，一种静谧而安详的世界，在战龙踏入的那一刻给打破了。

帅府极大，外院呈环形环抱内院，内院却分东南西北四厢，四厢再围出内庭，内庭又分为几部分，有家眷住所，有帅堂所在，更有寝宫等设置。

那群护卫，在战龙踏入内院的那一刻，他们就立刻停止了攻击，而是清理战场，更各司其职地回到原先岗位，这似乎是一种默契。

战龙止步，以衣袖轻轻掸去衣衫上的尘土，但却无法掸去衣衫上的血迹，不过，他并不在意，这些动作只不过是做给别人看的，做给挡在他面前之人看的。

此时挡在他面前的才十人，但眼下的十人绝对不像外院的那群废物。

“你是什么人?”开口相问者正是鲜于修礼最强硬的臂膀铁脚鲜于战胜。

“凌姑娘在什么地方？快点将她交出来，否则，我定将你这狗屁帅府一把火给烧个精光！鸡犬不留!”战龙狂傲无比地道。

鲜于战胜呆了一呆，似乎没有想到眼前的对手狂妄得有些近乎疯傻，居然敢在定州城内如此口出狂言，禁不住大感好笑。

“阁下与那女刺客有什么关系?”鲜于战胜冷冷地道。

“这个你没有必要知道得太清楚，你只要交出她就行!”战龙依然狂傲至极地道。

鲜于战胜不屑地笑了笑，向身边的几人打了个眼色，十人的身形立刻散开，成一张弧形大网缓缓张开，将战龙围于中心。

“哼，老夫这辈子都没有见过这样狂的人，倒要看看你有什么过人之处!”鲜于战胜阴冷地道。

战龙身上的衣袍无风自鼓，如一层层浪涛在躯体上翻涌，森寒的杀气如涌涨的云朵，向四面八方漫涌开来。

鲜于战胜望着眼前之人的气势疯涨，立于身前犹如高山岳亭，心头微惊，但在突然之间，他似有所觉，忍不住惊呼道:“你是金蛊神魔田新球?”

战龙一惊，气势顿灭不少，那九名伺机良久的汉子却绝不想放过任何机会，犹如脱笼猛兽一般向战龙扑到。

……

西厢，在前院和内院东厢被战龙闹得不可开交之时，凌沧海却悠然而入，如同散步和游乐，恬静自然中，多了几分洒脱，虽然有几名护卫前来相阻，但他却在轻松至极的情况下就将之无声无息地放倒，而此时的守卫大部分注意力全都在东厢那喧闹的地方。

谁也想不到大白天的会有人来帅府捣乱，相对而言，晚上帅府的守卫还要森严一些。

“沙沙……”凌沧海的耳中传来了一阵扫地的声音。

望着整洁清爽的地面，竟然仍有人在扫地，而且出现得似乎有些突然。

凌沧海的眼中闪过两名苍老的驼背老翁，一人一把扫帚在那本已极为干净的地面上用力地扫着。

凌沧海静静地驻足，眸中闪过一丝冷厉的寒芒。

这两个老头虽然并未说话，但凌沧海的直觉告诉他，他们是真正的杀招，真正杀人的人并不需要将刀挂在脖子上。

“你们也想阻止我?”凌沧海深深地吸了口气，冷冷地望着眼前两个扫地的老者，寒声问道。

“我们只是负责扫地，任何垃圾都必须清理出去!”其中一名老者微微直起了身子，斜斜望了凌沧海一眼，用喑哑的声音道。

凌沧海禁不住有些好笑，淡淡地道：“你们这种扫地之人可还真辛苦，我为你们感到悲哀!”

“谢谢你的善良，其实那全是没有必要的，人的命运所决定，谁也无法改变，我们的命天生就这么苦，当然不能逆天而行，我劝阁下还是何来何从吧!”那一直沉默的老头也挺了挺身，双手拄着扫把悠悠地望了凌沧海一眼，深沉地道。

“正如你所说，这是命运所定，如果你们能交出四天前那名女刺客，我可以一走了之!”凌沧海淡漠地道。

“我们是两个下人，只是负责清扫垃圾，对于刺客之类的事，你找错人了!”两名扫地的老者再次拿起扫帚佝偻着腰一下一下地扫起地来，似乎对凌沧海的存在不再加以理会。

凌沧海深深吸了口气，他知道多说无益，眼前的两老者是不可能屈服的，于是大步自一边绕去。

“呼……”一股强横而霸杀的劲气自其中一把扫帚上疯涌而出，直袭凌沧海的腰际，快捷无伦，这与那老头的佝偻形象形成了强烈的反差，让任何人都难以相信这老者竟有如此快而利落的身手。

“啪!”凌沧海反手一掌切出，无声无息，但那划出的弧迹之中，似乎带着极淡极淡的一层紫气。

手掌正好切在那把扫帚的帚头之上，发出一声极为清脆的交击声。

“呲呲……”帚头之上的竹枝犹如柄柄软剑，倒缠凌沧海的手掌，更散发出缕缕锋锐的剑气。

凌沧海微惊，另一把扫帚却如巨斧般无声无息切斩向他的腋下，锐利无伦的气劲全都凝敛于根根竹枝上。

“嗯，这才有些味道！”凌沧海丝毫不惧，右掌紧贴帚头平削如刀，紫气大盛，隐现一柄朦胧的气刀。

“哧……”那如软剑般的帚头似乎受不了对方无坚不摧的气刀之切削，竟零零散散地洒落数十根竹枝。

凌沧海身形微微一旋，衣袖拂出，如一团乌云紧裹那自腋下攻至的扫帚帚头，同时撤步，反身向那老者的怀中撞去。

“砰……”扫帚把柄在一声爆响之下，竟然裂成两半，一缕青幽暗淡的电芒暴射而出，直奔凌沧海的咽喉。

那是剑，一柄锋利杀人的剑，而剑的主人，就是攻向凌沧海腋下的那名佝偻的老者，那驼背弯腰的扫地老头。

第一百六十六章　铁剑七子

凌沧海这次倒是吃了一惊，但那柄剑并没有刺死他，而是被挡住了，只因为一根指头。

挡住利剑的，是一根曲弹而出的指头。

“叮！”一声清脆至极的响声过处，那青幽的电芒显出了它的原形，只不过被指头抵住剑尖的剑身弯曲成一个美丽的弧，闪着幽暗的光影。

“呲……”那把攻向凌沧海腰际却无攻而返的扫帚又以快捷无伦的速度自下盘扫至，更带着剑风的锐啸。

凌沧海唯有跃起，如升腾九霄的云龙，一声淡淡清吟，荡漾在两个扫地老头的耳畔，两名老者同时闪退，而手中的扫帚更以举天之势直逼而上！

地面之上，卷起一缕缕悠然的旋风，凌沧海却如一柄巨刀横在虚空，锋锐的杀气带着狂野的压力，以开天辟地之势直斩向两名老者。

两名老者神色大变，但此刻的他们根本就没有回头之路可以选择。

“噼……啪……”扫帚碎裂，似乎完全无法承受那无坚不摧的霸杀刀劲。

“当当！”两声脆响之后，凌沧海的身形又现，却如掠过的鹰隼，斜掠至地面，一切平静得如人刚睡醒一般。

那两名扫地的老者，手中的扫帚已碎裂成粉末，洒落得满地都是，但他们却各执一柄剑，幽暗而清亮的剑身倒映着他们爬满皱纹的脸。

脸色有些苍白，额角的皱纹沟里更有几点汗珠，他们的衣袖也被绞碎一幅，地上更有几点鲜血，殷红殷红的。

两个老头的目光全都散落在凌沧海身上，似乎想说什么，却又不知该从何说起。

半晌，那两个老者方幽幽地道："你胜了！但我们想问一下，你叫什么名字？"

凌沧海笑了笑，心中却暗惊这两个老者的武功，那可怕的剑术绝对可以算得上天下间第一流的，可是他却从未听说过鲜于家族中藏有这般剑道高手。

"我叫凌沧海！"凌沧海想了想道。

"不，我们要知道的是阁下的真姓实名！"那两个老者吸了口气，认真地道。

凌沧海一呆，有些讶异地望了这两个老者一眼。

定州城外十余里处，候景已经感觉到气氛不对，他派出去的探子竟然没有人回报，而且刚才那队义军也来得古怪，是以，他所率的部众很快就停住继续前行。

在他的后方，大军早已结营而扎，他只不过是向南偏了些，追出数里，参加追击之人只是部分轻骑，他当然不可能带领全军前来犯险，对于他来说，可算后备极严，队伍的衔接很紧，只要稍有异变，他的阵形可随时改变。

"报将军，那队人马突然消失在前面的林子中，恐怕有诈！"一名前旗的偏将调过马头向候景禀报道。

候景心中正有疑虑，听偏将如此一说，忙下令道："全军听令，列阵备战，后队先撤回大营，与元将军会合！"

"是！"那些将士一听，全都变得紧张起来，人说逢林莫入，难道前面的林子中真有伏兵？

候景望了望身后两千余名兄弟，突然心中一跳，似乎隐隐听到如闷雷滚过的马蹄声，不由脸色大变，大呼道："弓箭手，准备！"

候景很快明白自己中伏了。不过，他似乎没有想到对手是葛家军，如今他所领的是骑兵，来去如风的骑兵，也是最为灵活的作战小组，任何敌人要对付他都得付出代价。不过，候景并不想与葛家军先打照面，因此，他下令撤，边撤边战，因为他相信，有人会为他解除后顾之忧。

而此时，葛家军已如潮水般蜂拥而出，声如海啸山崩，天地为之色变。

漫山遍野都是敌人！

鲜于战胜的确有些吃惊，他所面对的竟然是在塞外最可怕的对手金蛊神魔田心球，他曾见过田新球，而且并不止一次，在破六韩拔陵的军中见过，而鲜于家族和塞外的烈焰魔门更有些往来，是以鲜于战胜对金蛊神魔田新球的了解比中原人士多得多。

金蛊神魔的武功相对来说，不一定胜得了鲜于修礼，较之破六韩拔陵更要逊一筹，但比起鲜于战胜却稍胜半筹，这一点鲜于战胜很清楚。不过，金蛊神魔的可怕却是那让人心寒的用毒手段和下蛊手法，可称得上是毒药宗师，这也是他成为塞外最为可怕人物的主要原因。

此刻的金蛊神魔虽对面部稍稍易了容，但仍无法逃过鲜于战胜的眼睛。不过，此刻田新球的功力高得可怕，举手投足间，都带着毁灭性的霸杀之气，面目阴鸷得骇人。

鲜于战胜心中禁不住存在着许多疑虑，是什么原因使田新球的功力增长如此之快呢？而且武功招式比之以前，更精奇了不知多少倍，他们十人联手，竟无法困住对方，更被逼得团团转，形势如危卵，所幸金蛊神魔田新球并没有下毒放蛊，否则，只怕他们唯有死路一条。

“梅老！”鲜于战胜禁不住高呼道，他不得不动用最后的杀手锏，也即是包家庄扫地之人，梅家七老——寒梅七友。

风声过处，几条青灰色的身影不疾不徐地向东厢赶来，每人手上都拄着一把扫帚，看那佝偻驼背的样子，田新球禁不住哈哈大笑起来。

“哈哈哈……你们这帮脓包，居然让扫地的下人来帮忙，看他们那死气沉沉的样子，就能救得了你们吗?”田新球横腿挥掌，力道大增之下，竟有三人被甩飞，击得大口大口吐血。

“砰!”鲜于战胜心头一喜，他竟一脚踢中了田新球的小腹。不过，他还没有来得及高兴，就已发现自己的脚似乎只是踢在一堆棉絮之中，根本就没有着力之处，不仅如此，对方的小腹上更生一股强大的吸力，而在此同时，田新球的膝盖斜撞。

鲜于战胜惨哼一声，他那被誉为铁脚的脚传来一阵剧痛，几欲撞折。

“刷……啪……”三把扫帚自三个不同方位袭至，三股强猛的劲风似组成了三道气墙，向中间猛挤田新球，似乎想挤扁对手。

田新球不得不松开鲜于战胜的脚，身子一旋，顺手夺过一件兵刃，斜斜切出。

“扑……”接连十八刀全都斩在扫帚的帚头之上，只斩得竹枝乱飞。

田新球飞退，那三名老者再次并肩而立，三把扫帚都被斩得乱七八糟。

鲜于战胜抚摸着脚，脸色一片苍白，他身后是六名气喘吁吁、杀得几乎精疲力竭的属下。

田新球与三个老者相互对视，目光有若刀锋一般在虚空中交缠着，只让气氛变得更为紧张。

“几个老不死的还有两手！是不是舍不得走进棺材里呢?”田新球讥嘲道。

“世上还有许多垃圾没有清理，如此早地躺进棺材，阎王也不肯。”三个老者淡淡一笑道。

“田新球，我们鲜于家族与你无冤无仇，为何要来与我们过不去?”鲜于战胜有些怒恨地道。

“哦，你居然也知道我叫田新球。不过，你鲜于家族又是什么东西?我只知道鲜于修礼抓了不该抓的人，而我只是前来要人的！如果你们愿意将凌姑娘交出来，一切就此作罢，否则别怪我田新球不客气!”

“田新球，你太狂了，算起来，我们与你烈焰魔门还有些渊缘，既然你不识好歹，我也不必与你客气！梅老，杀了他！”鲜于战胜愤怒地道。

田新球的眸子之中暴闪出一缕冷冷的杀机，那森寒肃杀的气机如实质存在的流水一般，淌过虚空，淌过每个人的心头，所有人都禁不住打了个寒战，尤其是鲜于战胜，他似乎感觉到那股气机已经锁住了他的心神，一种无可抗拒的孤立让他只想发出一阵狂号。

“很好，我就先杀了你！”田新球的目光直逼鲜于战胜，冷冷地道出这几个字。

所有的人心中再寒，鲜于战胜禁不住退了两步，他实在没有胆量直接面对田新球，他自对方的话中感受到了那种强烈无比的自信和杀机，这让他对眼前所有的力量失去了信心，似乎发现死神在逼近，此刻他竟有些后悔刚才不该向三老下达那样的命令。

凌沧海饶有兴趣地望着两个拄剑而立的老者，微微有些讶异地问道：“你们认为我所说的不是真名实姓吗？”

“在禅宗之中用刀的人并没有多少，而姓凌的更没有，而禅宗的后人中似乎也没有姓凌的，如你这般武功，这般年龄，又岂是这般名不见经传……”那老者说到这里禁不住刹住话音，脸色有些变了，喃喃自语道，“沧海，沧海……怒沧海，凌沧海……”

“你是烦难的什么人？”另一名老者一听同伴喃喃自语的声音，禁不住惊讶地问道。

凌沧海眸子之中再次闪过一丝讶异，不答反问道：“那你们又是什么人？”

两个老者一愣，相视望了一眼，吸了口气道：“我们也早已经忘记了自己的名字，几十年未出江湖，只记得当年江湖中人都称我们为寒梅七友，抑或寒梅七子之类的！”

“寒梅七友？”凌沧海吃了一惊，问道。

“阁下也闻过在下等人的贱名？”那两个老者并不感到意外地道。

凌沧海脸上立刻显出不屑，更多了几丝鄙夷，冷冷地道：“江湖中人都以为你们死了，没想到却在这里干起了扫地打杂的活儿，真让人失望，你们空有一身好剑术，却不去复兴铁剑门！哼……我真为你们感到有些不值!”

那两名老者的神情立刻绽出一丝惭愧和痛苦之色，更幽幽地叹了口气，似乎有些往事不堪回首的感觉，一缕难言的苍凉之感在虚空中漫开。

凌沧海似乎也觉得自己说得太直接了，但想到当年名动天下、红极大江南北的铁剑门如今却是冰消雪融，在江湖中不堪一提，心中就有一肚子气。

“不错，我们的确是罪人，哈哈，空负一身剑术却为人扫地打杂而不去复兴铁剑门，你说得很对!”两老者拄剑跪倒，眸子之中滑出几行惭愧的泪水，清澈至极，自那皱纹沟里滑落地上，竟有一种让人心酸之感。

说起来，寒梅七子可算是比客夜星和剑痴都高一辈，七人剑术之高，当时在江湖中享誉极盛，唯有天痴尊者及铁剑门老一辈人物可比，更难得的是七人所组合的剑阵，即使天痴和烦难这等武林顶级人物也无法占得便宜，当时七人被誉为铁剑门最有潜力，也最有前途的新一辈，可是在邪、冥两宗祸乱江湖之前的一个月中，他们七人竟然同时销声匿迹，再也没有在江湖中出现过，于是有人认为他们一定被邪、冥两宗的人给害了，而铁剑门的高手在邪、冥两宗那一役当中几乎元气尽伤，七十多名不世好手所剩无几。而天下间，也几乎没有哪一派出现过那么多的高手，有人说，如果那一役中有寒梅七友驻守铁剑门，以他们的剑阵就足以杀死不拜天座下四大杀手之首的意绝，也定会为铁剑门挽回二十余名高手的性命。那一役之后，铁剑门残存的弟子只盼寒梅七友未死再回来重震铁剑门，可是这七个人就像一个谜一般，没有人知道他们去了哪儿。

却没有人想到，几十年后，曾傲视江湖、风流倜傥的寒梅七友竟是如此佝偻的老头，在鲜于修礼的大帅府充当扫地工作，真让人有些心寒。不过，这之中定有什么秘密，当然，这个秘密凌沧海并没有兴趣去探查。

“那名女刺客被关在什么地方?”凌沧海不想将时间耗在没有必要的事情上，他更担心，如果寒梅七友同时出现，只怕他也无法与之对抗，更没有多大胜算，如果一言不和，他只有尽最快的速度杀死眼前的两人，而让七人无法联阵，这样至少会立于不败之地。

两个老者似乎对凌沧海不再有什么举措，反而相对望了望，吸了口气道："请跟我们来！"

田新球如风一般，在那三把扫帚尚未能近身拦截之时，就已扑向鲜于战胜，一个要他命的人，那他就必须先要了对方的命，这绝对不算是狂，而是善的本性！

鲜于战胜大惊，他没有想到田新球竟然真的要先拿他开刀，他身边的六个人，慌忙同时出击，但是却击了个空。

田新球并没有真的出击鲜于战胜，而是长啸一声，倒撞向那三个扫地之人。

众人全都被田新球这声东击西的打法给蒙住了，在反应之上，根本跟不上节奏。

"轰……"田新球的刀在每把扫帚柄上硬斩了一下，同时，脚底更扫出强横的一腿。

三个老者因错估田新球的攻击对象，竟被同时震退。

田新球并不追杀，再长啸一声，又调头扑向鲜于战胜，而此时那六名高手几乎都接近力尽虚脱之时，根本无力再挡田新球这变幻不定的攻击。

"哧……当……轰！"田新球的刀，在几件几乎毫无力道可言的兵刃上划过，以无可匹敌之势震开六人，而一拳重重击在鲜于战胜踢出的脚上。

鲜于战胜一声惨号，他竟听到了自己的腿骨折断的声音，这的确是可怕而惊心的声音，对于鲜于战胜来说，至少是这样的。

"哼，居然敢杀我，就让老子先送你下地狱吧！"田新球如发狂的魔神，在杀意狂涨之下，头发根根直竖，形象极为吓人，而他的刀，更是划过一道弧光切向鲜于战胜的脖子，他杀死鲜于战胜的决定似是绝对无法更改的。

当然，要杀鲜于战胜也不是一件简单的事，至少还得摆平那三个扫地的老头。

三个老头当然不是弱者，甚至比田新球想象中的还要厉害那么一点点。

刀未至鲜于战胜的脖子，扫帚倒是先一步攻向了田新球，根根竹枝如散漫飞扬的利剑，锐利的剑气破开田新球的护体气场，直逼他的背门。

如果田新球执意要杀鲜于战胜的话，那他身受重伤是在所难免的，为了一个窝囊废而身受重伤根本不值，是以，田新球只得回刀自保。不过，三个老头的确激起了他的杀性，而场中陆陆续续赶来了大批高手，似是为田新球的啸声所召，不过，这些人根本就插不上手。

田新球与三个老头的动作太快，而且其气劲飞旋之中，根本没有人可以近身。

鲜于战胜死里逃生，吓得出了一身冷汗，他那条伤腿根本就无法动弹，也不知道是否就此废了。不过，骨折是肯定的，几名高手扶着鲜于战胜退至内庭，他们只愿三老能够击败这疯魔一般的田新球。

不过，事实上却不如他们想象中的那样，三老根本就不可能锁住田新球，不仅锁不住对方，田新球还不时抽身杀人，半晌过后，就有七人成为他的刀下亡魂，只吓得那些人不知该如何出手。

鲜于战胜怀着一颗忐忑的心向后庭跌跌撞撞而去，十余名好手相护，倒也风光，只是那条腿痛得他龇牙咧嘴。

走入内庭，他觉得似乎可以松一口气了，但是他眼中出现了另一个人，那是鲜于修礼的二儿子鲜于猎。

鲜于猎跌跌撞撞地自内庭中冲出，口中却狂呼："快截住他！快！快……"

众人全都为之骇然，只见鲜于猎似乎受到极大的惊吓一般，如疯子般跑出。

"二公子，到底发生了什么事？"有人忙冲上去想要伸手相扶。

"快，快，帮我挡住他……呀……"鲜于猎一句话犹未说完，一道青影闪过，鲜于猎在惨叫声中飞扑而出。

"啪嗒"一声落于地上，背部的肌肉全部内陷，所有的人都清楚地听到鲜于猎体内骨骼的暴裂之声，可当众人刚刚醒悟是怎么回事之时，鲜于猎已经如一摊烂泥般躺在在血泊之中。

“公子，公子……”有人惊呼，不过众人的眼前多了一道身影，一个穿着青衫的老者，不！他的怀中还抱着一个似乎已经死去的女人。

那苍白而泛着死灰色的脸是如此绝美，犹如绽开在雪野上的一株莲花，只是嘴角和鼻间那丝淡淡的血迹破坏了这至纯至洁的圣意。不错，这个绝美的女人死了，死得那么安详，那么宁静而又是那般让人心痛。

鲜于战胜大惊，那老者手中所抱的不正是四天前刺杀鲜于修礼未遂的凌能丽吗？而这神秘老者又是自哪里来的？再则凌能丽又怎会死呢？

青衫老者的眼里滑下两行清澈的泪水，轻轻地滴落在凌能丽那没有血色惨白的脸上，是那般晶莹剔透。

老者以青衣轻轻拭去凌能丽鼻前嘴角的血迹，显得那么温柔，那么深情，似是怕惊醒了一个熟睡的婴儿，惊碎了一个美丽的梦。

泪水仍从老者的眼里不断滑落，老者声带泣腔，充满悲愤和无限心痛地喃喃自语道：“都怪我！都怪我……我为什么不早来一步？为——什——么？为——什——么？”说到最后，声音竟是吼出来的。

“能丽，你安息吧，我已经杀死了逼你的人，你等着，我会杀尽所有伤害过你的人，用他们的血来祭奠你，让他们来给你陪葬！”那老者拭去滑落在凌能丽娇容上的泪水，刹时如同变了一个人，似乎一个自地狱中苏醒的魔王，那浓烈的杀机，似乎如一团在他周身点燃的烈火，让人感到空气中散发出一股邪异的死亡之气。

“啊……”老者仰天一声悲啸，声裂九天，如万马奔腾，如海潮击岸，其声浪如一排排有形之波向四面八方辐射开去，无尽的悲伤，那饱含痛苦的情绪使得天空之中的风云惊变，鸟雀尽坠。

乌云如被一只无形的手牵动着撕裂、聚拢，变幻出无穷无尽的组合，似乎与地上长啸的老者心神相呼相应。

“鲜于修礼！你——死——定——了！”那老者悲啸良久，才咬牙切齿，以浓烈的杀气逼出这几个字。

鲜于战胜的功力极深，但仍然受不了那声长啸，心脏如活物一般狂跳，脸红耳赤，大口大口地喘着粗气，那十余名高手全都面色苍白，摇摇欲倒。

“凌施主，别伤及太多无辜！”说话者却是匆忙赶来的寒梅七友之二，刚才与凌沧海交手之人，他们的脸色也变了很多，自凌沧海的悲啸之中，他们清晰感应到对方那深不可测的功力，早已达到天人交感之境，如果这样一个人乱杀起来，只怕整座帅府之中大概没有几人能够幸存，即使寒梅七友联手也不一定能困住此人，何况如今帅府之中只有五人，另外两人在左城跟随包向天。

凌沧海冷冷回眸，那两个老者禁不住打了个寒战，他们从来都没有看到过如此可怕的眼神，那眼神中的杀机似乎一下子冻结了他们所有的神经。因此，他们再也说不出半个字，任何话对于眼前这人来说，全都是多余的，他们知道没有任何人可以阻住凌沧海杀人的决心！这，也许是一场浩劫，而之所以会发生这一切，全因那已经成一摊肉泥的鲜于猎所致，两个老者禁不住全都叹了口气，他们尽力了。

凌沧海的目光投到了鲜于战胜身上，竟叫出了他的名字：“鲜于战胜，这是你们自己造的孽，我要你们整个家族的所有人都来为我的能丽陪葬！”

“你……你究竟是什么人？”鲜于战胜竟被凌沧海的目光逼得说话有些结巴，他从来都没有在心底如此畏怯过一个人，他不怕死，可是如今面对眼前这人的眼神，他宁可选择死，这是一种比死更可怕的感觉。

“想知道吗？待会儿我杀了他们再告诉你！”凌沧海将凌能丽的尸体交到左手，紧了紧手腕，怜惜而伤感地道，“能丽，你在看着吗？看我如何杀死你的所有仇人！”说话的同时，右手向胸前一横，并迅速切出。

那十余名高手在凌沧海说话之时，已经恢复了活动能力，此刻见对方出掌，全都奋力回击，但他们立刻又改为后退，飞快地后退！

他们不是不想出击，而是他们感觉到这种出击只是在送死，毫无必要的送死，甚至没有一点活命的机会，所以他们飞退！

这些人全都想错了，进是死，退也同样是死，他们似乎永远也无法挣脱凌沧海这一掌的控制，那种毁灭性的气机如一张张富有弹性的网，将他们全都网在其中，无论如何挣扎，都只会愈挣愈紧，愈挣愈无法脱身，甚至连动手的能力也没有，更别说退出去了。

他们能做的，唯有眼睁睁地看着对方击出的这一掌在眼前不断地扩大，然后便成了整个天，整个地，直到吞没了他们的生命，他们所体会到的，不是死亡，而是一个梦魇，一个永远也无法醒来的梦魇！

十余名刚刚恢复神志的好手全都死了，死在一掌之下，一式平淡而简单，但似乎充满了魔力的掌式，如果区阳或不拜天看见这一掌，一定会大吃一惊，甚至会不敢相信自己的眼睛。

凌沧海这一掌竟已达到托天冥王掌的最高境界，这是一式创自悲痛和愤怒的魔掌，可此刻的凌沧海竟然完完整整地击出了这一掌。

鲜于战胜的脸色如死灰一般苍白，那两个观战的老者似乎也深深读懂了这一掌的境界，体味到其中让人完全无法捉摸的抽象意识，其实，他们什么也没有体会到，只是其心神被这一掌的气势所吸引，思想被气机所控制。

凌沧海伸手一提鲜于战胜的脖子，鲜于战胜就像一个废人，连半根指头都无法动弹，“你听好了，我是谁！”说着凑到鲜于战胜的耳边，低低念出了两个字。

鲜于战胜脸色再变，却多了一丝愤怒和不甘，但也在此时，他听到了自己脖子断裂的声音，这也是他所听闻到的最后一个音符。

“啪！”凌沧海冷酷地将鲜于战胜的尸体摔在地上，紧抱着凌能丽的尸体向后院跨去，唯留下那两个老者在愣愣地猜测着凌沧海刚才所说的是什么。

凌沧海……

当凌沧海赶到内院的东厢时，田新球已经将三个老者攻得有些手忙脚乱，地上更有十余具尸体。

凌沧海一声清啸，大步向三个老者行去，一手抱着凌能丽渐渐转凉的躯体，数丈空间，似乎根本就只是一步跨过，空间对于他来说，已经全都不成约束。

“砰砰砰!”三声爆响，三个老头全都被震得飞跌而出，手中的扫帚碎成末屑，露出里面青幽古朴的利剑，只是每个人的嘴角都溢出了血丝，就只因为凌沧海一掌，平平淡淡的一掌。

他们根本就不敢相信这是事实，这个突然而至的神秘老者，竟以单掌伤了他们。

其实，他们知道这一掌并非那么简单，至少他们感觉到了这一掌在虚空中变换了一千七百三十四种角度。

这是什么掌法?他们连想都未曾想过，不过却知道正是刚才悲啸之人所发。

“新球，给我杀尽所有鲜于家族的人!”凌沧海以一种不可抗拒，但又充满无限杀机的声音冷冷地对田新球道。

“是，主人!”田新球服从地道。

那围在内院之中的众好手全都禁不住心头发寒，这个田新球已经足够让他们头大了，而田新球身边此刻又冒出一个武功更为高深莫测的主人，那结果会是怎样?实让人难以预料。

那三个老者手中握剑，不知是否该攻击之时，却发现自内庭中赶出来的另外两个老者，五人相视望了一眼，那自内庭中奔出的两人叹了口气道:“罢了，罢了!”

田新球得到主人的命令，下手之重比刚才更狠更猛!

帅府之中出了乱子，守城之兵自然被惊动了，大队大队的人马全都拥在街头，将帅府层层包围，他们相信帅府内的高手会驱出敌人，而且，他们未得帅府内召唤，不敢擅自入内。不过，刚才那一声裂天惊云的长啸，使得许多兵士都被震得头昏脑涨，战马更是骚乱成团，场面极其混乱。

那声长啸，的确够惊心动魄的，即使守在城楼上的官兵也感觉到了那强烈的音波震荡，举城皆惊。

帅府外的护卫也全都为之色变，不过，很快他们就看到了元凶，一只滴血的手，一脸阴冷的杀机，那人木无表情地背负着一具凄美的躯体，缓步踏出外院，那如高山岳亭般的气势霎时笼罩了外院的每一寸空间，死亡气息在其中不断酝酿着。

外院的护卫似乎明白了什么，至少他们知道内院之中的人已经没有几个能够很好的活着，抑或内院之中根本没有人活下来。

“哗……”内院的门碎裂成七八大块，两道人影飞射而出，犹如着了魔的疯子，但他们一看到那背负着尸体的人，又如撞见了鬼一般，折身就向两个不同的方向没命地奔逃。

这两个人，外院的护卫都认识，这是内院的副总管和教头，平时不可一世、趾高气扬的两人，此刻竟比落水的野狗更狼狈，更是有些形似疯癫，抑或他们真的被什么东西刺激得傻痴了。

那手掌染血的人似乎记起了什么，将手上的血迹擦去。擦拭血迹的是一名护卫，他也像其他护卫一样想逃，但是却无法逃出那染血的魔手。

血迹擦干净之时，那名护卫竟吓得昏死过去，而这个时候，内庭竟然火头大起，显然有人在纵火烧院。

府外的义军一阵骚乱，却是因为那两个几近疯狂的人没头没脑地直冲出去，没有人挡得住他们，他们似乎已经无法分别自己的人和敌人，而更让众兵士大感吃惊的是帅府起火了，那些护卫们纷纷拥出帅府，似乎帅府之中真的出了魔鬼一般，正当所有人都惊疑不定的时候，帅府的外院门庭竟一开一合晃动起来，似乎受着一只魔手的牵引，景况诡异莫名，那些义军也个个胆寒，张弓搭箭，强弩尽数对准帅府门口的每一个角落。

“呼！”一道苍鹰般的身影电射而出，那些强弩弓箭手竟然来不及瞄准目标，立即放弦射箭，但是他们的箭矢全都落空了，也在同时，他们听到了弓弩折断的声音，不仅如此，还有骨头碎裂之声。

马匹惊嘶，在惨叫声传出之前，动物始终比人对危险的觉察力要强一些，那沉沉的死亡之气和如烈酒般浓烈的杀气在虚空之中散漫开来，但这却并非出自那个从门内飞射而出的中年汉子的杰作。

杀人者，正是田新球，闪开弩箭，一口气击杀挡在门口的二十七人，然后他驻足了，杀气和死亡之气却是来自他的身后，一个抱着一具绝美尸体的老者！

“就……就是他们……”那些死里逃生的护卫心有余悸地高呼道，但他们由于心神太过紧张，所说之言连完整的意思也表达不清楚。

那老者双手抱着那具绝美的女尸，目光却从没移开过，一直深情而哀伤地望着怀中那安详的尸体，那恬静的凄美，犹如熟睡的婴儿，更如一朵凄美的冰花，只是没有了半丝生机。

老者缓缓迈着步子，似乎对围在帅府之外的大军根本就没看见，更似乎感觉不到这些人的威胁和那浓烈而紧张的杀机。

正如那沉沉的死亡之气息，眼前这老者的心完全沉浸在一种死亡的哀漠之中。

田新球向老者身边一立，环目扫视着，每个与其眼神相对之人，都禁不住打了个寒战，看到那双眼睛，他们都禁不住想到暗夜里的魔鬼。

“放箭！”一名偏将终于再次发号施令。

“嗖嗖……”无数劲箭强弩，如蝗虫般射出，但是在他们仔细看时，所有的劲箭全都落空了。

当那名偏将发现这个让他惊骇若死的结果之时，一杆长枪已经贯入了他的胸膛，田新球离他只不过才三丈远，只是这杆长枪不知究竟是如何到田新球之手，又如何射出来的，这就像是一个谜，谜底当然就是死亡。

那名偏将至死也不敢相信这是事实，他根本无法相信，死亡会来得这么简单、这么突然和直接，但不可否认，他已经死了。

当众人再次望向那老者的时候，他已经抱着那具女尸坐在了那名死去偏将的战马之上，一匹毛色极纯的白马，与那睡美人的衣衫和脸色一样洁白，而那老者犹如盘于孤崖之顶的古柏苍松。

田新球也挤上另一匹战马，那马的主人如小鸟般被田新球提着，“哇啦哇啦……”地乱叫，几乎吓得晕死过去。

箭雨再射，但却如同折翼的鸟雀般在两匹马前一尺远近就尽数坠落。

战马长嘶一声，如灌注了无穷无尽的生机，竟似凤鸣龙吟。

长嘶过后，两匹战马撒开四蹄犹如追星逐电般向城门口冲去，所过之处，犹如秋风扫落叶，惨叫声、惊呼声、骨碎声、枪断刀崩声、弓弦声、呼喝声、风声……不绝于耳。

长街几乎被血所染，战马是踏着血水奔行的，死亡、杀戮，几乎成了定州城内的主旋律。

百姓吓得尽数躲到屋中闩门不敢外出，商店关门，也是怕殃及池鱼，街头，唯有各路留守在城内的义军自四处奔涌而出，只为了截杀这两个烧毁帅府的人，但两匹战马所过之处，无人能阻。挡路者死，更无一合之将，这些普通的义军根本就无济于事，只要他们不被困住，谁能耐何？

城门口堵聚了近千义军，似乎下定决心要与这两个杀人无数的魔头决一死战，他们所想的，的确没错，谁又能独力战胜千军万马呢？人海战术，即使你拥有通天本领，只要是凡夫俗子，就有力竭之时，那一刻也就是你的死期！但他们估计错了，田新球与凌沧海根本就不从城门经过，而是直接驱马上了城墙。

所有的追兵全都愣了愣，就连驻守城门的人也都感到意外，对方竟然将战马驱上高达四丈的城墙，虽然战马跃上城墙并不难，但要想自城墙上出城，简直是天方夜谭，不说城墙，单论城外那三四丈宽的护城河就不是人可以逾越的。

在这个世道，总会有太多出乎人意料的事，也有许多人善于制造奇迹。在追兵渐近，并向城墙上的两人两骑包围过来时，那两匹战马再次一声长嘶，竟跃空而起，向城外的虚空飞纵，划过一道美丽的弧线，以让所有人都为之惊叹的雄姿向护城河对岸纵去。

城头上的守兵，全都忘了放箭，呆呆的，一切似乎都不再现实，犹如置身梦境一般。

“哗……哗……”护城河水激起两个巨大的浪头，在两匹战马即将坠入河中之时，那激起的巨浪似乎起了一个反托作用，三人两马再次跃过半丈，安然落在对岸，然后扬长而去。唯留下城头上那些惊得目瞪口呆的守兵和将领，在回味着刚才那让人永远也无法忘怀的一幕，而久久未自神话中醒转过来。

战场之上，杀得如火如荼，天昏地暗。

候景飞速退去，但白傲似乎早就算准了会出现这种场面，他以优胜的兵力夹击，虽然候景的骑兵灵活性极大，也十分勇猛，但最终只能仓皇而退，不过，因事先下达撤退命令，因此以快骑而逃，损失并不大，却极为狼狈。

后方，候景所领的大军刚刚安扎好大营，还没有来得及仔细部署，白傲的骑兵已经冲至，一阵乱杀，又是放火，将那些营帐烧得七零八落，只一瞬间，候景大军的后方便阵脚大乱，但白傲这一营的将士也几乎损失了一半，毕竟在人力方面与候景后方部队要差一截，若非事起突然，那结果只有一个，那就是白傲这一营的将士全军覆灭。

白傲这一营的冲杀如风，杀过后立刻就退，而此时候景也已狼狈归营，与大部队会合，这些人调头痛击白傲的追兵，却为白傲伏于两翼的人马所阻。

候景被杀得节节败退，而在退却的同时，那些官兵渐渐显出其优良的素质，由于自一开始就事出突然，使他们几乎被杀了个措手不及，连阵容也未能组合好，但在拼杀后撤之中竟逐渐稳住阵脚。

白傲在后阵猛擂战鼓，那强攻候景的几营将士迅速自侧边逸散，根据原定的攻击路线和计划，很快就撤离战场，而在候景稳住阵脚之时，白傲的人马已经撤得差不多了，唯留下满山遍野的尸体和破败的营帐。

鲜于修礼远远听到战鼓的巨响，心头大喜，战鼓所表示的就是进攻信号，在那震天的喊杀声中，显然白傲与候景已经交起锋来了，而且是场大混战，于是他就地结阵，准备对任何后撤的败阵之军施以致命的一击，他以锋锐之师对付一群没有锐气的败军应该不会有问题。人说杀敌一万，己损七千，这两方交战，绝对会酿成两败俱伤的结局，而他就是得利的渔翁。

但是很快，他就发现候景已经稳住阵脚的大军飞速向他推移而来，而白傲的大军似乎仓皇而逃，一小部分逸入旁侧的树林之中。

这是个很出乎鲜于修礼意料之外的结局，他似乎没有想到白傲败得如此之快，而且候景追得这样急，使得他根本来不及去追杀白傲的残兵就要与候景直面相对。

候景的大军如潮水般向鲜于修礼的队伍掩至，无论是谁，都是他们的敌人，既然与鲜于修礼的战争是不可避免的，那就不如此刻了结。

候景却心中大急，他在看到鲜于修礼时，就已经知道事情不好，他与鲜于修礼可能都中了白傲的算计。

白傲的队伍看上去是一小部分一小部分逸走的，但是退而不乱，显然是故意如此，且极有组织。

如此一来，白傲完全有可能趁他与鲜于修礼交锋之时，强攻定州城，先一步夺取定州，到时对付起来可就又要大费周章了。

鲜于修礼似乎也看出了不妥，白傲的兵马虽然只是数百人一营，可是却极有秩序，更似乎明知他在这里，还绕身至此，故意引候景向这边追来。

候景一声令下，兵分两翼，同时向鲜于修礼夹击，他在想，白傲若想攻下定州城，也绝对不是一件容易的事，他们仍有足够的时间去对付白傲。不过唯一让候景担心的，就是白傲不是去攻城，而是在一旁等着他们两败俱伤之时，再出手捡便宜，那可就不好玩了。

定州城西与城北的两路葛家军按照白傲所说的路线，飞速向南面进发，他们要截断鲜于修礼的后路，使之断去与城中的联系，如果城内之人大开城门相救，那就正中白傲的计算。

从战略上，白傲的所有布置的确精准到位，无可挑剔，他将鲜于修礼和候景巧妙地拉拢，然后改被动为主动，时间和地点都把握得极准极妙。

不过，事情总很难依照人的推断去判断什么，战争更是千变万化，常常会有出人意料的情况发生。而博野、新乐与定州相隔极近，快速行军只要几个时辰，因此，三路义军几乎没有什么后顾之忧，也更不会出动什么战车之类的，粮食补缺问题也几乎不存在，这种快速的作战方式，其虚实也就更难以揣测，因此，战事随时可能千变万化。

白傲命令的西北两路伏兵行军并没有想象中那么顺利，甚至有些艰难，不仅仅艰难，更是险极。

出乎他们意料的是，他们行军向南面进发时，便遇到了偷袭和埋伏。

这的确太出乎他们意料之外了，仓促之下，这两路人马被杀得溃不成军，被乱箭几乎射杀了大半，剩下的部众仓促逃逸而去。

两路人马有四千之众，但片刻之间，仅余一千余人突出重围，而且都是伤痕累累，通向南边的路被尽数截断，使他们根本就不可能去对付鲜于修礼，反而被伏兵追得向西逃逸。

伏兵竟是鲜于修礼的，没有人知道鲜于修礼什么时候在这块地方布下了伏兵，但这些伏兵绝对是鲜于修礼所属，而且领队的就是鲜于修礼的得力干将宇文肱，这个曾杀死卫可孤投降的人物，最终还是加入了鲜于修礼的军中。因为宇文家族与鲜于家族在塞外的关系甚为密切。

宇文肱也算得上一个人物，其数子都是厉害人物，其中以第三个儿子宇文洛生和幼子宇文泰最出风头，也很受鲜于修礼的看重。

第一百六十七章　主帅之死

白傲获知西北两路的伏兵竟然被宇文肱所败，而且正在逃逸，心中禁不住大惊，他第一个想到的问题是宇文肱为什么能如此准确地算到他伏于西北两面伏兵的位置？而且直到他发动之时才对自己的伏兵迎头痛击？那只有一个可能，就是这一切都在鲜于修礼的算计之中，而鲜于修礼选择自南城门出击也是故意引他的伏兵绕至南面，而他调动两路伏兵断绝鲜于修礼的后路，也正中了鲜于修礼的陷阱。

此刻细想起来，也觉得的确有道理，否则，鲜于修礼绝对不必如此早早地开城出击，他大可在城楼上看到他们两败俱伤后再出城追杀。可是鲜于修礼却没有这么做，反而选择了险中求胜，在白傲与候景仍未分出胜负之时出城，这的确不是鲜于修礼的一贯作风，除非他另有安排。

而事实证明鲜于修礼的确有一些让人吃惊的安排，而且极为有效，这同时再次打乱了白傲的原计划。

候景刚才与白傲一阵硬拼，一气乱杀使得白傲所领兵士损失了小半，无论是士气还是其他方面，都大打折扣，而鲜于修礼这次所出动的，全都是精锐部队，竟然被击得节节败退，死伤无数。

鲜于修礼对白傲即将兵败之事似乎全都不放在心上，因为在没有开战之前，他就已经对此结局成竹在胸，白傲今日未战已先败了。这绝对不是夸张，尽管白傲是个极为了不起的将才，如果单凭两军对垒，白傲不一定会输给他，甚至在谋略和兵力布置上，还会胜过他，但战争并不能只靠将军的谋略和技巧，而是需要天时、地利、人和，且对于敌方的军情绝对不能一无所知。

对于白傲的军情，鲜于修礼所知极为清楚，而他对于白傲来说，却全是未知之数。相较之下，白傲再如何具有军事才能，也只能处于下风，更何况，在白傲的队伍中有他安插的棋子，这也是鲜于修礼对付白傲的信心所在，更是他为什么能够清楚地知道白傲所有布置的根本原因。

白傲所遇到的情况的确令他头大，他自然不能与官兵联手对付鲜于修礼，可是定州城虽然毫无天险可凭，但却也是坚城一座，想要强攻只怕也是不易。

“报将军，定州城中出现异常骚乱，城中兄弟飞鸽传书说，有人烧了鲜于修礼的帅府，而且街上到处都是义军的尸体。据探子回报，东城头聚集了大量的义军，而且还看见两人驱马自城墙飞跃出去！”一名传讯部属策马如飞般赶至，递上一支缚有纸条的羽箭。

白傲一看字条，大喜问道：“是不是飞龙寨的兄弟所为？”

“好像不是！”

“报，定州东面城头有讯传至！”又一名传讯部属匆忙赶至，气喘吁吁地大喜道，“鲜于修礼的帅府内几乎没有活口，所有高手全都失踪……”

“到底是怎么回事？”白傲目光一移，落在一个浑身是水、仍在发抖的汉子身上，问道。

“属下……自……河里水道潜……潜出之前，偷偷进入帅府，发现满地都是尸体，一片狼藉，几乎没有活人，后来有大队定州军士扑入帅府救火，属下才逃了出来。而街头满地都是定州军的尸体，不是被刀斩，就是被重掌法震死，更多的却是身体全无伤痕，一路蔓延到东城门，恐怕死了七八百人之多！”那汉子显然是刚才自城中的水道潜出，此刻天气仍冷，所以冻得牙关直打战，但说到后来，也口齿渐清。

“是什么人做的？”白傲暗叫天助我也，脱下身上的披风给那浑身湿透的报讯属众披上，问道。

“好像只是两个人，但他们究竟是什么来路属下并不清楚，只是这两人的功力高得出奇，依属下看，这两人的武功天下已经没有几人可以胜过他们，恐怕只有老爷子才有能力办得到。”那人认真地道。

“两人？这究竟是什么人呢？”白傲心中急速思索着，但立刻道：“传我命令，立刻攻城，并通知城内所有人手，开门为我们接应！”

白傲身边的将士神情都变得激昂起来。

“哧……”一溜赤红的火焰升上天空，在虚空之中爆出七彩之色，然后化成浓浓的黑烟，历久不散。

白傲望了望天空那团烟云，蓦地在定州城东也升起了这样一束烟云。

“传我命令，自西城门强攻！”白傲高挥手中的马鞭，大声激昂地道。

西城门，守城之兵似乎比较少，因为东门现出那幕烟云，人们都以为敌人很可能自东门进攻，但他们很快就发现自己的估计有些失误。

数以万计的人马向西城门拥至，有战车，有云梯，更有人合抬大树向西城门护城河无畏地进发。

护城河不宽，如果有大树浮满水面，也同样可以作为强攻的垫脚石。

盾牌手在前面如浪潮般向前推涌，更有木盾手，手持巨木盾，一步一插盾，同时以木盾作掩护张弩搭箭还击城头的箭手。

那些抬着大树的人，树顶也横搭出几张横伸的大盾，如生出的双翼，挡住头顶不受城头的箭雨袭击，而树干本身也是一个极好的掩护体，前面的树梢上稍有些树枝，一晃一晃，可混淆城头箭手的视线，甚至可以阻止箭矢的射击，而这些人在将大树抛入水中之后，立刻取盾掩护。

城头的掷石机如疯子一般向下抛射巨石，这也是攻城之人难以抗拒的杀招。

掷石机可以远掷，因此战车和盾牌的损失是不可估量的。

如果一块大石头击在树干上，则所有抬树的人都会被撞得东倒西歪，溃不成军，那大树更有可能将一旁的盾牌手砸伤，这样他们就无法再抗拒城头的强弓硬弩了。

虽然如此，但白傲的队伍之中并没有很多繁重的战车，基本上算是轻装，在城下箭雨的掩护之下，长长的云梯缓缓向前移动。

已有二十多棵大树推入护城河中，虽然无法抵达对岸，但却也不能被水冲走，因为大树的根部都系有绳子，一旦抛入河中，兵士迅速将绳子套在河边钉下的铁柱上，而树身被河水冲得迅速打横，一棵接一棵，很快就能够建起一座座宽阔的浮桥。

此时，城内也传来了喊杀之声，显然是城内的接应人马赶到。

白傲遥遥望着那城上城下战得激烈的将士，心中涌起一股冲天豪气。

钩索如飞蝗般抛向城垛上，众军士奋不顾身地趁城头和城内的混乱，攀梯而上，那些抬树而至的人马更为卖力。白傲搭弓而射，每箭必杀一敌，那种掌握别人生死大权的感觉竟是那么美妙，他不清楚别的将领，是否也有着同样的感受。

“杀！杀……”白傲正在全神贯注地面对城头之时，自北面竟突然杀出数千兵马来，却是宇文肱追敌返回。

白傲大惊，亲率两营士卒飞迎而上，他不能让宇文肱破坏他的攻城大计，而且此刻陷身这种战局只会是一件异常麻烦的事，一个不好，会有全军覆灭的可能。

“杀！杀……”白傲也大吼一声，伏于两翼的后备军配合着他所率的两营将士自三个方向同扑而出，箭雨乱飞。

攻城军的力量稍减，但依然有人攀上了城头，不过上了城头，仍能够活着的人却不多，城内也乱成了一锅粥。

潜伏于定州城内的葛家军多半是一些好手，杀人如斩瓜切菜，使得城内四处大乱，他们更在城内到处放火，引得守城之兵不知敌人在何方，到底有多少人马。

侯景似乎没有估计到鲜于修礼厉害如斯，一阵混战，几乎所有将士全都是浑身浴血。

鲜于修礼远远望见定州城内浓烟四起，心神大乱，他也不知道究竟是不是被人攻破了城池，总之，他此时已无心再与侯景纠缠下去。

在侯景感到难于应付之时，鲜于修礼竟下令撤退，在强势之下撤退，这也是没有办法中的办法，城内的烽火使得他无心恋战。

候景的大军死伤累累，鲜于修礼一撤，他们士气立刻大振，紧迫而追，这些人已经杀红了眼，当然，也有人趁机逃命。

宇文肱毫不畏怯，借着刚刚杀败白傲伏兵的那股锐气无畏地冲杀招。

白傲冲在最前面，在他杀意大盛之时，突地感到后心一凉，竟有一支暗箭自他后背透入，禁不住一声惨号，跌下马背。

暗箭竟是来自白傲身后的葛家军中。

“将军!”有人忙扶起气息奄奄的白傲，惊呼出声，这一箭乃是致命的一箭，更何况白傲自马背摔下，遭到马蹄的践踏，哪还有活命的可能?

白傲做梦也没有想到，他征战沙场数载，在生与死的边缘曾多次徘徊，最终居然会如此死法。主帅一亡，葛家军的阵脚立时大乱，本来高昂的士气，一下子落到了低谷。一阵没有章法的厮杀，那拦截宇文肱的人马立刻被冲溃。

人心思变之下，宇文肱的部下更是高声呼道：“白傲已死，敌无主帅……”如此一呼之下，声势大作，那些攻城的士卒在不明就理的情况下，全都乱成一团。

虽然葛家军在人数上占了优势，但主帅一失，使众将士气低落，无心恋战，很快就溃不成军，所有的阵线如潮水般四散逃逸，几名葛家军的偏将奋力相抗，极力想重组大军，但却力难回天，兵败如山倒，几名相抗的前锋将领因得不到援助反遭敌军围困斩杀。

“杀呀……”宇文肱本为一代将才，此时见已得利，更是杀得性起，纵马一路狂杀，所向无敌，山野中遍地横尸，葛家军丢盔弃甲，战资遍地。

白傲所率领的那些葛家军本是一群从各处归顺葛荣的乌合之众，所以训练极少，纪律和军规的概念不深，在团体配合方面根本无法与正规军队相比。因此，只要有半点松懈，就立刻如散沙一般崩溃，如果是葛家军的精兵团，那就与这不可同日而语，那些都是宁可战死也不肯退缩的人物，相互协同作战能力之强，比起训练有素的皇家军也不遑多让。

宇文肱追杀十里，杀敌近万，战绩之巨，战果之佳，只怕连他自己也没有想到，而他的兵士也死伤近两千，可这与死伤一万的葛家军来比，又算得了什么？

宇文肱还想继续追杀，但他看到那自对面奔来的鲜于修礼及其所领大军，还有后面追杀的候景。

“杀！”宇文肱大吼一声，如猛虎出笼般直冲而出，向候景扑去。

一时，杀机如烈酒般散漫于这片原野之中，每个人都为之疯狂，都为之振奋。

鲜于修礼一见宇文肱追得葛家军四处逃逸，尸横遍野，禁不住大喜，众将士也士气大涨，立刻配合宇文肱，调头反向候景猛扑。

“杀！杀……”一时喊杀之声漫遍山野，整个大地都为之震颤。

候景吃了一惊，他没有想到会突然杀出一个宇文肱，而宇文肱所领将士的士气之旺，几达前所未有之境，每个人都杀得近乎疯狂，根本就没有想到自己还活着，脑海中唯有“杀意”！

候景刚刚扳回的一点优势，立时尽失，反而局势更为糟糕，可是这已非人力所能挽回。不过，官兵所受的训练比之这群乌合之众的义军要强多了，主帅未死，仍在极为顽强地拼斗着，只是节节败退，死伤更是难以统计。

一退十里，候景仍在顽强地死命抵抗，但是他的后部力量已经撤离，而先锋残余部队也是且战且退。

鲜于修礼静立马首，四周围满了亲兵，他只是在一旁观看这场让他最感满意的杀戮，这次行动他对宇文肱太满意了，宇文肱的确是个最为优秀的战将。

此时鲜于修礼已开始整兵，所谓穷寇莫追，何况，他的士卒也损失惨重，这个偌大的战场还要收拾，而城中到底出了什么事，他仍不清楚，必须以最快的速度赶回城中将所发生的乱子处理妥当。也许，葛荣和元融还有另一批人潜伏着，若再贸然追杀下去，一旦出现变故，他也输不起。再说追杀候景的事，他完全可以放心地交给宇文肱，宇文肱的作战经验绝对是一流的。

鲜于修礼回兵，仍有数千人的阵容，伤者相互扶持，走在后面，鲜于修礼居于中间的核心部位，声势浩荡，这队人马更多了一股得胜的兴奋和欢喜之情。

旌旗飞扬，步兵一字排开，骑兵相护鲜于修礼，高扬的帅旗，在微冷且带着淡淡血腥气息的风中猎猎作响。

鲜于修礼高踞骏马之上，极目四顾，踌躇满志，八面威风，金甲之上点点血迹，更显得其气势锐不可当，极目之际，鲜于修礼禁不住一声长啸。

但可怕的是鲜于修礼没有听到自己的啸声，不是没有听到，而是在他啸声发出的同时，另一声比之更为高亢，也更为幽远的啸声在不远处响起。

那啸声似乎来自九天之外，恍惚间却摧人心魄，忽而啸声转低，却沙哑得如同九幽之下的闷雷。

每个义军的心禁不住狂跳，血气陡升，一种无可名状的感觉和一只魔手似乎在抓挠着他们的灵魂，啃噬着他们的心灵。

战马惊嘶，人立而起，本来整齐的阵容全都乱了套。

鲜于修礼为之色变，他分不清到底是自己引发的啸声还是他人与之唱着同一个调子，但他听出了啸声中那沉重浓烈的杀机。

良久，那啸声愈转愈低，然后似乎全被地面所吸收，但所有人的心神仍未平复。

包括鲜于修礼，他不仅听出了啸声中的杀机，更听出了啸声中的哀伤，那沉迂低回、逆转而下之势就像是在哭泣，幽幽的咽泣。

究竟是谁如此哀伤？究竟是谁拥有如此可怕的力量？拥有如此强烈的杀机？

杀机真实地存在，存在于每一寸空间，每一寸让人心惊的空间，竟远远地压过了数千大军的气势。

鲜于修礼的眉头皱了皱，目光自数千士卒的头顶扫过，隔着天、隔着地、隔着寒意仍浓的春风，他看到了前方一匹白马与一个人，一个青衫老者，侧身对着他。

不，应该是两匹马，两个人，只是那白马和青衫老人太引人注目了，抑或是他给人的那种感觉太清晰了，看着他，就像是在看一个世界，一个孤立于这个世界之外的世界。

天是他，地也是他，他仍是他，独立于这个世界之外，那是一种明悟，是一个奇异的个体，但却代表的，似乎是死亡之境！

老者转过头来。

让人不敢相信的却是，那双眼睛，深湛如大漠般开阔的苍穹，不见底，不见边，一种让人无法理解的魔力在那双眼中不断扩张，然后，鲜于修礼发现自己被吞没了，完完全全地吞没在那充满魔力的眼神中。也在这时，他更进一步捕捉到了那眼神之中的内涵，清楚地感受到了那眼神之中的情感，悲哀、痛苦、孤寂等一切人类的情绪都在那两道眼神中激荡，也在淡化，孕育出无尽无期的孤寂。

孤独者，是鲜于修礼，他似乎成了苍茫宇宙中唯一生存的人，找不到伴侣，找不到温暖，找不到亲情，找不到光明，甚至不知自己置身何处。那种让人心酸、心寒、绝望的孤独使他忘了自己置身于数千兵马的大军之中，忘了刚才战争的胜利，忘了所有的名与利，忘了一切，包括他自己。

大军全都不由自主地止步，没有人下命令，但这是不约而同的，每个人都感受到了来自那老者身上的气势，如浩瀚无际的大海，如连绵千里的山脉，更让人感觉到北极冰原的寒意和荒芜。

鲜于修礼醒来了，是因为他坐下的战马失控，战马也似是受到了某种刺激，人立而起，差点将他摔下马背。鲜于修礼有些狼狈，但他醒了过来，自那空无的孤寂中醒过神来，发现那眼神依然是眼神，老者依然是老者，而自己却在数千将士之中，不再孤独，不再绝望，他禁不住感动得想哭，欲痛痛快快地哭一场，这也是一种明悟，对生、对死、对权力和荣华富贵的明悟。不过，他很快又在心头升起了一丝寒意，冰凉彻骨的寒意，因为他知道眼前的这名老者代表着死神的来临！

鲜于修礼想不出自己得罪了什么人，以致惹来这么一个可怕的敌人，他的那数千将士似乎也逐渐苏醒，同样知道了对方的来意，那是对方以一种无比的精神力量传递出的意念。

意念，即为——我将杀你——鲜于修礼！

老者调转马身，正面与鲜于修礼相对，两匹马转身的动作极为协调。

“金蛊神魔田新球！”鲜于修礼一声惊呼，他终于认出了其中一人。

不错，这两人正是田新球与神秘的凌沧海，他们终于还是来了，依旧是那马，依旧是那身装束，只是此时两人似乎融入了苍茫的天地中，与自然合为一体，无始无终，浑然无间，又庞大无匹，非任何人力可以抗衡。

凌沧海和田新球开始驱马向鲜于修礼逼去，一步一步地逼近。

每一步，鲜于修礼都禁不住心颤一下，凌沧海的眼神，根本就不受距离的影响，越过千军万马，直接射到他的脸上、眼中、心内。

鲜于修礼的身前层层叠叠尽是人影，刀、枪、剑、戟、矛、斧……明晃而鲜亮，强弓硬弩，全都对准渐行渐近的两马两人。

鲜于修礼完全受不了那种压力，那种似被一种无形的精神力紧锁紧逼的压力，凌沧海的目光似乎看穿了他所有的心思，所有的尘念智计全都没有丝毫作用，对于凌沧海，他似乎没有任何秘密可言，包括他内心的畏惧。

鲜于修礼一挥手中的斩马长刀，一声号令，弦声爆响，万箭齐发，满天箭雨，直向凌沧海射去，连阳光也在瞬间失去了光明。

箭矢来到凌沧海与田新球身前一尺之处，纷纷坠地，如折翅的哀鸟。

强弓利箭，竟然不能攻入他们的护身真气，这等境界，只怕天下间已经没有几人可以办到。

鲜于修礼遍体生寒，周围虽然有数千士卒，团团护卫着他，但他的感觉就像是赤裸裸的一个人，暴露在荒芜的沙漠中，受着风沙无情的吹袭，就连手中的斩马长刀也似乎极为冰冷。

凌沧海和田新球步过箭雨，开始与前排的义军短兵相接，他们在敌阵中迅速前进，所有试图阻拦他们的人，都立毙当场，竟然没有一个人可以使他们的步伐慢下半分，他们虽是赤手空拳，但身体的任何一个部分，都是最惊绝的杀人利器，包括坐下的马匹！

不，凌沧海的背并不是可以杀人的，因为他的背上竟背了一个人，一个女人，一个似乎熟睡，抑或死去的女人。

鲜于修礼在感到一阵绝望的恐惧时，他终于看清楚了凌沧海背上所背负的人，那竟是凌能丽！

他看到了凌能丽那张没有血色，却绝美如冰中雪莲的俏脸，死亡，是自她的身上传来，她似乎已经断了所有生机。

鲜于修礼似乎明白了眼前这老者为什么要杀他，只是不明白曾与他有过交情的田新球，也帮这个不知来历的老头前来杀他。

义军虽然有大胜后的豪勇，但仍摆脱不了纷纷在两匹马周围仆倒的命运。

义军顿时陷入了一片混乱，进入了前所未有的恐慌中，这两人已不是人，而是魔！是鬼！是神！

凌沧海和田新球像是暴风雨中耸立的高山，任是最强劲的狂风，也不能使他们有丝毫摇动，无数的兵刃在他们的身前犹如弱柳尘末一般，根本起不到任何作用。

鲜于修礼突地一阵明悟，明悟凌沧海那深邃而饱含情感的眼神，明悟那不动如山的气势，明悟那独立成天地的浩然正气之中的魔念，他禁不住念出了两个字——蔡风！

一切都没有半点值得人称奇之处，在鲜于修礼的明悟之中，一切都是顺理成章，一切都成了理所当然，不过，他却永远也无法明白田新球怎会帮助蔡风来对付他？

鲜于修礼可以肯定，这老者就是蔡风，绝对可以肯定！对于蔡风的感觉，他实在太清晰了。

其实，此刻鲜于修礼想到了逃，可是他却似乎被一只无形的手钳住，那是蔡风庞大无匹的精神力量，凌沧海就是蔡风！

“大帅，快走！”鲜于修礼身边的亲兵团很清楚眼前的形势，知道凭这区区数千普通兵士根本就不可能阻挡得了这两个魔神般的可怕人物。

他们的确太可怕了!

鲜于修礼一震，似乎又再一次感觉到了自己的存在，感觉到部下的存在，勇气再次回流入手中的刀，但他不敢面对蔡风，绝对不敢！他的勇气只是用来逃命。

蔡风的可怕，他见识过，金蛊神魔的可怕他也见识过，但此刻的蔡风和金蛊神魔似乎完全脱胎换骨成了比往昔更可怕十倍的魔神，变得让人根本无从揣测。

鲜于修礼几乎已经绝望，唯一的一点勇气就是选择逃，奔逃，在他的亲兵团相护之下没命地飞逃！

就在他转过马头之时，他感到后心一凉与几声惨叫，扭头之际，鲜于修礼发现三名亲兵被一杆长枪串成了糖葫芦，而枪尖在他的后心划开了一块皮肉。

这杆枪出自蔡风之手，没有谁看见他是如何夺过这杆枪的，只是见到他手中有亮光闪过，然后几乎在同一时间便听到将鲜于修礼团团护住的亲兵发出了惨叫。

鲜于修礼骇得几乎魂魄尽散，更加没命地策马向远处飞驰，他的身后是一队队持盾的人墙，一群愿意为他去死的亲卫。

恍惚间，鲜于修礼似乎感觉到蔡风背上的凌能丽动了一下，那是他在发现三名亲卫串成串时最后一眼望向蔡风，他自蔡风的肩头发现凌能丽似乎睁了睁眼，也许是他看花了眼，被吓糊涂了。

惨号之声、兵刃相交之声、呼号声、马嘶声，使得原野上成了一片炼狱。

主帅一逃，定州义军立即四散而逸，有谁还敢不要命地对这魔神一般的两人进行拦截?

虽有数以千计之人，但是真正能够派上用场的人却不多，而能够对这两人构成威胁的人更是没有。

定州城内，混乱一片，四路的守城军都在对扰乱的葛家军进行围剿，城外少了忧患，自然可以全力对付城内的动乱分子。

城中的葛家军伏兵也很快明白白傲的攻城之军被击溃，因此开始四散而逃，大街小巷打游击一般，以定州城内的数千兵力，想要堵死每一条胡同，似乎有点困难，更何况这些在城内活动的人个个都身手不凡，以一敌十还是没有问题的，因此蹿房越阁使对方不易一一应付，不过，箭利弓强，却使葛家精英也死伤极其惨重，可城内的定州义军同样损兵折将，双方都没有讨到什么好处。

不过，攻城的计划却是再也不存在了，对于鲜于修礼来说，消除了隐患也值得，但鲜于修礼是这样认为的吗?

而此刻的鲜于修礼什么也不敢想，只知纵马狂奔，忙着逃命，因为他的对手实在太可怕了，也不知道前面究竟是什么地方，但他已经管不了那么多了，不过他刚才并没有眼花，凌能丽的确睁开了眼睛。

凌能丽睁开了眼，最先觉察到的却是蔡风，他与背上的凌能丽气脉相通，精神和气机将两人融为一个整体，否则，他绝不能保证凌能丽的尸体无伤，正因为他将背上的凌能丽以气机相串，才能构成一个浑然无间的整体，也更为灵活和自然，可以说，他们的生机是联系在一起的，如此一来，自然是蔡风最先觉察到凌能丽生机的恢复

凌能丽居然活了，蔡风禁不住心头狂喜，而杀戮并未因此停止。

凌能丽睁开眼睛的第一感觉就是自己被绑着，而且有一股旺盛的生机和暖流在她的体内激涌、流窜，整个身子犹如一片鸿毛，悬浮于不着边际的虚空中，不！应该是一个人的背上，而两根软带紧缠住她的腰肢和身子，与此人绑在一起，而暖意与生机就是自此人的身上传过来的。

她看到了对方有些灰白的头发，与那微带皱纹的小半边脸——这是一个老人，却充盈着比年轻人更旺盛的生命力。

一匹白马在他的坐下，而惊心动魄的惨号、呼叫有点嘈杂，她更看到一个个生命在他的马下仆倒，有的飞出老远，但她却知道，这些人不可能再活着。而让她心惊的却是眼前人山人海，显然背负自己的人正置身于千

军万马中厮杀，而敌人，竟是所有的人！

此刻，凌能丽感受到了与他绑在一起之人的狂喜，那种心情清晰地印于她心中，如今他们一脉相连，双方的精神完全融合，哪怕一丝一毫的情绪，都不可能瞒得了对方。可是，她却不明白，这人究竟是谁？但她却知道眼前的千军万马是鲜于修礼的义军，她仇人的部下，她也记不清自己怎会在这里，如何从定州帅府之中来到了这个战场？而这里又是哪里？背负着她的老者为什么要杀这些义军？

她看到了鲜于修礼的帅旗，帅旗斜斜地插着，显出鲜于修礼那仓皇奔逃的背影，她从来未曾想到，战争会是这个样子。

凌沧海两骑很快冲出了敌阵，鲜于修礼的背影在远处林间若隐若现，那些定州的起义军哪里敢追？全都四散而逸，这两个人太可怕了，众起义军并不想死。

生命始终都是值得留恋的，即使再怎么艰苦，活着就有希望，对于这两个神秘如死神般的人物，他们唯有以敬而远之的方法避开。毕竟，这是一群没有什么组织观念的乌合之众，主帅一逃，人心尽散，如一盘散沙般，各自流窜，他们并不像鲜于修礼的亲兵，那些人乃是经过特别训练的，为了主帅，他们可以牺牲一切，包括生命！

远处再次传来喊杀之声，却是宇文肱率兵回返，如潮水般的大军再次向蔡风和田新球拥来。

“这是哪里？”蔡风背上的凌能丽有些虚弱地问道。

蔡风扭过头来，目光深深地注视着凌能丽那逐渐恢复红润的俏脸，心中激起了无限的喜悦和激动。

凌能丽真的没有死，他所有的杀机一时间荡然无存，此刻的心情，又岂是语言所能描述的？

蔡风呆了，呆呆如傻子一般，眼神没有半丝移开地转首注视着背上的丽人，他怕自己目光一旦移开，眼前的玉人就会一去不复返似的。

凌能丽扫了眼前这张陌生的面孔一眼，禁不住低下了头，不敢正视那熠熠的目光，也无法理解这老者眸子里如海潮般的柔情，心中更是一阵羞急和恐慌，暗自思忖道：“究竟发生了什么事？怎会这样？这人又是谁？他这样背着我又有何企图？”但更让她暗自心惊的却是那如潮水般拥来的义军。

杀喊之声夹杂着如雷马蹄声使整个山野狂震，让人根本无法静下心来细想，热血也随着沸腾、激涌。

“放开我，你们想干什么？”凌能丽恐慌地要求道。

蔡风一愣，却转向田新球笑了笑，那种欢悦之情溢于颜表。

“主人，要不要继续杀？”田新球望了望漫山遍野涌来的义军，恭敬地问道。

蔡风心情极好，杀意也尽消，更觉得有些倦意，毕竟他们是人而并非神，功力也会随着长时间的杀戮而慢慢消耗，在前一刻，是仇恨支撑着蔡风狂热的杀机，而此刻他却是满心欢喜，哪里还有杀人的欲念？而且，这一阵杀下来，也不知击杀了多少人，手上沾了多少血迹，他不想再去多杀太多无辜，不由道：“我们走！”

“杀啊！”义军狂怒地喊道，他们并没有见过刚才蔡风杀人的场面，可是他们却知道鲜于修礼是因为这两个人而逃窜，因此，他们要杀死这两个人。

箭雨如瀑布般自蔡风和田新球后面赶至。

“嘣！”那捆扎凌能丽和蔡风的两根软带被蔡风的真气给震断。

凌能丽一惊，但立刻发现自己竟坐到了马前，而箭雨却在他们的身后纷纷坠落，连马匹都未曾受伤。

凌能丽心中的惊骇是无与伦比的，眼前这老者的动作之快，功力之深厚几达天人之境，那些箭雨如受一面无形的屏障所挡，而这无形的屏障正是自老者身上散发出来的先天真气，而她也同时看到了田新球，但是她并不认识改装之后的田新球。

这两个神秘的人物竟以两人击溃千军万马，这使她如置身梦中，可她清楚地感觉到这不是梦，而且真实得无话可说。她嗅到了淡淡的血腥，那是洒在这片原野上的热血，地上一具具尸体是那般真实，漫山遍野，难道这就是战争的本质？凌能丽那颗善良的心在颤抖。

此时她感觉到有些冷，其实这只是一种感受，一种心寒的感受，为战争，为死者，为那弥漫的烽烟。

“你们要带我去哪儿?”凌能丽深深地吸了一口气，问道，竟然显得无比冷静，望着蔡风的目光，是那般无畏。的确，世俗的风霜让她改变了很多，整个人都变得成熟，遇事不慌，显得那般冷静，似乎恐惧再也无法威胁到她的心灵。也许，她知道，要发生的事她阻止不了，不会发生的事，她不用担心，因此，也就没有任何事情值得她去挂虑，如果一个人连死都不怕，那也便不会有什么好怕的，她已经死过一次，至少，她自己是这么认为的。

“去一个安全的地方!”蔡风强忍住心中的激动，可是言语之中的欢喜却是无法掩饰的。

凌能丽一愣，这语调极像一个人，在她的心中禁不住多了一阵幽思，可是命运却总是喜欢捉弄人，她禁不住暗中叹了口气，忖道：“也许，这就是造化弄人吧?”

“这些人全都是你们杀的?”凌能丽奇问道，虽然她对一切都没有什么很大的兴趣，可是对于这件事似乎仍然有些好奇，因为这就像一个神话。

“不错!”蔡风并没有否认。

战马在飞驰，横尸几乎长达一里，死者逾千人，凌能丽看得心底直冒寒气，若说这是以两人之力所杀，的确让人有些难以相信，可是这似乎又是真实的事，因为并肩作战的人只有这两人。

“我怎会在这里?”凌能丽吸了口凉气问道。

“我以为你……你死了，所以便背你杀出定州城，谁知你仍活着。”蔡风说话的语气微微有些激动。

凌能丽愣了半晌，禁不住深深打量了蔡风几眼，心中却涌出了一种莫名的感受，她觉得对方那眼神的确有些似曾相识，熟悉而又陌生。

一个以为她死了，反而背着她的“尸体”杀出定州城的人，究竟有何意图吗？是个好人还是坏人呢？为一个已死的人而冒着生命之险杀出定州城，谁肯做呢？

凌能丽心头一动，想到刚才鲜于修礼逃窜的身影，禁不住试探性地问道：“你一出城就前来击杀鲜于修礼？”

蔡风愣了一愣，竟避开凌能丽那有些逼人的目光，默认了。

凌能丽心中的情绪犹如江海倒卷，她隐隐感觉到，眼前这个陌生的老者和中年汉子之所以格杀鲜于修礼及其千军万马，全都是因为她，这样两个陌生人只以为她死了，就背着“尸体”杀出定州城，再在千军万马之中追杀鲜于修礼，不用说也知道是为了她。可这世上又有谁会为她去做这些不要命的疯事呢？而且根本不图回报，哪怕付出他们的生命。这使她感到困惑，也同时心中涌起无限的感激。其实，连她自己也无法读懂那种感情，对于这两个人，她也不知该如何感谢，可是她却想不起有这样两个曾经相识的人。

“你们为什么要对我这么好？”凌能丽有些感动地问道，此刻她知道眼前这两个神秘莫测的人对她绝对不会有恶意，一个肯为死去的人而拼命的人，绝对不会在这个死人活过来的时候伤害她。

蔡风想到自己只有一个月都不到的生命，心中禁不住一叹，更泛起一阵揪心般的痛，半晌才道：“我受朋友之托，答应他要保你平安！”

凌能丽再一愣，此时那些喊杀之声渐传渐远，原野之中，处处都是尸体，处处都是一片凄惨的死气，冷风卷过，战场的余烟袅袅飘荡于虚空中，似乎是为千万死去的灵魂唱着哀歌一般。

凌能丽似乎没有想到竟会死这么多人，她似乎也从来都未曾经历过战场的场面，以前只是听说战争的残酷，可是此刻亲历战场，那种残酷的场面比她想象中更要强烈百倍。

很快，蔡风诸人就已经甩开了鲜于修礼的追兵，鲜于修礼也很清楚，即使他属下的那些骑兵追上蔡风又能如何？那只是送死，这两个敌人太可怕了，但是他却知道，有这样的敌人存在，他永远都不会有安宁的日子。

定州城也不知道究竟出了什么事情，鲜于修礼还必须尽快回城处理事务。

蔡风刹住马匹，田新球也同样刹住了，因为前面横着一排健马，这条路并不是很宽，那一排健马已经将这条道路全部堵住。

“刘寨主！”凌能丽惊喜地呼道。

蔡风的目光在这一排人脸上扫过，正是飞龙寨主刘高峰和付正华诸人，一行八人占满了整条山道。

“凌姑娘，你没事吧？”刘高峰见凌能丽安然无恙，禁不住大为欣喜地问道，同时目光有些异样地望了望蔡风和田新球，却并不认识这已经改装的两人。

“啊，寨主，我说的两个神功盖世的大侠就是这位凌沧海前辈与战龙大侠！”郑飞忙抢着介绍道，言辞之中充满了无限的敬意，显然对凌沧海与战龙能身入定州城救出凌能丽而敬佩不已。

“久仰，刘高峰见过凌前辈，我们已在寨西店准备了酒宴，还请前辈赏脸。”刘高峰恭敬地道，他自然听郑飞诸人说起过凌沧海，更得知凌沧海就是凌能丽的祖父，是以格外尊敬，而且此刻凌沧海能自定州城中救出凌能丽，不用说也可知道其的确身怀绝世武功。

“老爷子，你们回来了！”刑志和李宝欢喜地自众人身后挤了出来，刘高峰迅速策马让开道路。

“凌姑娘现在可以祖……”

“哈哈，各位盛情我心领了，不过老朽仍有要事待办，不能相陪。”蔡风忙以沙哑的声音打断冯敌所言，旋又对马前的凌能丽道，“凌姑娘，就是他们托我们保你平安的。”说话之间，目光在冯敌诸人脸上扫视一遍。

冯敌诸人一愣，满头雾水地望着蔡风，不明白蔡风此话是什么意思，皆心中忖道：“这就奇怪了，凌姑娘不是他的孙女吗？怎地不称她为孙女而唤凌姑娘呢？而且不承认是他自己一定要救凌姑娘，反而将功劳归结于他们身上呢？”

“凌前辈不是凌……”

蔡风一笑，打断付正华的话道：“适逢其会，应该的，你们不必说什么感谢的话，刘寨主，你的情我心领了，至于酒宴嘛，你给我留着，我什么时候有空，就来找你们共求一醉，如何?”

刘高峰乃是老江湖，立刻明白眼前这老者不希望别人提起他与凌能丽的关系，虽然他不明白这之中有什么隐情，但既然人家不想他人提起，如果硬要强提的话，反而不好，不由得笑道：“既然凌前辈的确有事，我也不想强人所难，不过，随时欢迎你去我们飞龙寨作客，别说一桌酒宴，就是十桌、百桌，只要凌前辈高兴，也无所谓!”

蔡风笑了笑，有些滑稽地道：“那太浪费了。”

刘高峰一愣，旋即也跟着笑了起来，道：“前辈教训得是。”

“凌姑娘，老夫此地之事已了，我们就此别过吧。”蔡风说着跃身下马，向刘高峰道，“我的坐骑送给凌姑娘，你现在也要还我四条腿吧?”

刘高峰和众人全都一愣，立刻明白蔡风的话意，跟着笑了起来，他们只觉得这老头有点玩世不恭之意，语意恢谐，更使人能体会到他那无羁的性情。

“如果前辈不介意我这匹黑不溜秋的炭头的话，就送给前辈代步好了。”刘高峰跃身下马，拉着坐下的那匹毛色如黑炭般更带一丝油光、没有半根杂毛、神骏异常的骏马笑道。

“嘿，其实我早就看中了这匹马，现在你说出来当然是最好不过了。”蔡风耸耸肩轻笑道。

刘高峰与众属下禁不住全都为之捧腹，此老的确有些滑稽，使他们很难将之与一个绝世高手联系在一起。

凌能丽心中禁不住升起一股崇慕之情，她想到了义父蔡伤，想到了师父五台老人，那都是慈祥温和的长者，而眼前的老者虽然也身怀绝世武功，可给人的感觉却是那般平易近人，随和可亲，与人所想象中一派严肃的宗师形象相去极远。

凌能丽跃下了马背，一下扑跪而下，蔡风似乎早有准备，伸袖一拂，笑道：“凌姑娘大可不必行如此重礼，老夫怕折寿三十，你就随便说声谢谢好了。”

凌能丽只感一股柔和的劲气相托，竟无论如何都跪不下去，知道对方执意不受此大礼，又听他这般一说，只觉好笑又是感激，不过，此老行事古怪，单凭这些言语之中就可以听出。

“前辈对小女子有再造之德，甘冒大险出入千军万马，如此大恩岂是‘谢谢’两字可以包含的？请前辈受小女子一拜！”凌能丽执意要拜地道。

蔡风心中暗中忖道：“我岂能受你此礼？要拜我爹还行，拜我却万万不可。”见凌能丽执意要拜，不由得大急道：“我最讨厌这些繁文缛节，你最好少来这套，如果不愿意说声‘谢谢’那就拉倒，我也不稀罕你这跪拜什么的。”

凌能丽更是一呆，心中忖道：“这老前辈可真是怪了，竟如同小孩子心性，如此倔犟。”

冯敌和刘高峰诸人禁不住全都看傻了，皆在暗自嘀咕：“你既然是凌姑娘的祖父，不说一拜，就是十拜百拜也受得起，而且你对人家又有救命之恩，受一拜又有什么关系？”他们隐隐猜到眼前的老者身份并不简单，但却不会有什么恶意，否则也不会冒此大险去救凌能丽了。可是他又究竟是何种身份呢？能身具如此功力的人，放眼整个江湖也是少之又少，虽然刘高峰诸人并未见到眼前这老者真正出手，可是冯敌却见过田新球出手，而能成为如此一个高手的主人，其功夫自然更高了。

“不知战兄他日可否同来飞龙寨？今次能救出凌姑娘，战兄可是出了很大的力呀，在这里，刘某代表全寨兄弟向战兄弟表示真诚的谢意，但愿他日战兄与凌前辈同聚飞龙寨，刘某定当倒履相迎。”刘高峰似乎也觉得有些冷落了田新球，不由诚恳地道。

“哈哈，好说，你谢过我主人就行。其实，我也没什么功劳，我只是听主人的吩咐办事而已，不过今后如有机会，定会上飞龙寨喝上几杯！”田新球早已不记得往日的事，就算记得也只是一点点零碎的、十分模糊的印象，对飞龙寨的记忆非常淡，因此并不知道对方就是与他有着深仇大恨的冤家。

“既然前辈如此坚持，小女子只好说声谢谢了，如果有什么事情用得上小女子，小女子定当赴汤蹈火，在所不辞！”凌能丽果决地道，同时也立身抱拳鞠了一躬。

“哈哈，我用得上你的地方，只有一个。”蔡风语气一转道。

“前辈但说无妨！”凌能丽不再拘束地道，她对眼前这个古怪的老人的确十分感激，就像是尊重义父一般。

“我用得着你的地方，就是你要好好活着，八十年后，再请你帮我买副棺材，如此而已。”蔡风语气虽然滑稽，但其心却善，他只想凌能丽能够好好地活下去，只要再过八十年，管你买不买，那时候你已是九十多岁了，就算死去也不冤，是以蔡风心中忖道：“再过一个月，你就永远也见不到我了。不过，只要你能好好活着，我死也少了一份牵挂。”想到无奈之处，禁不住暗自叹了一口气。

蔡风的话让刘高峰、凌能丽诸人全都一怔，他们似乎没有想到对方竟会说出这样一件事，想想八十年后，那是怎样一个光景？刘高峰不由忖道：“八十年后，你还不一百四十五岁了？哪有如此长命的，即使凌姑娘八十年后也快一百岁了，而自己诸人肯定都已经撒手归西了。”

“怎么，怕我不能再活八十年吗？孙游岳为老夫测得一字，说老夫能活到一百八十八，老夫今年六十八，八十年后才一百四十八岁，即使孙游岳测的字不太准，打个折扣也可活到一百五十岁，我让凌姑娘八十年后送副棺材，是有备无患，你们以为我会那么早就死呀？不过，那棺材一定要豪华而且舒服，凌姑娘不会吝啬吧？”蔡风胡诌道。

众人中只有冯敌和刘高峰听说过孙游岳大师，他两人心想：“如果孙游岳大师真的这么说了，那事情可能的确不假。说到孙游岳，可还算得上是陶弘景大师的半个师父，就是因为孙游岳传授符图经法给陶弘景，这才使陶弘景成为天下无人不服的圣手，也走出了武道涉足医道和其他，这也是陶弘景武功无法追及天痴尊者的原因。”

“如果小女子八十年后还活着，一定会为前辈送去。”凌能丽对眼前这老者再多了一份感激，对方似乎看穿了她并没有想好的念头，才会说出如此一个可算是请求的要求。

“那我不管，你想办法也要让自己再活八十年，我看得出来，你只要好好活着，一定可活一百二十岁，虽然比老夫差了些，可也十分不错了。我跟你说啊，八十年后，不见不散，嘿嘿，说不定到时候老夫返老还童，变成一个年轻小伙子也说不准呢，但愿到时候你还这么美。好了，不跟你聊太多了，李宝，咱们走！凌姑娘，我们八十年后见！”蔡风嘿嘿一笑，翻身跃上马背，向凌能丽认真地道。

凌能丽一呆，隐隐听出蔡风语气中的酸涩之意，但她却不敢肯定。

李宝和刑志也不要马车，跨上两匹马就走。

“前辈，前辈……你仙居何地呀？”刘高峰似乎想起了一个重要的问题，禁不住高喊道。

“哈哈，在天之涯，海之角，有事老夫会找你们的，省得购买棺材，这种便宜老夫怎肯不占？”蔡风高声笑答道。

“寨主，你们不知道凌前辈住哪儿吗？”凌能丽一惊，奇问道。

刘高峰摇摇头道：“我们根本不知道他们的来历。”

“啊！”凌能丽一惊，问道，“他不是说是你们托他保我平安吗？”

“我们没有哇，他说是……是……”冯敌吞吞吐吐，却不知该下该说。

“是什么？”凌能丽心中升起一团疑雾，问道。

“他说是你的祖父，这次自海外回来就是要去猎村接你前往海外，刚好在这里得知你的消息，就前往定州城了。”冯敌最终还是将事实说了出来。

“什么？我的爷爷？”凌能丽讶然惊问道。

“是呀，他是这么说的，我们也不知道凌姑娘有没有祖父，见他武功这么神奇，既杀元融的人，又杀鲜于修礼的人，反正不会是我们的敌人，就由他们去了。谁知道他们竟真有这么大的神通，将凌姑娘自鲜于修礼的魔爪中救了出来！”付正华补充道。

凌能丽听呆了，半天说不出话来。

“怎么，他不是凌姑娘的亲人吗？”郑飞讶然问道。

凌能丽摇了摇头，忖道：“难怪他也姓凌，叫凌沧海了。”突然心头一动，隐隐捕捉到一些什么。

“那凌前辈又是怎么救出你的呢?”刘高峰疑惑地问道。

“我一醒来之时，就发现被他缚在背后。”凌能丽也有些茫然地道。

“啊!”所有人全都为之愕然。

“事情是这样的……”凌能丽便讲出了事情的始末。

原来，自凌能丽被鲜于修礼所擒之后，由于她的绝世姿容早已慑服了鲜于修礼，当时土门花扑鲁送凌能丽入鲜于家族之时，鲜于修礼还没怎么在意，不过他的二儿子鲜于猎却为之倾倒，更一直产生了非分之想，几次为凌能丽以死相胁，这才使鲜于猎没有得手。而后来，鲜于修礼将凌能丽献给破六韩拔陵，鲜于猎几乎为之得了相思病，而凌能丽的言行性格与聪明慧洁也深深吸引了鲜于修礼，那时他就有些后悔不该将之献给破六韩拔陵，不过，最后却是谁也没有得到凌能丽。

这次，凌能丽因报父仇而刺杀鲜于修礼，反而遭擒，虽然众将士要杀她，但鲜于修礼却以她可要挟蔡伤和蔡风、更可牵制葛荣的理由保住了凌能丽，其实却是怀有私心地将她藏在内庭，这样一来，却把鲜于猎的异心给诱发了，鲜于猎又怎肯放过凌能丽?好不容易找到一个鲜于修礼不在帅府的机会，就要行非分之举，此刻的凌能丽哪还有反抗之力?为免于羞辱，她假意依从，却以先淋浴为由，而趁沐浴之机服下一种假死之药，将所有的生机断绝六个时辰，这是一种没有经过验证的极度险药，稍有不慎就会真的一命呜呼，而凌能丽却毫不犹豫地赌上一赌，哪怕是死，至少不会受人污辱。

当鲜于猎发现自己上了凌能丽的当时，对方已经气绝，心脏不再跳动，身体逐渐冰凉，在他心慌意乱、不知该如何是好之际，蔡风却破门而入。

蔡风一探凌能丽的鼻息和心脉，他也以为凌能丽真的死了，那种悲伤和痛苦之情竟使他抚尸呆愣愣地蹲着，只知不停地滑下久未流过的泪水，杀意也在狂涨。

鲜于猎一见有陌生人闯入，并抱住凌能丽的尸体，禁不住大惊，又见蔡风呆如木头，此时不下手还等何时？抓起一张檀木大椅，“哗……”的一声直劈蔡风的顶门。

檀木椅竟碎裂成无数块，而蔡风心神依然如进入了另一个世界般懵然不觉，头顶上还有几块碎木，也不还手，甚至连看也不看鲜于猎一眼。

鲜于猎骇呆了，望着蔡风那悲痛欲绝的眼神，心头在发寒，不过，蔡风仍在流泪，便证明他并没有死。鲜于猎再次抓起一张大椅，又是一劈，却是同样的结果，椅子碎成木屑，而蔡风犹如露出一角的巨石，那露出的一角虽小，但即使千百人一齐摇，它也定稳如泰山，分毫无损。

鲜于猎劈碎了第四张檀木椅后，整个人都几乎吓疯了，那种心灵上的震撼，是无与伦比的，他以为自己看到的不是人，而是鬼，魔鬼！在慌乱中，他抓到了一柄刀，也不知是他自己的还是谁留下的，总之，他已经完全记不清了，此刻他的思绪全都惊吓成一片混乱。

他的刀斩落在蔡风的头顶，但是刀依然是碎裂了，裂成十九截，而蔡风似乎一点都未曾感觉到。此刻的鲜于猎已经陷入了疯狂，他挥掌拼命地击向蔡风身上，可他感到一股无匹的反弹之力震得他倒跌而出，手臂也同样被震碎。

蔡风似乎这才清醒过来，也许是鲜于猎击中了蔡风的神藏穴，使蔡风自悲痛之中回过神来。

蔡风抱着凌能丽的尸体，缓缓立身而起，眼中尽是杀机地扫了地上凌乱的碎片一眼，似乎有些不明白是怎么回事。

鲜于猎此时几乎已经陷入疯狂，见蔡风站起身来，吓得连滚带爬地向外跑去，口中惶恐地喊道：“快截住他！快！快……”

蔡风立刻明白眼前这人正是逼死凌能丽的凶手，悲痛霎时化为杀机，这一刻他发誓要杀死所有逼死凌能丽的人，不管谁阻拦他，都得死！于是就酿造了定州城中无边的杀戮，更大破鲜于修礼的义军……

听到这两个神秘人物竟在千军万马中追杀鲜于修礼，还杀得定州军四散奔逃，鲜于修礼狼狈逃窜，刘高峰等人几疑自己听错了，更对这两个神秘人的身份充满了猜测和幻想。

但却没有人能够猜出这两人的身份，更想不到天下间哪来这样两个厉害的人物，出入千军万马如入无人之境，几有当年常山赵子龙之神威，长坂坡之战，七进七出，当者披靡！

“难道那两人真是自海外归来？”冯敌暗自忖道。

对了，李宝和刑志是泰山英雄庄的弟子，那两个神秘人物是不是英雄庄的高手？“郑飞突然发言道。

“不可能，英雄庄绝无此绝世高手。”

凌能丽说完却不再言语，也似乎并未听到众人的议论，她只是在想那似乎熟悉无比却又有些陌生的声音。凌沧海在最初与她对话之时，与刚才同刘高峰对话的声音有些不一样，那就是说，凌沧海可能只是在掩饰着自己的原声。

那个令凌能丽熟悉又似有些陌生的声音，还有那种眼神，那灼热狂喜而又充满似水柔情的目光，在他们被绑在一起时，当时她并没有注意，可此刻想起来，对方那种眼神是多么熟悉，那不像是自己梦里千百度出现过的眼神吗？可是，对方只是个老者……

“寨主，凌姑娘，三子公子有事求见！”一名小厮打扮的汉子飞马赶来，远远地呼道。

凌能丽一惊，自思索中醒过神来。刘高峰也吃了一惊，调转马头，忙问道：“三子公子在哪里？”

“他在寨西店中等候寨主和凌姑娘。”那小厮一带马缰，健马“希聿聿……”一声低嘶，立即打横，看来小厮的马术还算不错，手劲也似乎极不赖。

“我们快回去，别让他久等了。”刘高峰心中微喜道。

第一百六十八章　脱胎换骨

“泰山的传闻是真的?”刘高峰脸色极为难看地盯着三子问道，凌能丽却平静得骇人。

三子望了凌能丽一眼，心中升起一丝隐忧，叹了口气道：“凌姑娘，请节哀顺变。”

刘高峰也呆住了，江湖中传说蔡风在泰山一战中死去，却没想到居然是真的，一时之间他竟接受不了。

凌能丽没有回答，依然只是静静地望着窗外。

窗外，树身微微有些嫩黄色，那是新生的叶芽，风仍寒，从呼啸的风声可以听出，很静，也不知是受了屋内的感染还是本身就很静。

“他是怎么死的?”凌能丽语调平静至极，让三子和刘高峰都感到惊讶，更有一些不安，他们宁可看到凌能丽将情绪发泄出来，哪怕是哭一场，可是凌能丽是那般冷静，好像蔡风是一个与她毫无关系之人。

三子暗自叹了口气，这个问题，他刚才已经讲得极为详细，包括山上的每一个细节，可是此刻凌能丽仍又问起，显然是她刚才根本没有听进他说的话，那就是说，凌能丽只是此刻才自蔡风的死讯中恢复神志，才懂得思考。这的确不是一件什么好事，但三子理解凌能丽的心情，如果死者换成凌能丽，相信蔡风也会有这般反应，因为他太了解蔡风了，于是三子将蔡风如何与叶虚决斗，如何又出现了区阳，如何救哈凤，如何坠入山谷，众人寻找不到尸体，甚至连蔡风说自己已经出家的事也重新细细叙说了一遍。

凌能丽这才似乎认认真真地听了进去，脸上的神情变化无常，听完之后，半晌方道：“你们根本就不知道他是否真的死了，对吗？”

三子一呆，并未否认凌能丽的问话。

“那就是说他仍有可能活着，至少你们还没有找到他的尸体。”凌能丽再次重复着同一个意思，却换了一种说法。

“是的，但山谷下有几堆被野兽啃光的白骨，虽然这些白骨之中也许没有阿风，但也不排除他葬身兽腹的可能。”三子不得不说得认真一些，也好断绝凌能丽的念头，正如蔡风的意思——他不想因为他而害了别人一生。

凌能丽一呆，依然不死心地问道：“白骨就在他落入的山谷之下？”

“那倒也不是，是在十八盘附近的山谷下。”三子吸了口气道。

“那是说在十八盘有人坠入山谷？”凌能丽依然十分平静，可眸子里却满怀希翼地问道。

“不错！”三子没有否认，他觉得没有否认的必要。

凌能丽神色微喜，定定地望着三子问道：“他没有留下什么话吗？”

“他有封信要我转交给你！”三子想了想，还是决定将蔡风的信交给凌能丽，他知道凌能丽断不了尘念，也只好让她看看蔡风所留的信件。

凌能丽接信在手，迫不及待地拆开，可是在即将看到内容时，禁不住又有些犹豫起来。

林秀，山青，一河微带寒意的水，“哗啦啦……”地流过，如一曲唱响的民谣，古老而又清新。

一缕缥缈的笛音如缠绵凄切的怨鸟在清啼，使林间河上荡漾着丝丝缕缕的哀漠。

河畔，微显青绿色的草地上，几匹健马悠然地啃着青草，最为神骏的一匹色调炭黑，如缎子一般光滑的黑毛泛着油亮的光泽，更找不出半根杂毛，那正是刘高峰送给蔡风的坐骑——乌龙宝马。

河畔，一块方石之上，蔡风静静地坐着，如一尊亘古静立的雕像，一缕悠扬的笛音就是自他口中送出。

林中很静，在笛音的缭绕中，也便更显静得可怕。

李宝和刑志远远地待着，蔡风吩咐过，任何人都不得去打扰，也许，他的确需要静一静。

李宝有些疑惑，他不明白为什么蔡风竟会如此处理今日之事，更以假面目面对刘高峰诸人，甚至以假名字对刘高峰作出推脱，但李宝从笛音之中似乎听出来了一些什么，虽然他并不懂音律，可是这种将情感寄于音律之中的情调他却懂。

“战龙！”蔡风顿住音律，轻声地呼道，他出了山洞并不想直呼田新球其名，在江湖中，见过田新球的人不多，但听说过这个名字的人却不少，他并不想引起太多人的注意，因此，蔡风称田新球为战龙。

田新球很快出现在蔡风的身后，恭敬地道：“主人有何吩咐?”

“我要摘回鲜于修礼的人头！”蔡风肯定地道。

“战龙明白，我这就去！”田新球不假思索地道。

蔡风长长地吁了口气，似乎大彻大悟，刚才他不仅仅是在想着今日之事，更在观察自己体内毒蛊的情况，奇怪的是，今日经历了如此长时间的杀戮，竟然未曾牵引出毒蛊的反噬，更未见萎缩的经脉抽搐之状，甚至觉得气脉顺畅异常，这种状态比之他最强横之时更舒泰。在杀戮中，他并未用心去体会，而且心神完全陷入了一种悲伤欲绝的境地，脑海中更只有一个念头，那就是——杀！

让蔡风吃惊的还有另一件事，他竟然大开杀戒杀了那么多人，这与他一向所修的无相禅有些违背，无相禅注重的是以善为本，除恶自然有必要，可也不能乱杀无辜，绝不主张多造杀孽，以仁心处世。

蔡风在这一点比蔡伤做得好，那也许是因为蔡风自小所处的环境与蔡伤不同，蔡伤虽然悟性极高，更是武道的天才，但是其杀心太重，奔战于沙场。因此，蔡伤的无相禅真正步入化境还是在他退隐太行之后。在无相禅的潜移默化之中，蔡伤佛性渐深，杀性却大减，因此，蔡伤根本就不轻易再出手，而此时的蔡伤与当年的蔡伤相比，却是绝对不可同日而语。

蔡风自小到大，都受无相禅的洗礼，在无相神功渐深的过程中，他的性格虽保持着那种顽劣不羁的习性，但是性情却极为淡漠，对于繁华红尘与名利地位根本毫不在意，反而向往那种山林清幽的生活。虽然他并不介意杀人，可事事都会为别人留下一条后路，不会将一件事情做绝。因此，在他的手中，许多本该死去的人，现在仍活得十分自在，可是，今日之举却是一气乱杀，挡路者死，这种杀性之强绝对值得关注。

“难道是泰山一役中，我染上了区阳的魔性?”蔡风有些怀疑地自问道，可那是根本不可能的，自己当时接引天地之气，以天地浩然正气击溃了区阳那充满魔意的杀招，自己有庞大无可匹敌的浩然正气护体，已是百邪不侵之躯，若说是在那一刻被魔气所侵，那根本就不可能。

“可是体内的异样杀性又来自哪里呢?”蔡风禁不住心中有些惑然，突地，脑中灵光一闪，他想到了一个让他兴奋莫名且激动无比的可能……

看完信，凌能丽愣了半晌，神色之间显得有些惨淡。

三子和诸人也感到一阵淡淡的哀伤，可是却无言相劝，有些事情是人无法劝说的，唯有让她自己好好地清静一下。

“老爷子准备今日出海!”三子突然道。

“啊!”刘高峰与凌能丽同时吃了一惊，凌能丽收拾了一下情怀，神情有些落寞地问道：“义父怎会出海呢?”

“老爷子早就想在海外寻找一片净土，过着安定而平静的生活，海盐帮出海的船队在海中间发现了一座极大的荒岛，上面无人居住，那里有山有林也有水，岛上可以种地打鱼，足够容纳数千人。早就有兄弟在岛上开荒、整理，现在老爷子准备和夫人及胡家的人一齐移居到那座孤岛，老爷子只想在那里调节一下心情。如今元诩死了，夫人心中无法不悲伤，此次出海，老爷子就是要将他们送去安全之所，还有阳邑的一些兄弟，听说，那里还不止一座岛呢，周围有很多小岛环绕，相隔都不是很远，如果有足够的人力，我们完全可以组成一个属于自己的家园。”三子有些向往地道。

凌能丽神情依然极其落寞，刘高峰却对海外充满了向往，不过，看到水他就有些心慌，他也见过大海，那种气势，只让他好几天都未平复心神，对于水战和坐船他是一点也不在行。如果让他每天在一个四周都是水的岛上生活，只怕会受不了，但听三子说出那些美丽的小岛，也禁不住问道：“那些岛屿距此远不远呢？”

“远近都有，远的坐船要两三天才能达到，而且还要顺风，否则只怕要五六天；而近的以老爷子的功力，几乎可隔空凌渡而过。”三子认真地道。

刘高峰倒吓了一跳，不再作声，心忖近的还好，如果远的要用那么长时间方才到达目的地，他可真怕了，不由有些担心地道：“这么长时间，要是迷路了怎么办？”

“这个你别担心，就像咱们猎人一样，白天看太阳，晚上观星星，都可以辨别方向，何况海盐帮还有航船的高手，更有司南司南，乃是中国四大发明之一指南针的前身。指引方向，怎会迷路呢？他们还绘了航海图呢！”三子说到海外，可就显得极有兴致。

刘高峰想想也是，暗中忖道：“这叫隔行如隔山，靠山称强，靠海称王，如果换了自己而不是海盐帮的人，肯定会被水泡死，哪还敢出海？说起来倒很容易，但做起来就不行了！”

凌能丽似在想别的问题，对蔡伤出海的事全没在意。

三子和刘高峰望了一眼，都明白对方的意思，全都立身而起，向外行去。或许，凌能丽需要的是一片静谧空间，让她静静地想想。

凌能丽对三子和刘高峰的离去看也没看一眼，只是在三子行至门口正要反手带上门时，她突然道：“三子，这信是不是阿风在泰山之战前已经写好了的？”

三子一愣，本来准备关上门，但却只好回头点点头道：“不错，我想也是，这是他在与叶虚交手之前让我转交给你们的。”

“还有谁有信？”凌能丽讶然地扭过头来望着三子问道。

“刘姑娘、叶媚小姐及定芳小姐，阿风一共给我五封信，另一封却是交给老爷子的。”三子回答道。

凌能丽目泛奇光，突然一下子恢复了生机，欢喜地道：“阿风没死，他没有死！”

屋外的三子和刘高峰全都一愣，表情显得有些怪异，三子有些担心地问道：“凌姑娘，你没事吧？”

“你才有事呢，阿风他一定没有死！他只是故意躲着我们，不想与我们相见罢了！”凌能丽白了三子一眼，肯定地道。

三子和刘高峰对凌能丽的话一时摸不着头脑，三人隔着门槛，两个男的在屋外，一个女的在屋内，相互对视着，情景的确有些莫名其妙。

半晌，刘高峰和三子似乎意识到了什么，相视傻傻地笑了笑，又同时走进了屋，有些讶异地问道：“凌姑娘为何如此肯定？难道这封信有什么不妥吗？”

“不，我一直都不相信阿风真的死了，而且隐隐感觉到他就在我们身边出现过，只是我不明白他为何不出来与我们相见，所以一直都只当那是一个幻觉而已。当看到这封信时，显然阿风是不想我为他挂怀什么，虽然他狠下心来写了这些，可我却知道是因为他中了奇毒，那次我为他把脉，后来查了许多医典，虽然没有什么大的收获，可却知道他肯定是中了一种奇毒，他以为自己活不长了，又想让我不再为他伤心，因此写了这封狠心的信来刺伤我，所以他才不敢与我们相见，躲着我们每一个人，不想让我们为他担心太多！”凌能丽有些激动地道，更多了几许感伤和哀婉。

三子不禁也呆住了，他很了解蔡风，虽然没见到那封信，但已经将信的内容猜了个大概，此刻经凌能丽证实，显然自己并没有猜错，而他也不反对凌能丽的看法，因为那并非没有道理，凌能丽对蔡风的了解之深不下于他。

想了想，三子深深吸了口气，还是决定将达摩的话说出来，道：“其实，凌姑娘所猜没错，即使阿风在泰山一役没死，他也不会有多长时日可活，最多只有一个月时间！”

“这是为什么？”刘高峰惊问道，凌能丽的神色再次转为惨白。

蔡风的这个结论的确让他欣喜莫名，那就是说他可以不死了！

没有比这更让此时的蔡风更激动、更欢喜了，当一个人从必死的痛苦之中找到了活路，那种感觉又岂是笔墨可以形容的？

“轰……哗……”蔡风得意忘形之下，竟踢碎了坐下的大石头，石屑坠落中发出一串清脆而悦耳的声音，蔡风发现从来都没有听到过比这石子落水时更好听的音律了。

李宝和刑志大惊，却见蔡风狂喜之下，不住地倒翻筋斗，只翻得他们眼花缭乱，突然他们一惊，同时觉得身形一紧，被蔡风的双手左右同时抱住，又一气乱翻，只吓得他们“哇哇……”乱叫，昏头转向，当他们吓得快要昏迷之时，突然又觉身子一轻。

“太好了，太好了！我可以不死了，我可以好好地活着了！真是太高兴了……”蔡风语无伦次地呼道，同时紧了紧怀中抱着的两个大男人，再放开，又如猴子一般蹦了出去。

李宝和刑志被对方那一阵快翻早给吓糊涂了，蔡风这么一放手，二人全都“扑通扑通”地歪倒于地。

蔡风一惊，停下身子，似乎一脸傻气地问道：“怎么全都倒了？”

“老……老爷子，我们……可受不了。”李宝苦着脸道。

蔡风禁不住大笑，伸手搔了搔头，不好意思地道：“全怪我得意忘形，待会儿请你们喝酒作为赔礼好了。”

李宝和刑志不明所以，丈二和尚摸不着头脑，有些担心地道：“小的不敢，怎敢怪老爷子呢？”

“不，现在你们就叫我公子，也不必称什么老爷子了！”蔡风顿时豪气上涌地道。

“是，公子！”李宝和刑志相视望了一眼，有些讶然地道。

蔡风两手横抱于头顶，倾首苍穹，豪气干云地高呼道：“今日，就是我蔡风新生之日，从今日起，我一定不会辜负美好的生命！既然苍天如此眷恋我，我就要代表苍天，去澄清天下，安顿万民，替天行道！……”

李宝和刑志大惊，望着豪气冲天的蔡风，心中禁不住涌起了无限的敬意，蔡风在这一刻，似乎完全变了一个人似的，在不自觉中，气势随着豪气的激涌而疯涨，更生出一股无可抗拒的霸者之气，似乎天地与万物全都紧紧握在他的手中，更有一种睥睨天下的皇者之风，那是一股自骨子里升起的气势。

李宝和刑志禁不住跪了下来，虔诚至极地跪拜在蔡风的身前，这似是对自然的一种崇拜，对强者的一种信仰，更为蔡风那豪气干云的话语激得热血沸腾，更恨不得立刻握起兵刃替天行道。

这种改变，只怕连蔡风也没有想到，不过蔡风知道自己死不了，那是真真切切的，泰山之巅，接引天地浩然之正气，并不只是杀敌，更将他的体质重新塑造强化了一遍。

天地浩然正气本是万邪克星，在天地浩然正气入体之时，那股聚敛天地之灵性的正气，扩充了蔡风的每一道经脉，并在其中膨胀、流动。蔡风本来萎缩的经脉遭到这股浩然正气的充斥，立刻又恢复生机和活力，本来潜藏的毒质更无所遁形，在无穷无尽、庞大无匹的正气逼压下，没有任何毒质可以再与之相抗，竟全部化为烟灰逸出体外，而那毒蛊也是生命，一种邪恶的寄生生命，在蔡风与天地融为一体时，他所代表的即是天地之间正气所存，那无情却有灵性的浩然正气只会摧毁一切存在于其中的邪恶生命，雷电交缠之中，毒蛊竟化为无形，更没有任何生命可言，因为当时的蔡风已通悟佛心，达到佛之极境大圆满，其本身没有任何杂念，否则只怕连蔡风自己也可能化为飞灰。而毒蛊却没有佛心相护，岂能幸存？因此，在蔡风使出“沧海无量”最高境界时，他就已经是一个新的自己了，无论是肌理抑或经脉，都超出人的想象，成了比毒人之身更强的自然之体。

而蔡风自身更是在不知不觉中吸纳了冰魄寒光刀中两代域外高人的佛门另一派至高禅劲，使他的功力达到了一个前无古人的境界，甚至连冰魄寒光刀上的邪灵之血也全被浩然正气噬灭，但有一点只怕是任何人也没有估计到的事情却发生在蔡风身上。

那就是蔡风吸纳的域外佛门至高禅劲“龙象禅劲”与他体内的无相禅

劲及道家的太乙罡气，三大正道极致劲气竟在天地浩然正气的接引和冲撞之下完完全全地融为一体，组成一股融合中外佛道三股力量而成的异样真气，再非龙象禅劲，也非无相禅劲，更非太乙天罡，这是一股只属于蔡风，而天下独一无二的先天正气！

而这股先天正气，具有中土佛家的善，域外佛门的大欢喜、大圆满，更有道家的清静，聚而成之则化成了天地威霸气劲，天乃皇者之象，地乃帝者之象，蔡风也因此不能再以三界之中的善来评其邪魔佛之别，可以说，他的思想已形成一个独立主体，就像是他自身便构成了一个独立异于这个实体世界的世界，他既是天，也是地，又是自己，而他在得知自己不会死之时，性情也豁然而开，豪气应天而生，再不受无相禅小思想之限，而成纵观天下、俯瞰苍生的大气候。

这一刻，蔡风彻彻底底地改变了其思想和性情，这也许才是他真实的本性。

第一百六十九章　赌霸南朝

凌能丽沉默了半晌，才缓缓地问道："为什么会这样？"

三子就将蔡风如何发现自己中了毒，如何经蔡伤和达摩运功相助，而又决意迎战叶虚等从头到尾细叙了一遍。

刘高峰这才听出了个大概，禁不住长长叹了口气。

"我知道阿风在哪里！"凌能丽有些软弱地道。

三子和刘高峰同时一震，惊问道："在哪里？"

"凌前辈就是阿风，天下间也只有阿风才会为我作出如此牺牲，也只有他的易容之术让我们无法看破！"凌能丽肯定地道。

"什么？凌沧海前辈？"三子奇问道。

刘高峰怔怔地愣了半晌，就将今日所发生的事重讲了一遍，三子也禁不住听傻了。

"难怪他的行为如此怪异，想来是公子不想让我们知道他的身份而已。"刘高峰有些恍然地道。

凌能丽不再言语，她也不知道说什么好，她一开始就觉得凌沧海的言行举止有些异样，令自己有一种熟悉而又陌生的感觉，更对那眼神似乎极为熟悉，如果说蔡风只剩下半个月的生命，那他不让凌能丽认出来就是顺理成章的事了，而最后要求凌能丽八十年后为其准备棺材，更是胡诌，只是希望她能够好好地活下去而已，也可谓是用心良苦了。

"阿风一定还会回来的！"凌能丽突然肯定地道。

三子和刘高峰再次一愣，他不明白凌能丽为何能够如此肯定，如此有把握，俩人不由满怀疑问地望着凌能丽。

凌能丽吸了口气道："如果阿风真的只有一个月的生命，那他一定会帮我去做一件十分危险但一定会去做的事！"

"杀鲜于修礼？"刘高峰立刻明白，反问道。

"不错，我相信阿风一定会将鲜于修礼的人头送上来，而且就在最近两天，只不过是他偷偷地来抑或让别人代送，我就无法断言了！"凌能丽肯定地道。

"那我们可以派人潜入定州探查、监视，照样可以查到阿风的下落！"三子立刻起身，有些激动地道。

"如果阿风不想现身，派人守也没用！"凌能丽叹了口气道。

"那该怎么办？"刘高峰问道。

"我也不知道。"凌能丽无可奈何地回答道。

的确，这个问题对任何人来说都是一件难事，因为这不是任何人说了就算的，既然蔡风化名为凌沧海，不以真面目与他们相见，那再去勉强也勉强不来，世上亦没有任何人可以勉强得了蔡风！

"那战龙又是什么人呢？"刘高峰迟疑地问道。

"这个我就不太清楚了，对了，冯敌不是说李宝和刑志是泰山英雄庄的人吗？而阿风也是在泰山失踪，相信他们俩人一定知道事情的真相。"凌能丽突然道。

"可是我们根本就找不到李宝和刑志的所在。"刘高峰有些无可奈何地道。

一大早，蔡伤便携着准备好的所有物什，离开了葛家庄，与其一起走的人，有元定芳、胡秀玲、铁异游、杨擎天、颜礼敬、蔡艳龙、蔡新元……及一干阳邑的猎户兄弟，更有一批葛家庄的忠实弟子，一行百余人，声势也不算小，至于仆妇，早就已经在海边海盐帮的总舵之中，那是自洛阳出走的胡家仆妇。

胡孟自洛阳辞官后，带领家眷秘密移至海边的渔村，在海盐帮的相助之下，根本就没有人知道他们的身份。

胡家自身的仆妇就多达两百人，虽遣散了一批，但仍有百余人，当然其中有些人早一步就已送出了海外，他们带去狗、鸡、鸭、羊、牛之类的六畜，并带了大量的工具，以开垦荒岛为主，完全可以在岛上建起一个全新的家园。

蔡伤这次所带的人中，包括能造船的工匠，会织网之人，可谓是众多人才一应俱全。

蔡伤一走，葛家庄似乎清冷了不少，蔡念伤与蔡泰斗依依不舍地与蔡伤作别，葛荣也亲自送行，不过，蔡伤并不希望他们相送，因为战局十分吃紧，没有必要太过劳师动众，更何况他们一行尽是高手，天下又有谁敢在他们头上撒野呢？

定州城中的骚乱之状让鲜于修礼大为惊愕，而帅府更被付之一炬，几乎没有活口，对方这种肆虐杀人的手段却是在他管辖之内，兵力最强盛的定州城，而帅府之中的高手更是死伤殆尽，城中的街道上全是义军的尸体，血洒遍地。

这种狼狈之状，让鲜于修礼感到心寒，城内的葛家军有的越过护城河，只有少数人逃得性命，其余的全部被截杀。

鲜于修礼没有半点胜利后的喜悦，绝对没有！他的心头在发寒，宇文肱的心也在发寒，所有偏将、副将，以及护城的将军都在心头发寒，他们不知道该如何面对鲜于修礼，该如何向他交代。

城外打了胜仗，可城内却是大败而特败，虽然杀了所有作乱的人，但那又怎样？对方却烧了整座帅府，杀了府中所有的人，更死伤近千军士，这对于士气来说，打击无疑是不可抗拒的，也是无法估计的。

鲜于修礼心中盛满了杀机，浓浓的，让那几名守城的偏将不敢正视他的目光。

鲜于修礼要杀人，宇文肱知道，换成是他，也会杀人，而且必须杀！

“把他们给我拖出去斩了，如此一群窝囊废！”鲜于修礼终还是忍不住发作出来。

这里是别府，比起帅府，小了很多，但鲜于修礼依然具有同样的威严。

“大帅，饶命呀……大帅……”那几名守城和巡城的偏将惊恐地呼道。

“杀！既然你们都是一群废物，留着又有何用？”鲜于修礼想着那些曾经熟悉的兄弟竟全都葬身定州，而且死得如此突然，他心头禁不住大痛，更发誓要杀死蔡风为他们报仇！不过，他却在担心蔡风和田新球那绝世强横的武技，天下间几乎已经没有了敌手，纵横于千军万马中，如入无人之境，而以他们俩人之力竟使偌大一个定州城一片狼藉，更杀死了他那么多的好战士，如果这些守将率兵能够齐心协力的话，也定不会酿成这种苦果，是以，此刻鲜于修礼唯有将气出在这些办事不力的偏将身上。

“大帅……”那几人在惨呼声中被刀斧手拖了出去，鲜于修礼连眼皮子都未曾眨一下，他只是在想，蔡风怎会变得这般可怕，即使田新球的武功也已达到了登峰造极之境，两年不见，怎会进展如此之快呢？而且，他们又怎会走到一起？还来对自己进行无情的杀戮？同时鲜于修礼也在暗自庆幸，如果不是逃得快，只怕他此刻已被长枪钉死在地了。

那一枪贯穿三人的胸膛，力量之强，的确惊人至极，而他庆幸自己未被射死。

宇文肱没有说什么，也不想为那几个偏将讨情，在他的心里就是这么认为，该杀便杀，这些人的确死有余辜，领军不力，就唯有以死相谢！

“给我加强这里的守卫，而且必须是好手！我想明日就回左城，这里便交给宇文将军了！”鲜于修礼的确怕了蔡风，留在此地，身边的高手所剩无几，若以蔡风和田新球那种绝世身手，这些士兵根本就不可能抵抗，连帅府之中的高手也伤亡殆尽，这个小小的别府又能存什么大气候？

宇文肱似乎也明白鲜于修礼怕的是什么，但他知道不能说，说了只会引起鲜于修礼的不快，于是淡然道：“一切都由大帅吩咐！”

鲜于修礼心中酸溜溜的，鲜于猎死了，鲜于战胜也死了，这些亲人全都死在蔡风的手中，可他却无力报仇，反而要躲避可怕的敌人，这是何等的可悲？何等的可怜？自己空有数十万大军，又有何用？连人家单枪匹马都罩不住，权力又是什么东西？力量又是什么东西？

鲜于修礼无法明了自己心中的感觉。

“大帅，末将在查看尸体之时，似乎并没有发现寒梅七子的尸体，不知道这其中是不是有些什么蹊跷之处？”宇文肱欲言又止地道。

“哦，没有寒梅七子的尸体？”鲜于修礼讶然问道。

“没有！”宇文肱肯定地回答道。

鲜于修礼眸子之中射出森冷的寒芒，虽然他并不知道寒梅七子的真实身份，可是包向天给他推荐寒梅七子之时，极为尊重他们，更说过，这七人的武功之强，已达炉火纯青之境，皆是一等一的高手，不过，鲜于修礼在见到那几个快死的干老头时，根本没有在意，他自然不信这七人有什么过人之处，当然，又不好违拗包向天的一番好意，幸好这七人一贯只是做着清扫地面的工作，很好安排，此刻听宇文肱一提，鲜于修礼倒也记起了这七个人中的五人来，而他们呢？

“立刻派人仔细再查一遍，如果有他们的消息，马上来报！”鲜于修礼沉声道。

洛阳，人心惶惶不可终日，从未想过会被战火波及的洛阳居民竟首次感觉到心头的惶恐，他们首次发现，战争原来也不遥远，不仅仅不遥远，而且迫在眉睫，一触即发。

百姓不安，朝中又怎能安定？尔朱荣的大军长驱直入，根本没人相阻，很快就会兵逼黄河，直接威胁洛阳。

洛阳在不断地强加防范，更在黄河之畔布下大军。

对于洛阳来说，仍有数万兵马可以调用，但洛阳方面几乎失去军方的支持，李崇一去，元诩一死，本对胡太后专横的武将此刻全都对洛阳之事爱理不理，没有王族的支持，没有叔孙、刘家两大家族的支持，他们几乎陷入了孤掌难鸣之境，而且军中许多人威慑于尔朱荣的神武，而大志不强，几乎成了洛阳致命的弱点。

胡太后立临洮王元宝晖的儿子元钊为帝，名不正言不顺，而且如此小孩又岂能管理朝政？太后想独揽朝政之野心众臣皆知，在历史上，还从没有过女人执掌朝政的史例，而北魏是个注重战功战绩的武国，由鲜卑族主权，若让一个女人左右朝政更是道理难通。因此，虽然战乱纷起，可是唯有先清内才能抗外，是以尔朱荣绝对只会先清理朝中之事，再去对付义军。

天下之乱，始于朝中，这并不是空话，更不是危言耸听。

于公于私，尔朱荣都绝对不容胡太后稳住阵脚，胡太后从来都对尔朱家族极为排挤，这才使得尔朱家族在许多方面无法放开手脚，因此，尔朱荣绝对不会放过这样一个挫败胡太后锐气的大好机会。

叔孙家族和刘家也都是北魏的大家族，但也不想真的出面搭管什么，只是与尔朱家族交涉了一番，只要尔朱荣答应他们不要做得太过分，也就不插手这档子事。

尔朱荣自然不敢得罪叔孙家族与刘家，如果有这两家出面，那么元家的许多人会立刻转向，那他立刻就会处于绝对的劣势，无论是在武功上还是威望上，叔孙家族的老祖宗叔孙怒雷绝不输于他，而刘家的老太爷刘飞与叔孙怒雷一样，其武功深不可测，完全是尔朱荣的父辈人物。无论谁当权，即使皇上也不敢得罪这俩人，甚至每年都要送去嘉礼。尔朱荣同样不敢得罪这两家人，因此，只得答应，并且保证不会做得太过分。他自然明白，这俩人所代表的乃是鲜卑贵族的利益，绝不想让胡太后独揽朝政。胡太后也是汉人，当年孝文帝一心汉化，将鲜卑族与汉人的文化及习俗融合，而使鲜卑族不再排斥汉人，加强国内的安定。是以，执意让元恪娶汉族仕人之女为后，事实证明，孝文帝的做法的确使汉族文化与鲜卑文化得到融合，也使北魏民族矛盾得到了极大的改善，国泰民安了十余年。

可是今日，若由胡太后掌权的话，那很可能整个朝政会倾向汉人，而多年被积压的民族矛盾又复苏了，凡是鲜卑贵族都无不担心汉人当权，那样他们的特权就会受到损害，所以明里不说帮助尔朱荣，暗中却支持尔朱荣。

胡太后颁下懿旨，但刘家和叔孙家族都避而不接，甚至没有回应，此刻这个假胡太后才知道自己的处境有多么糟糕，而下旨召崔延伯和萧宝寅回京护驾，那边却以义军正在反攻，无法抽回兵力为由，尽管最后仍派出了一部分兵力回洛阳护驾，但却故意行军缓慢，根本就不可能在尔朱荣逼临黄河之时及时赶回，这使假太后孤立起来。

梁都建康，泰山之战也成了议论的重点，其实，泰山之战的确足以成为天地间的一件异事。

南朝的武林人物，也有极多人参与了泰山之会，亲历那惊心动魄的场景，将之描绘成神魔之决，天人交战，使得江湖沸扬一片。

建康更是三教九流的会聚之地，获取消息自然极快，经过半个月，早已在建康城各个行业中传遍。

而赌场中什么样的人物都有，消息传达之灵通，赌场排在第一，第二是酒楼茶肆，第三是青楼妓院。

江湖人物是一个最喜欢吹大气的群体，有什么事儿如果让他们不说，不去吹嘘一番，只怕比让他们不吃饭还难，越是庸手越喜吹嘘，而江湖之中庸手比高手多得多。

泰山之战的精彩，不仅仅是一种吹嘘的本钱，更有一种若不与别人共同分享其中的精彩就不舒服的冲动，即使江湖中有身份的人物走到一起，也忍不住想细细分析其中的精彩，探讨两大绝世高手的神乎其技，那是一种享受，比喝浓茶烈酒更爽的享受。

没有人会否认泰山之战的魅力，这使得很多未能一睹泰山决战之精彩的人大感可惜。

也的确，泰山上出现的全都是天下间的顶级神话般的人物，聚集着中原和域外各路绝世高手，那会是何种气势，可想而知。

只要让人想到蔡伤、蔡风、尔朱天光、尔朱天佑，甚至尔朱家族中的元老都出现在泰山，更有多年淡迹江湖的叔孙怒雷这般人物全都会聚泰山，而域外的高手全都是与中原这些高手平级，能在中原这么多高手眼下乘鹫而去，这更使泰山增添了无限神秘色彩。

有人说泰山之巅玉皇寺的主持戒嗔大师的武功甚至可与蔡伤相提并论，那就是说，泰山之上的高手又多了一位佛门高僧。

更有人说，连陶老神仙、尔朱荣、葛荣，甚至北方柔然国的大王阿那壤也不远万里来到泰山。

这几乎成了所有天下顶级人物、传奇人物、神话人物的聚会，似乎从来都没有哪一战有如此多的绝世人物出现，大概也从来都没有哪一战有如此大的吸引力，这是可以想象的。

凌通似乎没有想到在当了大老板之后，竟然会听到蔡风的消息，而闻得许多人将蔡风当作一个神话在传诵，那种心情是何等的激动。

不知道蔡风的消息已经两年了，凌通一直以为他死了，可此刻得知蔡风不仅没有死，而且再次成为举世瞩目的人物，这让他如何不激动？不万分欣喜？

破魔门的兄弟有一部分人也来帮助凌通打理事务，他们更成了凌通的贴身护卫。

想杀凌通的人极多，凌通几乎是处在梁朝几大王系当中的巨石，一下子似乎击碎了几大王系之间的平衡。

凌通赌坊的崛起，立刻成了梁都建康最为显眼也是最红最热门的行业，很快抢了至尊赌坊和通吃赌坊的风头，无论是规模，还是生意之兴隆转眼成为几大赌坊之首，而且所有的服务都是一条龙，更实在优惠，同时也更安全可靠，因此，挂上凌通赌坊名号的支系，如酒楼、青楼、画坊都远胜他处，而玄武赌坊因为与凌通赌坊有关，成了兄弟赌坊，也使其场声誉大增，财路不仅未减，反而更广。

凌通似乎有的是人力在赌坊中维护秩序，任何想惹是生非的人，都只会是很惨的结局，而凌通更想出一些优惠方法，让每个输得精光的赌徒都可以领到一张专用卡片，这张卡片可以在凌通酒楼中享受一顿相应面值的酒菜，或是在青楼中使用，而在凌通赌坊之中典当物品也极其方便，如果当天当，当天赎，只要你是在赌坊中花钱，不会收任何回扣，这使得凌通赌坊如日中天。

开业时间并不长，但声誉立刻建立了起来，而且让人信得过，就算众人无法相信赌坊，但却相信萧衍亲笔所题的“凌通赌坊”四个金字，与一副金字对联。

凌通赌坊无论是手段，还是其他各种谋略上，都借鉴葛荣当年经商的方法，其实，此刻的南朝与葛荣有着极大的联系，在凌通赌坊的各项策略上，都向葛家庄的商业高手讨教过，通过破魔门的关系，葛荣也毫不藏私，是以，凌通赌坊才会有三天的流水席及一些相关的活动，让人入画坊、赌场、酒楼中参观，做了一种口碑的宣传，使得凌通赌坊很快深入人心，就是因为其不将自己的经营视为秘密，请人参观，这使得人们更快更好地了解和接受它，同时也消除了与世人之间的隔膜和距离，让人有宾至如归之感，自然也便使其名声大增，更以其富丽堂皇、豪华典雅而深深征服了人们的心，包括文人墨客、风流雅士。

一些名流墨客还留诗赋词以赞，这更具一种别样的感染力，也深深吸引了很多人，凌通命人将这些文人墨客所留的诗词歌赋全都由他们以各自的笔法记录下来，无论是名士还是无名之辈，只要诗词好，全以宣纸挂于酒楼抑或青楼中，使这些地方几乎成了百家争鸣的儒雅之地。建康本是文化极度繁盛之地，只因在萧衍的大力提倡下，建康城中的文人墨客从来都没有今日如此之多，因此，凌通赌坊很轻易地抓住了一群文人墨客的心，凌通酒楼更成了文化名楼，文人们以能够在这座富丽堂皇的酒楼中高谈阔论为荣。

虽然青楼、酒楼、赌坊为一条龙服务，可也是独立的单体系，不过，无论是酒楼、青楼还是赌场，里面都是绝对的安全，任何人闹事，绝对只会自讨苦吃。

凌通赌坊与各楼的建起，立刻形成一股凌通狂潮，自然有其他同行业的人眼红，眼红自然会想尽办法挫它锐气，可是凌通的支持者却是来头极大的靖康王，更是数家大主顾的联合，不管是在财力还是官场上，他们都不可能胜过凌通，因此只好找人闹事，可是闹事者却发现，不管是凌通赌坊，还是凌通酒楼、青楼中任何一个小厮都可能让他们毫无抗拒之力，似乎打杂的小厮也是老江湖，想闹事的人根本无法逃过他们的眼睛，因此到目前为止，还没有闹出一件事情，这几乎使同行的人们都心胆俱寒，也更无法捉摸凌通究竟是何来历。

此刻的凌通的确是个难以对付的人，不仅仅是因为他的那群高手护卫，就连他本身也是个高深莫测的高手，至少，在建康城中传说，凌通的武功十分高深，而那几次刺杀更是很好的证明。

凌通还成了梁朝公主和郡主们的话题，一个如此年轻却高深莫测的人，的确可谓前途无量，谁都想去试试这个使她们深深吸引的年轻人，但凌通却全力推托了，更不给那些郡主们机会，他只是专心地练武，以及精研兵法，萧衍还让他学习音律，这使得凌通所有的时间全都排得满满的，有空之时，便陪陪萧灵大疯一场，要么安黛公主也缠了过来，不过，此刻凌通又有了新的事情和目标，那就是蔡风的再度出现，使他的心全都激活了，很想到外面的江湖中闯上一闯，与他最崇拜和向往的大哥哥共闯江湖，那可是多么惬意的事，如果再加上丽姐，简直太妙了。

元军的惨败，令元融极为震怒，候景几乎不敢抬头与元融对视。很难说他在战局之上没有漏洞，无论是行军抑或其他方面，他都处于劣势。

元融竟出奇地没有怪候景，也没有责训他，只是让他今后好好地努力。

在与义军交手的日子里，官兵还没取到多大的胜利，而此刻朝中乱套，虽然此刻元融的心已经够乱，可候景作战失利，刚好是他拒绝将军队尽数调回洛阳共对尔朱荣的理由。

尔朱荣推长乐王长子元修为帝，自然比太后独揽朝政强，其实，元融与长乐王的关系本就极好，而当初孝文帝立汉人为皇后之时，他便极力反对，因此，虽然他在元家的地位极高，可是在朝中也无法真正得到什么好处，必须凭借自己的实力一步步打出来，所以他不喜欢任由一个女人的摆布，当然，他也绝不想将来的天下由尔朱荣掌管，这是元家的天下，虽然同为鲜卑族，但却必须保持元家的主导地位。是以，他必须要派一些人手参与此事。

新乐军士惨败，白傲被内奸射杀，这使得新乐士气大为低落，城中的守将更怕鲜于修礼趁机反扑。

新乐城并不是一座坚城，城中的守军并不多，白傲所率的那一股兵力逃回来的却只有极少数，几乎死得所剩无几。

新乐城此刻的守将为飞鹰队的队长苍鹰，而他此刻已飞骑传信给正室的怀德，让其派兵前来增援，这也是没有办法中的办法。

白傲身死的当天晚间，新乐城来了一个不速之客，城中的城门本来早就关了，可是这却完全无法阻止此人的入城。

将军府在城内，而此人却直接进入了将军府。

苍鹰吃了一惊，这人的来到，如鬼魅幽灵般，竟然让他的侍卫毫无所觉。

“你是什么人？胆敢夜闯将军府！”苍鹰放下手中的文书，沉声问道，他只感到眼前这不速之客的面目极为陌生，对方是一个苍老的老头，他记不起在他熟识的人中有这类人物。

“苍鹰，新乐城中还有多少可用兵马？”那老者大咧咧地坐下问道，却并没有回答苍鹰的问题，但无论是站着抑或坐着，老者都不可掩饰地散发出一股浓烈而又给人压抑的气势，就像一座永远也无法攀登的山峰。

“你究竟是谁？来人啊！”苍鹰突然感觉到心底有些寒意，禁不住呼道。

那老者笑了笑，伸手往脸上一抹，那满是皱纹的皮肤刹那间竟光洁如玉，那双眼睛仍在笑，但却是一张年轻而充满朝气的脸，眼中更闪烁着无尽的智慧，如夜空中的星星一般明朗，浑身更散出一股来自骨子里的霸傲之气。

“沙沙……”守在外面的护卫推门闯入，刀、枪、剑、戟全都指向神秘的不速之客，更有强弩，可是这不速之客似乎根本不将之放在眼里。

“快收起来，不得无礼，还不见过三公子！”苍鹰先是一愣，几乎有些不敢相信自己的眼睛，半晌才回过神来，忙呼喝道，同时自己也单膝跪下，无限崇慕地道，“苍鹰叩见三公子，不知三公子驾到，有失远迎，还请三公子见谅!”

那不速之客哂然一笑，道：“好说，起来吧，我们今晚要干一件大事!”

那些冲入屋中的护卫禁不住全都愣住了，谁也没有想到，眼前这位不速之客竟是他们久闻其名、未见其人、轰动天下的三公子蔡风，众人禁不住都傻眼了。

在葛荣军中，人们都称蔡风为三公子，那是因为有蔡泰斗和蔡念伤俩人的存在，当他们俩人出现之后，所有的人也都改口称蔡风为三公子，这是对蔡伤的一种尊敬。

葛荣有两子，也同样在军中，更是军中的重要人物，长子葛存远乃是葛荣十大骁将之首，次子葛悠义乃十大骁将之末，在军中也极受人尊敬。

葛荣也从来都不会纵容两子，当然，俩人身为葛荣的儿子，傲气自然有一些，但对各路将领倒还是极为客气，因此也不是很惹人厌，而蔡泰斗却不同，他不喜欢多说话，但是却绝对身先士卒，能够与士卒同甘共苦，其所统之军，军纪之严，比之任何一队都要强悍，由蔡泰斗所辖的兵马，士卒们都训练得绝不会退缩，因为退缩者先斩！但，却没有人会怨蔡泰斗，因为他本身就是以身作则，任何一次冲在最前的是他，退在最后的是他，虽然他是主帅，可受伤最多的也是他！他与将士们已建立起了一种不可分割的联系，因此，在军中，蔡泰斗比葛荣的两子还要让人敬佩。

蔡风虽并未直接参与过军机，也没有领兵上过战场，可是却几乎成了江湖中的神话，他所做出的事，比攻城略地更惊心动魄，其事迹早已深入人心，无论是官兵还是义军，无不对蔡风有着一分向往之意，而且军中的许多厉害人物全都与蔡风有关。蔡风几乎可以说成了葛家庄中的精神中心之一，是以，这些护卫对蔡风的向往和崇拜已不下于对蔡伤的崇慕了。

“三公子不是……不是在泰山……”苍鹰有些惊疑不定，却欲言又止。

蔡风淡然一笑，并没有解释，只是重复着前一个问题：“新乐还有多少人马可用?”

苍鹰迟疑了一下，道：“大概还有五千可用之兵!”

“五千，攻城还够，但要控制整座定州城却似乎仍有些欠佳!”蔡风想了想道。

“三公子打算进攻定州城?”苍鹰一惊，问道。

“不错，我只是不想错过这个机会，因为今晚我要割下鲜于修礼的臭头，如果趁城中大乱，飞鹰队偷入城中，开城门，放吊桥，又是夜深无备之下，要攻破定州城并不是一件难事，可是这样也会使他们狗急跳墙，定州城中的兵力并不比我们的兵马少，因此，想要控制定州城还是一件难事。”蔡风吸了口气道。

“三公子要杀鲜于修礼? 定州城中可是高手如云啊!”苍鹰担心地道。

蔡风悠然一笑，道:“立即聚合所有兵力，准备今晚破除定州城!”

苍鹰心中微感激动，向那几个不知如何是好的护卫道:“传三公子的命令，聚合所有兵力，准备出战!”

“我们利用这点时间可以商讨一些细节问题!”蔡风淡然笑道。

“立刻给我将几位偏将传来!”苍鹰沉声吩咐道。

“是!”那几名护卫匆匆行了出去。

是夜，风凄气冷，冀州城外滏阳河畔，一盏悠悠的渔火孤零零地漂在河上。

小小的渔船，晃悠之下，在水面上荡起了层层波粼，细碎如洒落在河面之上的莹火。

淡淡的米饭香气自小船中飘出，显然是有人在做饭。

小船上，在渔火的反衬下，映出一张粗糙但绝对充盈着刚性的脸，这人正是慈魔蔡宗。

此刻的他已不再穿那让人心惊的狼皮，却是一身黑装，看上去与夜色融为一体。

滏阳河水悠悠，“哗哗……”的水声和着鸟啼、兽吼，倒也别有一番幽静之意。

慈魔蔡宗竟改陆地而转水路，舟行水上，其行踪自然会更飘忽无定，而且冀州更是葛荣的势力范围中心，黄尊者诸人想要知道蔡宗的行踪更多了一层顾忌，因此，一直以来，他们都无法弄清楚蔡宗究竟身置何处。

泰山一战之后的蔡宗似乎一下子消失了，但许多人都知道，明白蔡宗行踪的大概只有葛家庄不多的几人，而慈魔蔡宗之所以隐身河上，只是因为他对蔡伤所赐的刀道精要太感兴趣了，甚至有些痴迷。

往日的他，刀法只能靠自己摸索、偷学，更自创，却从来未曾真正得到大师的指点，虽然其恩人传授过他内劲的转运之法和武道基本功法，可对于刀道来说，却只算是盲从，而蔡伤被誉为中原刀道第一人，其刀中的精要境界，对他来说，那是无法估量的。

蔡宗在见过蔡风的刀法之后，才真正了解自己刀法的差距，那似乎是一个永远都无法逾越的层次。蔡风的刀道境界，已经不再是人类思索的范围，但蔡宗至少已经明白，刀道究竟可以达到怎样一种层次，他心中有了一个更高的奋斗目标。

而泰山之行，让蔡宗知道了天下间的高手究竟有多少，那种绝世的人物又有多少，而自己的分量充其量不过只是一个小角色，根本不可能跻身顶尖之列，也只有这样，他才可以发现自己的差距，看到自己的不足。

蔡宗知道自己必须加强努力，武道绝对不可能有半丝侥幸的心理，任何事情都要靠他自己的努力。值得庆幸的是，他遇到了蔡伤，一个刀道的神话，蔡风的父亲。那蔡伤的刀道境界是否比蔡风更高呢？虽然蔡宗并未见蔡伤出手，可那如渊如岳的气势已经足以让人知道他那盖世的强霸之势。

这十余天的苦悟，蔡宗对蔡伤所赠的刀道精要几乎达到痴迷境地。不过，他早已将这些背得滚瓜烂熟，那些图形也记忆极清，留住这部书只会增添许多危险，如果落在一个坏人手中，那后果似乎极为不妙了，说不定还会引起祸端。因此，蔡宗将这卷刀道精要拿出来为这顿晚餐添了些柴薪，也许这顿饭因此而更香一些。

晚餐的确很香，蔡宗似乎好久未曾吃到这样香的米饭了，顺便之下，以两只野鸟做菜肴，几只野蘑菇下汤，倒是极爽的一顿晚餐。

也不知怎的，蔡宗的脾性自泰山归来之后似乎变了不少，首先，他再也感觉不到冰魄寒光刀的那股凶邪之气，甚至刀身之中潜伏了数百年的邪王之血也全给逼了出来，而刀身之中所潜伏的澎湃佛劲也不再存在，因此，蔡宗对冰魄寒光刀可以控制自如，再也不会顾忌被冰魄寒光刀所控制。

蔡宗知道那股凶邪之气和邪王之血正是毁去区阳手背经络的祸首，那绝对不是妄谈，因此，他知道区阳手背的破坏经络是不可能修复的，除非他也能够如同蔡风一般接引天地间的浩然正气，逼散体内的邪杀之气，但那是完全不可能的，蔡宗隐隐地听蔡伤谈过，接引天地浩然正气的首要条件就是必须深具佛心，可区阳一身魔气，根本不可能拥有一颗博大的佛心。

正想间，小舟轻轻地震动了一下，虽然只是轻轻地震动一下，但似乎一下子触动了蔡宗那松弛的神经。

他的警觉性更胜一头狼，因此哪怕只是一点一丝异动，也不可能逃过他敏锐无比的触觉，同时他的心中立刻生出一丝异样的感应，似乎觉察到水底下的那点异动。

“哗……”蔡宗抓起身上的黑木钝刀，破开船舱之顶而出，如一只夜鸟般飞扑向岸。

“轰……轰……哗……”河水如同搅翻了一般，蔡宗所乘的小木船竟被炸得四分五裂，碎木四射飞散。

“嗖嗖……”一轮劲箭如飞蝗般飙射向身在虚空中的蔡宗。

蔡宗身子向下一沉，却踏上了一块飞射而出的木板，木板的冲劲将他的身子横带出五尺，却向河水中坠去，那些劲箭也尽数落空，而蔡宗却惊出了一身冷汗，他似乎估不到敌人竟下如此狠手，刚才如果不是他自舱顶跃出，而是自舱门冲出，只怕会变成刺猬了，更可能被那炸裂的碎木击伤。

蔡宗并未沉入水中，因为此时自河水中涌起一股极高的浪头，浪头推起一块碎木，刚好成了蔡宗的垫脚石。

“哗……”水中突然冒出一根长长的分水刺，向蔡宗无情地捅至，准确狠辣无比地直迎蔡宗的小腹，他们似乎算准了蔡宗的落脚之处。

蔡宗吃了一惊，但却借浪头一冲之力，在木板上一点，身子斜掠上岸，所有的动作快捷无比，但衣衫被仍分水刺划开一道长长的裂痕，冷冷的寒风灌入，使他变得更为清醒。

“嗖……”又是一簇劲箭没头没脑地向他射来，似乎根本就不让他有丝毫喘息的机会。

“啪……”这次蔡宗早有准备，钝木刀一绞，所有射来的劲箭尽数绞成粉碎。

不问可知，在中土，唯一想杀他的人，就是包家庄和黄尊者那一群喇嘛，今夜这些人终究还是找上门来了，若想摆脱这些人的纠缠，他只有一个办法，就是让这些人永远离开这个世界，打发他们去西方极乐世界。

蔡宗并不想与对方缠斗，双拳毕竟难敌四手，虽然此刻他的武功大有进展，可是终究力量太过单薄，对方既然在水中安排了杀手，可见存有必杀他而后快之心了。

走！是蔡宗第一时间的想法，他不能处在被动，处在被动只会凶多吉少，所以，此刻的蔡宗如一溜烟云般向暗影中掠去。

但事实并不如他想象的那么简单，他想走，却有人不让他走。

在劲风袭体前，蔡宗出刀了，他不能让别人占去先机，那对于他来说，会是致命的，因此蔡宗必须抢先出刀！

“轰轰！”两声沉重的闷响中，夹着几声惨哼，有人飞跌而出，当然不会是蔡宗，只是因为蔡宗刀上的力道太过霸道。

火光亮起，林间霎时明亮了很多，蔡宗看清了有些让他泄气的布置。

黄尊者、赤尊者并排而列，他甚至发现了一个此时他最不想看到的人，但也是他曾经最想见到的人。

这人竟是吐蕃国的大喇嘛——华轮！

第一百七十章　域外宗主

蔡宗的心几乎有些发冷，他竟然遇到了这个人，而且是在最不想遇见对方之时。

“慈魔，你应该值得骄傲了，能让本座亲自来请你回西域，你可以算是域外第一人！”华轮看上去并不老，很像一个只有四十余岁的中年人，可是蔡宗却知道这人至少有七十多岁了。

“我的确应该感到骄傲，华轮，你是来应对我的挑战吗？”蔡宗深深吸了口气，悠悠地道，在这个时候，他唯有以最平静的心态去面对这一群人，他也知道，这将是他遇到的最艰苦的一次决战。

在西域，敢挑战华轮的人，他是第一个。当然，还没有人敢去挑战蓝日法王，也许有，但他却并不知道。

“凭你也配与大喇嘛决斗?!”说话之人是久别了的赤尊者。

“哦，你还没有死吗？刚才施放暗箭偷袭的人也有你的份吧?”蔡宗有些冷然地讥讽道。

“放屁，本尊者……”

“赤尊者!”华轮沉声喝道，打断了赤尊者的话。

赤尊者先是一愣，即而才明白自己说了粗话，暗自心惊之下，念了几遍安生咒，他被包向天关了这么长时间，心性大乱之下，连佛心也大减。

“本座并不想杀你，只要你愿意跟本座回西域，我可以让你在佛前忏悔，不再追究你过往所犯的罪孽!”华轮淡淡地道，语调极为平和。

蔡宗不屑地笑了笑，道：“刚才如果不是我反应得快，只怕早已葬身河底了吧，我只是为你这尊贵的大喇嘛感到惋惜，不敢光明正大地面对我，却在暗地里算计人，而且今日更是以众欺寡之势，真是为你们感到可怜、可悲、可叹，要杀便杀，不要故作慈悲，我不稀罕你们的饶恕，那些死者都是你们这群披着羊皮的人狼所害，你们应该早早地去死，到佛前忏悔的人更应该是你——华轮！”

“慈魔！你别执迷不悟，这样你绝对不会有好结局的！”黄尊者冷叱道。

“多谢你的关心，说到死，我早就已经死了成百上千次了，今日我之所以仍然活着，那是苍天怜我惜我，如果你们要我这条命的话，不妨来取就是，但你们总会有人给我陪葬！”蔡宗冷冷地道。

华轮深深地望了蔡宗一眼，那深邃而又明亮的眼睛似乎镀上了一层迷幻的色彩，他似乎要看到蔡宗的内心深处。

蔡宗毫无畏怯地对视着华轮，目光如锐利的刀锋，更透着一股森森的寒意。

华轮眸子之中的异彩越来越浓，蔡宗依然冷静如岳，虽然脸上有一丝恍惚之意，但藏于内心深处的潜在意念使他的心静如止水。

不知过了多长时间，蔡宗的目光终于开始松散、动摇，林间一片死寂，远处的夜鸟在惶恐地鸣叫着，似乎是在呼唤着死神的降临。

黄尊者和赤尊者渐渐露出喜色，为蔡宗的表现而欢喜。

华轮眸子之中的异彩越来越浓，就像是两盏奇异的灯，任何与之对视的人都禁不住心头一阵摇曳……

“华轮，我是不是真的蔡念伤？”蔡宗突然目光再次如刀一般锋锐，直刺入华轮那充满异彩的眸子里，更说出了一句出乎所有人意料之外的话。

“不错！”华轮一怔，如遭雷噬，踉跄地倒退数步，在无措之中，他的心神完全不受控制地说出了这两个字。

蔡宗的心神也为之一怔，尔朱复古没有说错，他就是真正的蔡念伤。

蔡宗心神一怔之时，华轮又立刻恢复了平静，毕竟他的修为高过蔡宗，刚才他只是想以密宗的摄魂之术擒住蔡宗即可，并不愿造成太多的杀戮。谁知出乎他意料的是蔡宗不仅不受制，反而将他制住，他哪里知道，蔡宗自小的生活环境使其心志坚强无比，而且他体内自小就有一股连他自己也完全猜之不透的神奇异气。蔡宗唯一知道的就是这股真气博大而纯正，所以才能排出邪异之毒，每次不知不觉地逼出了他体内的毒素，在排毒的过程中，这股真气虽然也慢慢转化，也变得根本就不惧邪气，而他手中的冰魄寒光刀乃采集天地之冰晶所造，本就暗含天地灵气，当刀内的邪魔之气被浩然正气逼出之后更具佛意，也便使得蔡宗的心头始终保持着那种明悟和清灵。

心若冰晶，不塌不惊，蔡宗将计就计，只想问出自己的真实身份，而天底下知道他的真正身份之人只有两个，一个是华轮大喇嘛，而另一人却是蓝日法王，也许还有别人知道，可是蔡宗并不清楚，因此，蔡宗怎肯放过如此大好机会？

要知道，摄魂大法若不能控制别人，那它就会反噬其主，而华轮正好着了道儿。

"蔡宗，你胜了。不过，你这样做只会让你没有活下去的余地，本座本不想杀你，念你是个人才，可是现在你必须死！本座现在就送你去佛祖面前忏悔吧！"华轮脸色微微有些苍白地道。

黄尊者和赤尊者在华轮说完最后一个字时，便双双飞扑而上。

夜色之中，滏阳河显得很静，在夜色的深处，仍有一条静泊着的船，没有人在意它，抑或它根本就不值得任何人在意。

船在水中静静地停泊着，随着起伏的水流微微荡漾着。

黑暗中，船头上隐隐立着一人，如桅杆一般，没有人看得见这人的目光在望着什么，也无法看清他的脸色，其实，也没有必要知道他在看什么，做什么，想什么。也许，他只不过是滏阳河上的一个匆匆过客，他的出现，只是一个适逢其会的巧合，因此，别人根本就没必要去在意这个人，似乎并不值得。

其实，当这个人是个过客也未尝不好，更可以当他不存在，因为没有人注意到他。

黄尊者和赤尊者还不是同样照打不误？他们必须杀死蔡宗，因为蔡宗知道了一个可以让他们计划完全破灭的秘密，这绝对不是危言耸听。

他们深知问题的严重性，如果眼前的蔡宗就是蔡念伤的话，那他与蔡伤便有着极为密切的关系，甚至包括葛家庄，那就是说，他们想要杀的这个年轻人几乎可以算是与中原最可怕的一群人物有着联系，如果事情泄露出去，只怕他们全都会死得很难看。

而葛家庄中又有另一个蔡念伤的存在，如果眼前的蔡宗是真正的蔡念伤，那么另一个蔡念伤一定与吐蕃抑或喇嘛教有着极为密切的关系，否则蓝日法王绝不会让他们劳师动众、不远万里前来中土追杀这样一个年轻人，还动用了大喇嘛，可见其中关系重大，并不是三言两语就可解释清楚的。

蔡宗此刻却并不想死，他心中的激动是无与伦比的，他终于知道了自己的真实身份，至少，在他的心中是这么认为的，他至少可以依据这条线索继续查下去。当然，他不排除华轮的回答只是一个幌子，目的是要让他与蔡伤的大儿子蔡念伤拼个你死我活，而华轮的功力与他相比，高出极多，也许当时并未真的心神受制，只是故意装出这番模样，诱使蔡宗上当。蔡宗自然不能不慎重考虑和分析。不过，他没有什么时间去仔细推敲，必须全力应付黄尊者和赤尊者两位高手的攻击。

蔡宗不是进，而是退，他不想自林间外冲，而是退向河中。

“轰……当……”两声疯狂的爆响，蔡宗的身子禁不住剧烈地摇晃着。

黄尊者一出手就动用了紫金金刚杵，两大高手联击之力的确不是蔡宗独力所能够阻抗的。

不过，蔡宗打一开始就没有准备相抗的意图，只是迅疾退身，在身子急退之中，卸去了对方大部分劲力，而他再以钝木刀承受，并借力飞退，斜斜撞向旁边一名持弩搭弓的苦行者。

这群苦行者居然也用弓用箭，可见华轮今次的确是志在必得。

“嗞……”那些苦行者忙射出劲箭，但是蔡宗的动作的确够快、够劲，黑木钝刀在那几支火把光线的摇曳之中震了出去。

浓烈的杀机如潮水一般狂撞而出。

“哼！”黄尊者的轻哼自左侧传来，他的速度也并不比蔡宗慢。

“喳……”在蔡宗绞碎几支劲箭之时，立刻旋身正对黄尊者的紫金金刚杵，他无法避开黄尊者的攻击。

“嘣嘣……”钝木刀在紫金金刚杵上连击了十七下，沉闷的钝响密集而细碎地响起，在这些细碎的响声中，那群苦行者忍不住惊呼，手中的弓弦全都自行绷断，他们根本就不明白究竟发生了什么事情。

赤尊者却暗中吃了一惊，蔡宗功力的确精进了许多，竟在绞碎那些劲箭之时却以无形的刀气割断了每张弓的弓弦。

华轮的眼中微微闪过一丝诧异，蔡宗的刀法不再只是凶霸狠杀，在强烈之中又多了阴柔的杀意，而且功力更比几个月前增强了许多倍。

“轰！”赤尊者再次加入战团，蔡宗又被震飞，这次飞出极远。

华轮暗叫不好，他再也顾不了什么身份，抢身出击。

华轮一动身，就已在蔡宗的面前出现，速度之快，完全突破空间的局限，似乎他本身就立于蔡宗的面前。

蔡宗虽然预防了华轮的攻击，可是却似乎做不到华轮如此之快。

华轮的拳头在即将击中蔡宗的胸膛之时，一道璀璨夺目的亮芒在夜空中闪过。

空气似乎在刹那间凝成了霜雪，沉重得骇人，而那一股森冷的奇寒更使这片夜空死寂得没有半点生机。

蔡宗的冰魄寒光刀出现在华轮那宽大的喇嘛袍腋下，而黑木钝刀正横于华轮拳头击到的胸前。

“砰！”一声沉闷的爆响过后，蔡宗倒跌而出，华轮的拳头并未击在他的黑木钝刀上，也未击在他的身上，可是却有一股无形炽热的劲气狂野无伦地注入黑木钝刀的刀身上。

华轮旋身落地，冰魄寒光刀根本未能对他造成任何威胁，但他那隔空一拳绝对已让蔡宗气血混乱。

的确，华轮的功力之高，根本就不是蔡宗所能够比拟的，虽然蔡宗屡获奇缘，但真正的实力是靠平时一点一滴积累起来的。

蔡宗重重地坠向河中，而在河中，等待他的同样是致命杀招。

“哧！”分水刺分水而出，一颗乌黑的脑袋自水中破出，在黑暗的夜色中，根本就看不清水下之人的面貌，只觉那脑袋如硕大的乌龟头一般暴露于水面，而一根闪着幽光的长刺向落下的蔡宗刺去。

水陆两地皆有人要置蔡宗于死地，这的确是一件比较麻烦的事。

但蔡宗自幼便在逆境中生存，从来都未畏惧过任何险阻，自然也并不会在意今日这种九死一生的局面。

冰魄寒光刀在斩空之时，便移向身下，虽然是在蔡宗气血翻涌之时，可是这一击的威力绝不容小觑，何况他根本就不是志在击杀水中这人，而只是挡开水分刺，更有另外的打算。

此刻河面上的浪头几乎已经平静，那些击碎的木片此刻在河面上漂浮着。

“叮！”冰魄寒光刀成功地击在分水刺上，虽然让分水刺滑过刀锋，但却被黑木刀所阻，正击在黑木刀身之上。

那人迅速沉入水中，而蔡宗借这微弱的反弹之力跃起，冰魄寒光刀在水面划开 ·道细细的波纹。

奇迹也就在这一刻出现了。

冰魄寒光刀一入水，水面立刻结成一层寸许厚的冰。

蔡宗落足冰上，冰魄寒光刀在水中以一个极为优美的弧线，划上一圈，刀身没入水中半尺。

“裂……”蔡宗脚下的薄冰裂成数片，但又迅速凝结，在蔡宗的脚下出现了圆圆的一块厚达半尺的坚冰，而蔡宗脚踏冰上顺水而流。

“哗！”那名水底杀手自冰底蹿出，但动作已显迟缓，显然是无法抗拒那奇寒刺骨的冰凉。

“去死吧！”蔡宗冷冷地喝道，冰魄寒光刀以一道优美至极的电弧闪亮划出。

“当!”疯狂的劲气自刀身涌出，那名水中汉子如一只踩水的水鸭，被震得在水面掠过一道白亮的水槽，滑出两丈多远，却无法再动弹，因为他已与水冻结在一起，成了一块冰，虽然此时并未死去，但一时手脚僵硬，也无法动弹了。

蔡宗“嘿”的一声怪笑，脚下的浮冰犹如汽船一般，在水面上滑过一条水线，竟向那名结成冰的水中刺客而去。

“我让你尝够水的滋味!”蔡宗举刀欲斩。

“呼!”两股炽热的掌风自身后疾拂而至，蔡宗一惊，来不及回身，便将冰魄寒光刀一转，接着迅速划出。

“轰!”蔡宗的身子再次滑脱浮冰，自冰上震出，却是华轮踏水攻来。

蔡宗大惊之下，脚下刚好落在那名水中刺客的身上，那也是一块滑溜的冰。

华轮的身子同时一震，冰冷刺骨的水却打湿了他那双布鞋。

蔡宗忙脚下运劲，那名刺客连同周身所裹的浮冰向后滑出五尺，蔡宗的冰魄寒光刀自水中划出，又结出几块浮冰，更在几块木板之上换气向华轮攻去，他可没有华轮这种踏波而行的功力。

华轮在双脚无法踏到实物的情况也不敢硬接蔡宗的攻击，即使他功力再高，但水面终究无法承物，只能凭借功力在水面滑行，而且根本就不能在同一个位置逗留，只要稍一停顿，就有可能沉入水中。

蔡宗凌空下击，以苍鹰扑兔之势将自己本身的重量加在刀势之中，更增添了这一刀的威力和霸杀之气。

华轮双手一错，在胸前叉了一个十字，身形微移，也踏上了一块浮冰，几乎在此同时，蔡宗的冰魄寒光刀和黑木钝刀全都重击而下。

极寒的刀气与炽热的拳劲在虚空之中摩擦出一声锐啸，更在虚空中绞起一团旋风。

“轰！轰……”蔡宗再次弹上空中，他的每一个毛孔都似乎感受着那团旋风的爆发能量，面对这个他极盼望挑战的对手，此刻其心才真正平静下来。

在他被华轮两股交错的劲气轰上天时，他似乎隐隐捕捉到了一种刀意，蔡伤所阐述的那种空灵而虚无缥缈的境界，身在虚空之中，那种缥缈的感觉使蔡宗的心更贴近自然，仿佛感觉到那悠悠的流水是自心上滑流而过，冷寒之风也是自心上掠过，一切的感觉都变得极其灵敏，极其生动。

蔡宗再次出刀，他已经感觉不到自己的存在，他只知道自己应该出手，应该去捕捉那更美好的事物，所以他出刀了。

出刀，如拈花，如拂尘，没有任何可以捕捉的规律，简洁却又是那般赏心悦目，那种弧度犹如一道划破天际的流星。

远在岸上的黄尊者和赤尊者皆吃了一惊，蔡宗的变化的确出乎他们的意料之外，而冰魄寒光刀更能够快速在河面上结冰，这的确是一件极为奇异的事。

黄尊者和赤尊者自也不能闲着，折下两根树枝，如蜻蜓点水般向河中心的斗场掠去，其他的苦行者功力不及，只能在岸上观望，而手中的弓箭也全都被毁，使得他们失去了远攻的优势，这也是蔡宗的战略之一，如果不毁去那些弓箭的话，他根本就不可能在河面上自由攻击。

华轮的眸子之中再次闪过异样的光芒，蔡宗在这一刻似乎完全变成了另外一个人，一个只怕连蔡宗自己也无法理解的人。

那气势，那杀意，那种清晰而又让人陌生的气机，都让华轮感到了眼前这个年轻人的可怕。

定州城内，别府再次起火，更有人在大声呼喝：“鲜于修礼死了！鲜于修礼死了……”

声音凄厉，更有裂入云霄之势，定州城的每一个角落都似乎震动了。

喊杀声再一次惊碎了定州城，几个军营起火，不仅如此，城中的粮仓也紧接着起火，简直是祸不单行。

那些惊慌的护卫正在慌乱救火之时，突地发现大火之中冲出一人，全身以毛毡相掩，更似满身都燃起了火焰。

护卫们大惊，纷纷让开，他们也不知道出来的人究竟是谁，只好以冷水狂浇，欲浇灭大火。

“哈哈哈……”一声惊天动地的狂笑，在众护卫之间响起，却是那自别府中冲出来的火团。

火团突地爆开如一片火云般飞出，而那毛毡之上似乎淋有一层胶油，这么一抖，那火油四散而射，火星如雨般在众护卫之间爆开。

“呀……”惨叫之声不绝于耳，那些救火之人反被火烧，胶油所到之处立刻引火焚烧，有些溅在人的脸上手上，那惨叫之声更是凄厉异常。

火云落下，一条如幽灵鬼魅般的人影自火云下钻出，带起一阵狂野的旋风，所过之处，护卫们被冲得东倒西歪，更没有人看清这人是何面目。

“快救大帅!”那些护卫再也不理如妖魔般闯出的人，也不管那些痛苦不堪的同伴，急朝别府内冲去。

宇文肱衣冠未整地策马而出，身后的数百亲卫全都向别府赶来。

城中四处起火，这使得城中陷入一片混乱，而混乱之中，宇文肱更见一道如幽灵般的身影向他掠来，若非他的功力极高，也根本无法在暗影之中发现这道人影。

“嗖!”宇文肱以最快的速度射出一支劲箭，目标是那幽灵般的魅影。

“砰!”箭矢落空，宇文肱那连珠的第二箭来不及射出，就已感到一股凌厉的杀机笼住了他的整个身体。

“哈哈……”大笑之声正是发自那道如鬼魅般的幽灵口中。

宇文肱身后的亲卫大惊，策马全都挡在宇文肱面前，宇文肱的第二箭根本就不敢射出，因为他完全捕捉不到对方的方位，对方就像是一道虚影，一切的一切都是不真实的。

宇文肱没有射出第二箭，而是连弓带箭一起甩了出去，带起一阵锐啸，以一个他认为可能截住对方身影的角度甩了出去。

大笑声中，一声轻脆的“嘣”响依然清晰可闻，犹如古筝附和箫音，弓断、箭折，而那道如幽灵般的身形如电射掠至。

宇文肱第一眼看到的是颗人头，血淋淋的人头，似乎刚刚被割下，但他却并未看得太仔细，然而凭直觉，他感觉到这颗脑袋是鲜于修礼的，这是一种难明的直觉。

“砰砰……”一阵闷响夹杂一阵闷哼，在看到那颗人头之后，宇文肱还发现了一只拳头，一只几乎比鲜于修礼的脑袋还大的拳头。

当然，这只是一种幻觉，一种不真实的幻觉，可又是那么清晰而实在。

“咔嚓！”一名亲卫的胸腔内陷，五脏六腑几乎全被这一拳的压力将之自口中挤了出来，这是一名为宇文肱挡拳的死士！

宇文肱想出手，可是他的刀根本就没有来得及拔出，那名胸腔内陷、筋骨尽碎的亲卫的尸体已经重重撞在他的身上。

这一撞几乎让他窒息，脑袋嗡的一声响，不由自主地飞跌而出，滚落马下。

宇文肱看到了踩向他的马蹄，不过他仍然有最本能的反应力，在地上一滚，更跃身抱住一匹战马的马腹，他却因祸得福逃得一命。

那幽灵般的魅影一愣，见宇文肱滚落马上便不见了，而此刻他又身陷众亲卫的包围圈中，也就不再为宇文肱而烦，长啸一声，一手提着鲜于修礼的脑袋向一旁的房顶掠去。

弓弦响过，箭雨却在他的身后坠落，那人的身法之快，箭矢根本就追不上准头，而众亲卫根本就没有一点力量阻住这个人，可见此人是如何的可怕！

“嗷！”一阵如狮吼般的闷响在河面上炸起，更如惊雷般升空。

“龙象般若正气！”黄尊者掠身的同时忍不住惊呼出来，心中更是暗暗钦佩，他没有想到华轮竟能修到龙象般若正气的最高境界，发功之时更有梵音相伴。

而这种梵音并不是指人从口中发出的，而是自丹田中冲出的气流，自然而然地发出。

蔡宗的心神为之一震，本来明镜无瑕的灵台一片混乱，刀势立刻显出破绽。

“哧！砰！”华轮的手掌竟似可自虚空中跳跃进击，突兀地出现在蔡宗的刀势中，重重击在他的手背上。

蔡宗狂号一声，飞跌而出，如断线的纸鸢，但却仍紧紧握着手中的刀，绝不放手！

华轮的心头也惊骇莫名，蔡宗的武功进展之快完全超出了他的意料之外，竟要逼他出全力方能制伏，若是再让这个年轻人存活的话，到时只怕连他也无取胜的把握，而刚才他那胜出的一招仍有些侥幸，若非梵音打乱了蔡宗的心神，他根本就找不出蔡宗刀法中的破绽，而蔡宗占着兵刃之利，也许还会杀得他很狼狈，不过，他断定蔡宗见不到明天的朝阳，因为他绝不允许蔡宗活过今晚，否则再要找到他就很难了。

蔡宗身子下坠，落下之处正是一块游荡的浮冰，但蔡宗已经没有能力使自己的身体平衡，虽然华轮击中的只是他的手臂，可是那龙象般若正气却如潮水一般，让他五内翻腾，几欲呕血。

“哗……”蔡宗的身体在浮冰上滑倒，冰魄寒光刀一半伸入水中，整个人也向水中滑去，双脚更是已经沉入水内。

滑出这块浮冰之时，蔡宗身下的河水也已经结成了冰，结冰的速度就像是变魔法，几乎是个不可思议的奇迹，可是在蔡宗的冰魄寒光刀下是那么的真实。

而定住蔡宗身体的却是冰魄寒光刀，刀身如同一根被冰封的玉柱，正好使蔡宗无法再滑落于所处的浮冰上。

黄尊者的紫金金刚杵此刻也飞速攻来，他也踏着浮冰。

如泰山压顶的劲风激得水花四散而溅，蔡宗只感到一阵窒息的劲道笼罩着他，那握着黑木刀的手根本就使不出半丝力道。

“呀……”蔡宗一声狂吼，冰魄寒光刀碎冰而出，带起的碎冰如一颗颗劲爆的坚石般撞向黄尊者，而那带起的水珠也在空中凝成冰粒，全都没头没脑地射向黄尊者。

“轰！”蔡宗身下的浮冰再次裂成无数细块，他的刀与黄尊者对击，其反震之力竟将浮冰震裂，而对方要命的一杵也落空了。

蔡宗的身子犹如一颗陨石般沉入水中，溅起的水花却很快在空中结成了冰，在他沉没的水面上形成一块形状极为怪异的浮冰，而那些浪花也并未能恢复原状，呈现出一朵浪花形状的浮冰。

这个结果似乎出乎众人的意料之外。

“轰！”赤尊者猛然向那块奇异的浮冰上击去，冰屑四溅，并向水中沉了一下，又迅速上浮，这块浮冰的厚度却不知有几尺，更没有人知道蔡宗是不是也被冰冻在这块浮冰中。

华轮长长的喇嘛袍一挥，双手在虚空之中一旋，河中一时浪头汹涌，气旋如山，水流绕着蔡宗遁身的那块浮冰转出一个巨大的旋涡。

“轰！”蓦地一声巨响，那浮冰如一只冲天而起的巨兽，跃出水面，在黄尊者和赤尊者的面前划过一道奇异的弧度，以螺旋之势给人一种炫目的感觉。

岸上的众苦行者全都看傻了。

浮冰厚达四尺，这还不计算刚才被赤尊者击碎的那几近三尺的冰层。

浮冰之中并没有蔡宗的身影，也没有冰魄寒光刀，这只有说明一个事实，那就是蔡宗在水底遁走了。

这块冰厚达七尺，可见那冰魄寒光刀之寒足以让人心惊，可是蔡宗竟若无其事地握着它，这可的确让人费解了。

“让他给跑了！”赤尊者急道。

黄尊者又何偿不急？华轮的目光四处游扫，他竟发现了黑暗中的那艘船。

船静静地泊在河心，在水中微微荡漾着，那种轻悠的感觉与这里充满杀机的河面的确有些格格不入。

“那里有艘船！”黄尊者也看到了，只是他猜不出来那船的主人是谁。

不错，不远处的确有一艘船，赤尊者也看到了，船极大，黑暗之中看不清上面的景物，至于是否豪华也并不清楚，到底是谁家的船也不知道。

黑黑的船，如伏在河面上的异兽。

船上没有一盏灯火，连桅杆上也没有挂灯笼，这的确有些怪异，同时也使那艘船镀上了一层神秘的色彩。

的确，那船似乎很神秘，似乎与今日的事并不是一种偶然巧合，但谁也无法说清那船的主人的意图。

也许他们真的是过路商船，黄尊者发现自己在下飘，他差点忘了自己此刻不是在岸上，而是踩着浮冰。

宇文肱还从来都没有如此狼狈过，竟被逼得钻入马腹之下，可见那人是如何的可怕，武功之高已经完全超出了他的想象，他连对方的面目都未曾看清楚，但他却知道鲜于修礼真的死了。

难道是今日白天那两个煞星再次杀回来了？想到他们，宇文肱禁不住打了个冷战，那俩人的武功的确太可怕了，他几乎想不出以什么方法对抗他们才好。至少，在定州城中仍没有能与其匹敌的对手，这是不可否认的事实。如今之计，唯有回去求包庄主出手，那或许还有些希望。

包向天几乎成了鲜于修礼军中的支柱，也的确，包向天的武功之高足以与葛荣相提并论，即使三十年前的一代无敌高手棍神也被其重创，而天下间曾重创过棍神陈楚风的只有俩人，一个是尔朱荣，另一人是蔡伤。而此刻，包向天也重创了陈楚风，虽然说不上能与蔡伤及尔朱荣之流相媲美，但也不会差到哪儿去。

包家庄一役，虽然败得很惨，但以包向天一人之力，重创陈楚风，更搏杀无名三十六将之十九、十七、二十，可知其武功也高得出人意料。

虽然包向天也在那一役中受了重伤，可毕竟还是自对方的包围中逃了出来，而葛家庄也几乎死去了近百好手，三十六将损失八人，飞鹰、土鼠两队更是伤亡惨重。

此刻包向天却身在左城，远水救不了近火，宇文肱必须先稳住定州城内的局势，然后回头再想办法。

当他赶到别府门前时，唯剩一片火海及满地的血迹与忙碌却没有多大作用的护卫，宇文肱的心禁不住又开始发冷，而此时，他更听到了一阵让他魂飞魄散的声音。

那是铁链绞动之声——有人在放吊桥！然后，他就听到了震天彻地的马蹄声，更夹杂着一个高亢而尖厉的啸声，裂云破雾，在九霄之中回响不绝。

“蔡风在此，挡我者死!”长啸声之后，就是震天的吼声，只震得所有人心中打战。

“蔡风在此，挡我者死……”

宇文肱的神经差点麻木了，他终于又遇上了蔡风这个最不想遇见的对手，可是事已至此，他根本就没有避开的余地，唯有长长地叹了口气……

滏阳河，河水悠悠，寒风瑟瑟，火把的微光之中，倒映着的粼光似乎在打着旋儿。

岸上的苦行者也不知是自哪里弄来一只小船，抑或是早就准备好的，只是一直都未曾动用而已。

“船上有人吗?”黄尊者脚下踏着浮冰漂至那艘大船之旁，高声呼道，他们怀疑慈魔蔡宗会借这只大船遁走，甚至很有可能在这只船底藏身。

赤尊者脚下滑动着浮冰，绕着这只大船不断地游走，如果蔡宗真是借这只船掩护的话，就一定会出来换气。

船上一片死寂，并没有回应，甚至连一点动静也没有，让人无法捉摸般上究竟是什么人居住，这艘大船又是谁家的。

“不用喊了，他不可能上了这艘船，只要我们封住四周，在这里守着，他的水性并不好，相信很快就会出来换气的!”华轮打住黄尊者的呼喊道。

这时，那些苦行者所驾之船已行驶过来，众苦行者在舟首持着火把注视着河面，岸边也有数十名苦行者拉开近百丈的队伍，分守监视，只要慈魔蔡宗稍有异动，就可立即进行阻杀。

华轮脚下踩着浮冰，在水面上如一只白鹭般滑水而行，目光如电般扫视着河面，黄尊者和赤尊者则守在那艘大船两旁，火把的光亮使水面之上没有什么东西可以遁迹。

“哗……轰……啊……”一股激流自水中冲天而起，却是响在那只小舟之旁。

那些苦行者大惊，还没来得及反应，就见一块巨大的坚冰自水中撞出，疯狂地撞向小船之舷。

蔡宗如一头蹿出水面的大鳄，在身现水面的一刹那蓦地抽出冰魄寒光刀疾划而出，在众苦行者未能作出反应之时，船舷已经遭到毁灭性的刀气侵袭，碎裂成片。

船身倾覆，失去平衡的苦行者大声惊呼、嘶叫。

慈魔蔡宗绝对不是有仇不报之人，更不会临危思逃，在任何时刻，他都会采取反击，所以他并没有逃，而是选择战！运用他那变化无端的潜遁之术，一定要让这些想杀他的人知道，他绝对不是好惹的，任何想击杀他的人，都必须付出惨重的代价！

华轮和黄尊者全都吃了一惊，华轮更是踏浪飞至，他不能让对方再次潜遁，那样只怕永远无法找到蔡宗的行藏了。

滏阳河虽然不如黄河、长江那般浩瀚缥缈，但是这片水域也极其宽广，如果想在这样一片水域中寻找一个人，的确不易，何况又是晚上？

“扑通，扑通……”几名苦行者随着船身的碎裂，全都跌入河水之中。

蔡宗的左手被华轮所伤，仍然无法出力，这使得他的动作始终迟缓一些，但手中的冰魄寒光刀却赶在华轮之前划了出去，这群苦行者也同样是他要杀的对象，绝对不会心慈手软，因为这些人全都是他的敌人！

河头上再次结起一层浮冰，众苦行者所驾的小船在舷碎之时，河水便涌入船内，更倾翻于河面。

蔡宗怪啸声中，这群苦行者如一颗颗石榴般滚落河中。

“轰！”蔡宗的刀锋再次横切，毫无畏惧地与华轮的双掌相撞，此刻他有所准备，而华轮是踏浪而至。

蔡宗无可抗拒地再次被击飞，双足在船舷之侧滑退，如一只飘飞于水面的纸鸢，终于忍不住喷出一口鲜血，华轮的劲气太过强大了。

华轮的确已经下了杀心，绝对不再让蔡宗潜逃。

蔡宗其实也并非不想逃，可惜水性不好，入水之后全凭憋住一口真气，然后才顺水而流，他自幼生长的地方只有沼泽，对于那浮泥之类的，倒还可以应付，可是水中功夫却并不熟练，那里虽有当曲河，但河中藏有凶物，蔡宗根本不敢入水，而刚才那一击，只是迫不得已要出水面换气。

这些苦行者也全都不会水性，在水中扑腾呼喊，他们所生长的地方，是高原之地，很少下河游泳，此刻身置水中，竟无法适从，武功也全都派不上用场了。

在蔡宗即将沉入水中之时，华轮再次出现在他的面前。

没有人能够想象华轮的动作有多快，那几乎已脱离了空间的限制，随心所欲。

蔡宗始终还是低估了对方，也许，华轮的武功并不会比泰山之上的那群可怕高手差多少，甚至根本毫不逊色。这如果算是一种失误，那这个失误也许就是致命的。

蔡宗知道自己还来不及沉入水中，就会被华轮的双掌击毙，可是此刻他仅能活动的右手亦显得有些力不从心，这不是一种错觉，而是真真切切存在的。

一股炽热的劲气使他把握冰魄寒光刀的右手感到了温暖，这的确有些可怕。

“轰!”华轮的掌劲再次震在他的冰魄寒光刀上，一股向上的力道将蔡宗冲出水面。

华轮这一击并没有要蔡宗的命，也许，华轮本身就只是想蔡宗不再沉入水中，只要不入水中，他就有百分之百的把握格杀蔡宗。

蔡宗再次喷出一口鲜血，手中的冰魄寒光刀如一道幻弧般飞射而出，却是射向那艘沉寂如死的大船，他的身体不由自主地被抛了起来，犹如旋风卷起的败叶。

华轮凝拳沉气，以无穷无尽的杀意冲击而上，他要在这一击中将这个在域外被誉为最有潜力的年轻高手杀死，他也必须击杀对方，因为这年轻人的确太过可怕，而且还知道一个最不该知道的秘密，所以蔡宗必须死!绝对没有半点人情可讲。

第一百七十一章　点水聚冰

蔡宗从来都没有如此真切地感觉到死亡，而华轮的拳劲的确犹如死神的魔爪，钳住了他的心，让他没有半丝反抗的余地。这么多年来，只有两个人击飞过他手中的刀，一个是在泰山之顶，区阳只是以无可匹敌的虚劲击飞了他的刀，而眼前的华轮却是以拳头硬碰，却无法否认，拳劲击飞了他手中的刀。

华轮的拳头在他的眼中扩大，再扩大，然后如整个天、整个地、整条河流，向他飞扑而至，要吞噬他所有的一切，更是一个很残酷的事实。

蔡宗闭上了眼睛，而在他闭上眼睛的同时，他的耳中捕捉到几缕细小而尖锐的啸音，便犹如自地底传出的鬼哭。

“轰……”一串密集的爆响，蔡宗只感觉到身上的压力大减，当他睁开眼睛的一刹那，赫然发现一道掠飞而至的黑影，以比目光更快的速度向华轮撞至。

刚才掠过的是指劲，无坚不摧的指劲，破空之下，竟抗阻了华轮的罡烈拳劲，也同时保住了蔡宗的命。

华轮吃了一惊，急速踏波而行，其实他脚下并无实地可踏，只得在水波上连连后移数步。

蔡宗在快要落到水面之时，一股温暖的热流淌过他的全身，只觉得身形一轻，再次腾飞而起，却是被这神秘踏波而至的人挟在怀中。

黄尊者和赤尊者此刻正在营救那些落水的苦行者，这神秘的蒙面人倏然而至，完全打乱了他们的动作，不过已有几名苦行者爬上了浮冰，并没有生命危险。

黄尊者的紫金金刚杵如狂龙一般向神秘怪客扫来。

神秘人一声怪笑，身若踩水的白鹭，一手抱住蔡宗，一手的五指如一朵盛开的鲜花般绽开，向黄尊者当头罩去。

“哧哧……”那无形的指气在虚空之中，幻起一阵惊心动魄的尖啸。

“当当……砰砰……”自紫金金刚杵上传出一阵沉闷的脆响，而黄尊者拼命地以拳掌相抗，那股无形的气劲，竟如击在实处。

虽然这神秘人物隔空出招，可是那股劲道依然击得黄尊者手心发麻，可见神秘人物的功力是如何强霸。

华轮的确也感到有些意外，这神秘人的速度之快，功力之高竟似乎比他更胜一筹，但他怎肯放过杀死蔡宗的这个大好机会？虽然有神秘人物的参与，可是他的杀意并未稍减。

“何方高人，竟要插手本座的事，请接本座一掌！”

神秘人以黑巾蒙面，一身漆黑，犹如江河之上的幽灵，不等华轮龙象般若正气击出之时，他的身形已如一缕青烟般带着蔡宗向那艘黑沉的大船掠去。

华轮大急，尾随而追，那人闪身自船头掠上，立刻消失不见。

当华轮赶上大船之时，船上依然一片漆黑，但他却并不敢太过粗心，神秘人物的武功绝对不容任何人有半点轻视之心，而且大船更给人一种高深莫测之感。

“不必在船上寻找，他们已经自水上走了，向北。深夜我们并不想待客，诸位还请不要打扰我们的休息了。”一声低沉而浑重的声音自船舱中传出，在黑夜里，更似乎有着一种悠远而阴森之感。

黄尊者和赤尊者吃了一惊，而华轮也吃了一惊，不过，他们怎会相信这人所说的话？不由道：“我们不信，你以为这种谎话可以骗得了我们吗？鬼才相信你！”

华轮并没有反对赤尊者开腔搭话，只是向北面望了一望，唯有河水“哗哗”地流动声清晰可闻，河面上漆黑一片，根本就看不到有半个人影，即使有人影也无法看清。

“你们不相信就算了，如果现在追赶的话，也许还来得及，待会儿别说我没有提醒你们！你们请回吧，我不想你们吵了别人的休息。”那声音再度响起，依然是那么空荡而低沉。

黄尊者心中大怒，他不相信神秘人物挟着蔡宗会离开大船，更不相信神秘人物不是这艘神秘船上的人，即使华轮也不相信这人所说的话是真的。

“要想证明我们所要的人不在这里，那就让我们搜，如果搜不到那俩人，我们自然立刻便走！”

“哼，无礼之至！”那人冷冷地答了一句，显然是回绝了华轮的要求。

“既然如此，那我们就不客气了！”华轮并不想再作任何多余的解释，他这次前来中原的目的，也就是要带走慈魔蔡宗，抑或是杀死蔡宗，以永绝后患，而另一个目的是想助与他有着师徒之名的蔡念伤。而此刻，他并未先去葛家庄，那是因为他尚有这件事未曾办完，这就像是一根毒刺，如果不拔除的话，将会扰乱全局，让他的中原之行以惨败而告终，他不可能负起这个责任，因为这并不是他一个人的意愿所能够决定的。此次中原之行，所代表的不仅仅是喇嘛教，更有密宗及吐蕃国。

喇嘛教始终无法融入中土武林中，那是他们根本就没有机会深入中土，而在中土，主掌两大教系的“道教”和“佛教”早已深入人心，使得人们对喇嘛教的排斥是不可避免的，而此际中原大乱，如果有一股势力在中土支撑，那么再在中土发展喇嘛教就容易多了。

喇嘛教与中土的禅宗虽然同为佛门，但其教理各方面有着一些差异，而修持的方法和敬仰也有所不同。

喇嘛教中，喇嘛（大喇嘛，即祖师）高于所有的神，甚至包括那些最为著名的神，喇嘛教中许多的修持也是极其残酷的，与中土佛教的那种净土信仰和修持之法有着较大的差异，而在西域仍然处于一种奴隶制的阶段，他们的那种修持之法和入门考验之法很难让中原百姓接受，因此，在中土佛教盛行之时，他们根本就无法插足中原的发展，此次华轮大喇嘛之所以亲来中原，也就是想为喇嘛教在中土开辟一片新的天地。

在西域，虽然华轮是大喇嘛的身份，可是与蓝日法王相比仍然要低一辈，无论是在修持方面还是被人推崇的程度上，蓝日法王才是西域真正的神。

华轮不能不让慈魔消失在这个世界上，因为慈魔正是他在中土发展喇嘛教最大的障碍，因此，今日的华轮绝不会心慈手软。

船舱中似乎没有什么动静，但又似乎在酝酿着一场风暴或是浓浓的杀戮。

夜色依然是那么暗淡，冷冷的风在河面上瑟瑟刮着，极为冷寒。也许是因为夜太冷吧，河面上的风比其他地方更狂更猛，那是显而易见的。

蔡宗的冰魄寒光刀也已经不见，不可能掉进了河中，如果掉到了河中肯定会在河面上结成一片浮冰，可河面上并无浮冰，那就说明冰魄寒光刀没有掉入河水中，那么只可能掉到了船上，而甲板上并没有刀的踪影，显然有人拾走了那柄刀，抑或是刀并未落入船中，而在水面之上就被人接住了。

“如果不将他交出来，别怪本尊者放火烧掉你这艘烂船了！”赤尊者终于忍不住怒道。

“如果几位执意要如此闹下去的话，我只好将几位扔出去了，现在我再说一遍，这艘船上并没有你们要找的人，请你们迅速离开我的船，否则别怪我不客气！”船舱之中的人似乎也微微有些发怒，语气极冷，更带着淡淡的杀机。

赤尊者大怒，飞身而起，如一只夜鸟般向大船上那粗壮的桅杆撞去，他要给船上的对手来个下马威，首先击断桅杆。

华轮和黄尊者并不想阻止，他们已横下一条心，要自这船上揪出蔡宗。

“哧！”一缕锋锐无伦的剑气自船舱之内飙射而出，直迎掠起的赤尊者。

赤尊者一惊，身子一扭，侧身向粗壮的桅杆撞去。

“哼，雕虫小技，也敢现丑！”船舱之中冷冷地传出声来。

“啪……”那缕剑气似乎可以转弯，赤尊者不闪还好，一闪刚刚迎上转弯之后的那缕剑气。

赤尊者一声闷哼，被击得倒翻几个筋斗，向河中落去，他根本就无法抗拒那缕霸烈的剑气。

赤尊者在半空中强提一口真气，扭身沉腰，右手勉强搭在船舷上，翻身再次跃上甲板，却吓出了一身冷汗。

火星一闪，却是桅杆上的风灯骤然被点燃，火光亮得有些邪异和诡秘，就连华轮也禁不住心头微震，黄尊者和赤尊者更是脸色大变。

没有人看见是谁点燃的风灯，因为那根本就不是由手点着的，应该是一缕无形的气团操持着一点火星，准确无误地点燃了桅杆之顶的风灯。

桅杆之顶距甲板高达三丈，可是那个点灯的神秘人物根本没有纵身，就已经将灯点着，而且，挂于桅杆顶端的风灯只有极小的一个洞，如此暗夜，如此的准头，那力道运用之准简直有些骇人听闻。

华轮和黄尊者及赤尊者禁不住全都怔了怔，而就在此时，船舱的门悠悠开启，如被一阵微风吹开一般。

舱门之中，一道幽暗的身影在摇曳的灯光下悠然地踱出船舱。

慈魔蔡宗满腹狐疑，眼下的人武功之高，竟并不比华轮逊色，甚至有过之而无不及。

这个世上的事情似乎总是这么有趣，而这个神秘人物究竟是谁呢？他又想干什么呢？是敌还是友？

在他仍未能够细细想好之时，神秘人物已经停下脚步，而这里只是一个破败的城隍庙。

蔡宗的穴道并未受制，只是感到一股怪异的劲气逼入体内，一冷一热在体内转成一个圆满的太极，使他体内的真气充盈无比，所受的伤似乎在刹那间奇迹般地好了。

蔡宗大惊，忍不住呼道：“阴阳博转，吴铭大哥！”

那神秘人似乎微微一怔，但却淡淡地笑了笑，沙哑着声音道："你好些了没有？"

"没事，吴大哥，你怎么也入中土了？怎会这么巧呢？咦，你的声音怎么了？"蔡宗显然有些激动，似见到了久未曾相见的亲人，上前一把抓住神秘人的手，欢喜地问道。

"这段时间有些……"

"不，你不是吴大哥，你是什么人？为什么要救我？为什么会阴阳博转神功？"蔡宗惊问道，他很清晰地感觉到眼前这人并不是他的恩人吴铭，而他却心中满腹疑惑，这人怎会施展他恩人的武学？而且如此神似？蔡宗对阴阳博转神功太熟悉了，因为当初他体内的阴寒之毒，就是依靠吴铭的阴阳博转而转化，后来在雪峰极顶服食火莲之所以未被烈火之劲爆开筋脉，也是因为阴阳博转神功，而他的'两极无情杀'更是在阴阳博转神功的基础上演化而来，是以，他对阴阳博转神功太熟悉了。

"吴铭是不是一个三十多岁，左边脖子上有块刀疤的人？"那神秘人突然温声问道。

蔡宗再次呆了一呆，有些讶异地问道："你究竟是吴大哥什么人？"他隐隐猜到眼前的神秘人物可能与他的恩人有某种密切的关系，否则又如何可能对他的恩人知道得如此清楚，而且还会阴阳博转神功？

"说来你也许会不信，他是我失散了十年的儿子，他的妻子是不是叫关凤娥，美若天仙？"那神秘人物突然长长地叹了口气，幽幽地道。

蔡宗再惊，但却不以为然地道："每个人都会有自己的父母，吴大哥有父亲也并不意外，我有什么不相信的！"

"这十年来我派人找遍了整个中原武林，以及域外塞北，没想到他却易名而居。唉，十年了，十年了，爹已经不再反对，可你却为何如此倔犟呢？……"神秘人物自语地叹息道。

"前辈难道不知道吴大哥的居所？"蔡宗再次一惊，他对吴铭的来历和身份并不知道，那似乎也是一个秘密，不过那个美如天仙的大嫂的确姓关，至于名字蔡宗也不太清楚。

神秘人物涩然一笑，道：“当年他是赌气出走，都怪我反对他的婚事，才会带着关凤娥远走西域，一走就是十年，这之中涉及很多外人无法知道的事情。小兄弟，你能告诉我他们现在住在哪里吗?”

蔡宗禁不住有些犹豫，眼前这人虽然救了他的性命，自称是吴铭的父亲，但也有可能他所说的是假话，抑或是吴铭的大仇家也说不定了。

神秘人物似乎看出了蔡宗的心事，怆然一笑道：“不瞒你说，吴铭并不叫吴铭，吴铭亦即无名，没有名字之意，他的真实名字应该叫包杰，而他的妻子吴凤娥更是当年三大山庄之一无敌庄关汉平之女，而我就是你曾要找的包向天!”

蔡宗大惊地倒退了两步，有些骇然地望了望眼前的人，他实在没有想到这个救他的神秘人物就是包家庄的庄主包向天，一个曾欲杀他的人，这个变化的确大大出乎他的意料之外。

“你不必心惊，我根本没有伤你之意，否则在包家庄之时，你绝对不可能逃走，只是因为你所使的阴阳两极杀似乎与我儿的阴阳博转有些联系，我才改变了杀你的念头。而我只想让你告诉我，他们身在何处?”神秘人物轻轻地撕开蒙面巾，淡淡地道。

蔡宗心头微感异样，眼前之人果然是包家庄庄主包向天，此刻的包向天依然隐隐现出那股自骨子里流露出来的雍容的王者之气，犹如一个傲视群伦的帝王，这与吴铭的气势的确极像。蔡宗在第一眼见到包向天之时，他就有种似曾相识之感，也曾想到了恩公吴铭，没想到包向天与恩公吴铭还真有着某种实在的关系，他几乎不再怀疑包向天的话，一切的偶然已组成了一种必然，包向天完全没有必要骗他，更没有必要费尽心思要去为难远在域外的两个陌生人，只不过事情突然得让蔡宗有些难以接受。

半晌，蔡宗才吸了口气，淡淡地道：“如果你真要找他的话，就前去康地的曲麻莱找一个摆渡的哑巴，他会给你带路的。”

“曲麻莱摆渡的哑巴?”包向天沉声问道。

“不错，我只能告诉你这些，因为吴大哥的居所十分隐秘，没有熟人带路，绝对找不到。”蔡宗淡淡地道。

包向天禁不住叹了口气，心中一阵感慨，他终于知道了自己儿子的下落，可是他心中又多了一份沉重感，不知是因为不知道该如何面对儿子，还是因为其他原因。的确，他是不知该如何去面对儿子和儿媳，不知该如何去化解那股仇恨，他在担心，自己再一次出现在他们的生活当中，是否会引起一场难以预料的变故。

“小兄弟，你是否还会再回西域?”包向天吸了口气问道。

“也许，我会回去的。”蔡宗想了想道。

包向天深深地望了蔡宗一眼，吸了口气道：“我请你帮我将这根血凤钗交给他们夫妻俩，好吗?”说话间自怀中掏出一根深红透明、雕琢成凤凰的钗子。

蔡宗的眼前一亮，虽然他并不是个识别宝物的高手，可他却感觉到这根血凤钗的可爱，那种美丽的震撼并不下于见到一个绝世美人，就算他再怎么不识货，也知眼前之物价值连城。连蔡宗这颗如死寂般的心也微微打动了，可见宝物的确非比寻常。

“你为什么不亲自去?”蔡宗有些讶异地问道。

包向天望了城隍庙中那破败的佛像一眼，幽幽地道：“我是他们的罪人，也不想去扰乱他们的安定生活，这根钗子你就说是我送给儿媳的，也愿他们能幸福到永远，更转告他们，我会为自己所做的事情负责的。”

蔡宗隐隐猜到其中可能有些难以向外人透露的内情，不过，见包向天如此诚心诚意，于是道：“你既救过我一命，只要蔡某能活着回到康地，一定会将这东西交给他们，并转告你的话!”

“谢谢!”包向天似乎对蔡宗极为信任，将血凤钗交到蔡宗的手中，又道，“你不是华轮的对手，最好不要与他正面交锋，否则下次便很难……”

“包向天，你好哇，居然将血凤钗交给一个与你毫不相关的人，你可真是对得起先皇对你包家的恩宠呀!”一个苍老而浑重的声音自城隍庙门口传了进来，倒真让他们吓了一跳。

包向天脸色一变，蔡宗迅速将血凤钗纳入怀中，目光一扫城隍庙门口。

却见一高大老者和一个年轻人连袂而入，二人身后尚紧跟着几名杀气逼人的汉子。

城隍庙中突地灯火亮了起来，是人点燃的。

灯亮，城隍庙中的景物看得更为真切明白了。

夜黑，风寒，瑟瑟之风，在甲板上打了个旋儿，搅动着那紧绷的空气，可是黄尊者感觉不到半点松弛，神经以无法解释的程度紧绷着。

昏暗的灯光，足够人看清船舱外的一切，就连水面上嬉戏的鲤鱼也看得极为清楚，那个大步行出之人，一袭麻黄色的虎皮披风，虽然是在刚才仓促之时披上的，可是却没有半点慌乱之感。虎皮披风之下，是淡青色的轻衫，在冷冷的风中，此人如屹立于甲板上的巨剑，与桅杆一样，成了一道风景，独特而压抑的风景。

“如果此刻你们滚下船去，我可以不追究打扰之罪！”那人冷冷地道，连说话的声音都带着一些锋锐。

黄尊者觉得与这种人说话竟有些累，那或许是因为太过压抑的感受让所有人都不舒服的缘故。

“你究竟是什么人？竟敢插手我们的事！”赤尊者眸子里闪过一丝怒意，冷杀地问道，心中却多了几分戒备之意，眼前的对手只怕是他遇到的所有对手中最为可怕的一个了。

“哈哈哈……”那人似乎感到十分好笑，也似是对眼前三人的无知而感到可笑，笑罢，冷冷地道：“我还没问你们究竟是什么人呢，深夜惊人好梦，无论怎么说，都是该罚，而论江湖规矩，你们更是犯了大忌，我再说一遍，要么你们自己滚，要么我送你们一程！”

华轮只觉得眼前这人随便一站，就似乎与夜色融为一体，那种自然而恬静的意态之中竟生出了异端锋锐的霸气，对方绝对是一个高手，一个让人不能有半点忽视的高手，其武功应不会低于刚才那个救走蔡宗的蒙面人，可这人是否就是刚才那个蒙面人，他却不敢肯定。在气势上，俩人相差无几，但在功力的差别上，他看不出来。不过，俩人极有可能就是同一个人，何况他们刚才亲眼见到那蒙面人自船上掠过，当他们赶到船上之时，那蒙面人已经不知所踪，任何人都会最先怀疑那蒙面人进了船舱。

“只要施主交出被救走的年轻人，我们可以不与施主计较这一切，如果施主刻意要与本座为难的话，说不得只好讨教一下施主的绝学了！”一直未曾出声的华轮向前迈进一步，沉声道。

那人冷冷一笑，道：“我告诉过你们，那人已经向北而去，你们既然不信，有什么高招我接着就是！”说话之间也缓缓向前踏进两步，看那步法，犹如踩在云端雾里，一种缥缈虚无之感瞬即在华轮三人的心中产生，因为一切都似乎在那人踏出两步之时变得不再真实。

黄尊者禁不住紧了紧手中的紫金金刚杵，手心却渗出了森冷的汗水，那是自心底升起的一种畏怯之感，他完全无法捕捉到面前这个可怕敌人的任何变化，似乎此人在任何一刻都能够出现在给他致命一击的方位，更可怕的，却是在他的内心深处，渐渐凝成一柄剑，一柄横刺在心头的剑，冰凉森寒，带着霸烈的杀意，仿佛有形有质。

敌人的剑并不是自四面八方攻至，却是自心中首先攻入，这是如何可怕的一种境界，黄尊者更无法想象这究竟是何种剑道。

华轮的眼中闪过一丝惊讶，惊讶眼前对手的可怕，惊讶……甚至他也无法明白，自己到底惊讶什么，惊讶就是惊讶，那只是一种意识形态，若说要表示出再多的含义，却很难说，也说不清楚。

黄尊者和赤尊者极力平息心中的杂念，二人在不停地念《伽兰经》与神咒，他们需要有一股来自精神的力量驱散心中的恐惧之剑，以解除眼前对手在气势上的压力。

华轮的双手交叉，屈食指，拇指按于食指之上，宝相庄严，却是弥陀定印，而那佛意也在他的手印之上传盛而出，龙象般若正气的确有定神驱除魔咒之功效，就连黄尊者与赤尊者也同时定下了心神，心中那丝恐惧之剑化成一丝淡淡的阴影。

“好！和尚，看来你应该不会让我太过失望！”那人笑了笑，在他的身后忽地出现了两个身影，一个苍老的老头，竟是铁剑门的剑痴，而另一人却是客夜星。

“会主，这老和尚就交给我们好了！”客夜星望了那宝相庄严的华轮道。

“哈哈，右护法不用心急，你不是这老和尚的对手，不妨将那两个莽和尚扔下船去！”那人淡淡地一笑道，神情有种说不出的潇洒，而他正是同心会的会主梦醒，也即是破魔门的门主黄海！

黄海那次受了重伤之后，便即回到这艘大船上，在疗伤的同时，对尔朱荣和达摩的武功仔细揣摩推敲，以他的武学境界，要想从中悟出一些什么并不是件难事，而在这一个多月的休养和感悟之中，剑道又向前跨进了一个大大的台阶，这是连他自己也没有想到的事情。

黄海再向前跨了一小步，与华轮相隔一丈半尺，距离是那么精确，似乎是刻意这般计算。也许，这样一个距离能够以他本身的精神力去感染每一个生命体。

黄海左手的食指和中指并拢微微上扬，在灯光之下，仿佛渡上了一层朦胧而温润的白雾，如立于烟雾之中的仙人，不过，却有一柄无形的巨剑在吞吐着锐利无匹的锋芒。

河水仍在流淌，仍在喧响，大船在波浪之中微微带点节奏地起伏着，黄海的身形却融入了夜空中，融入了大自然，水流便似是他体内流淌的血液，大船起伏的节奏却成了他脉搏跳动的频率。

这一刻，人已不存在，水也不存在，夜也不再存在，只有一柄剑，如自河面破出的小荷之尖，如自杨柳树上滴下的露珠，如拔地插天的奇峰，也似连绵起伏的万里山脉。

这哪里是剑？而是天，是地，是自然！也不，这是人！顶天立地摹攀苍穹的人——他仍是黄海！

黄海依然是黄海，不是梦，不是神，也不是剑，只是他那左手上扬的食指和中指已经收回，那只手缩进了衣袖，好像一切事情都没有发生。

的确，一切都没有发生，可是华轮和黄尊者及赤尊者的额头全都渗出了汗珠。

是啊，一切都没有发生。华轮叹了口气，收起手印，双掌在胸前合十，如刚自轮回中苏醒，对生命的一种虔诚和执着，又似乎悟出了某种佛意，在百劫之中把握了天机，那渗有汗珠的额头下，有些苍白的脸上绽出了半丝幽幽的喜悦。

“我败了！”华轮虔诚而崇敬地说出了三个字，像是在诵经念佛，是那般平静而认真。

黄海笑了笑，也是十分自然，更有一种轻松惬意的洒脱，但他没有说话，也不必说什么，对于这该做的一切全都简化，未必不是一件好事。

黄尊者和赤尊者无声，他们也不知道该说些什么，因为任何语言都欠缺力量，说出来也无法表达那种意思，就像是禅，只可悟，而不能用语言表达。的确，他们是在悟禅，一种无可攀悟的禅，但他们却从中悟出了一点点东西，哪怕就只那么一点点，也足够让他们感觉到生命的欣喜和快慰，这是一种进步。

华轮认输，他们并不感到意外，华轮所败，并非败在对方的剑下，放眼整个天下，也绝对没有任何剑可以击败一个已达到华轮这种境界的高手，能够败他的只有一种可能，那就是——意境！又可以说是道，是法，是禅！那不是任何高手都可以领悟的。剑与术相联，那是凡夫俗子所有，有始有终有限之术；剑与法、与道、与禅相联，那就是无始无终，也才是最上乘的。因此，高手的武功达到一定的程度，他们所在意的不再是局限于术之上，要想有所突破就必须悟道，不再重剑，而是重心！重点是在修心，修性，这才能使自己向无限进军，而通向一种异类的世界，或是精神世界，也许那是天道的门扉，而黄海却已经在这种意境中胜了华轮。

他们根本没有交手，而在这种意境中，也就没有交手的必要，精神和意境本就是一种虚无的空洞，可以存在于每一寸空间，抑或是直入对方的思想。

“我败了，无话可说，阁下可否将名字告知于我？”华轮的语气显得极为客气，再也没有刚开始的那股傲意。

黄海淡淡一笑，幽幽地道：“本人梦醒，大和尚记好了！”

“梦醒……”华轮迟疑了一下，才自语道。

"你们所要追的人，已经向北去了，并不在这艘船上，你们要追就快去，别耽误我的好梦!"黄海有些不耐烦地道。

华轮一愣，这才明白刚才那神秘的蒙面人真的不是这个败他之人，而刚才对方所说之言也并非假话，否则他完全没有必要在取胜之后还要重复这样一件没有意义的事。如果眼前这神秘莫测的梦醒要杀他们也并不是一件难事，这艘船上绝对不只一个高手，肯定还有许多的高手，如果这些人全都出手的话，他们岂有生还之理？因此，黄海根本就没有必要欺骗他们。

"深夜打扰之处还请多多包涵。"华轮歉然道。

黄海并不搭腔，只是向客夜星淡淡吩咐道："睡吧，早点休息!"说着缓步向船舱之中走去，虎皮披风犹如一片怪异的云彩，在昏暗的灯光下晃了几晃，便被舱门所挡。

黄尊者和赤尊者心头大怔，这人的确有些狂有些傲，可是他们却不知道该如何做。

"走吧。"华轮深深地吸了口气，沉声道。

"陈楚风!"包向天冷冷地念出三个字。

自城隍庙门口行进来的人竟是棍神陈楚风，而另一人显然有些出乎包向天的意料之外，赫然是蔡念伤!

包向天知道眼前的人全都是冲着他来的，遂向蔡宗道："这不关你的事!"

陈楚风向蔡宗笑了笑，客气地道："小哥，我们又见面了，真是人生何处不相逢啊!"

蔡宗扫了他们一眼，微微有些诧异，他在飞雪楼中见过此老，而且还多亏他阻住了苦心禅，否则，只怕蔡宗那次就会死在苦心禅手中。

"蔡兄，久闻大名，让在下好生敬仰!"蔡念伤极为客气，也极其热情地向蔡宗一抱拳道。

蔡宗虽然不认识蔡念伤，但见其微微有些像蔡伤，又穿着葛家庄的服饰，禁不住多了几分亲切之感，要知道蔡伤对他有着知遇之恩，而且葛家庄的人似乎对他格外关照，他禁不住想到了蔡风、三子和游四诸人，全都与葛家庄有关，而且十分够朋友，因此，蔡宗打心里对葛家庄的人心存好感。

“这位兄台太客气了。”蔡宗被说得有些不好意思起来。

“蔡兄，今日是我们葛家庄跟包家一些公事，我们希望蔡兄能够袖手旁观，做个看客，可好？”蔡念伤眸子中充满了诚意，极为客气地征求蔡宗的意见，问道。

蔡宗禁不住有些为难了，包向天毕竟刚才出手救过他，而另一面又是对自己极为友好的葛家庄中人，且蔡伤对他有知遇之恩，而蔡伤与葛家庄又有着千丝万缕的关系，他实在无从抉择，何况蔡念伤一进来就如此客气地对待他，使他心生一种亲切之感，而此刻又如此客气地征求他的意见，对他可谓是礼敬有加，如果自己不给他们的面子，那也有些不尽人情了，如果给他们面子的话，又违背了自己的良心。

“小兄弟，你先走吧，不必管我的事，你只要将答应我的事办妥了，也算是报答了我对你的救命之恩。”包向天淡淡地道。

陈楚风和蔡念伤的目光全都投向蔡宗，目光之中似乎全都蕴涵着真诚而友好的神采，更有一份希翼夹杂其中。

蔡宗禁不住摸了摸怀中的血凤钗，想到吴铭对他恩重如山，而眼前之人不仅仅救了他的性命，更是他最尊敬的恩人之父，他又怎能真的走开？不由道：“不行，你对我有救命之恩，我又怎能这样走开？”

蔡念伤和陈楚风的神色微微一变，蔡念伤出声有些为难地道：“蔡兄，你又何必呢？他既然已经说了不让你帮忙，你助他又有何意义？”

蔡宗断然道：“他对我有救命之恩，知恩不报并非我蔡宗之性情，我想换作是你们也同样不会如此做。我虽对葛家庄有好感，更感激蔡伤前辈的知遇之恩，但有些事情却是原则问题！”

“小兄弟，你这使我很为难！”陈楚风有些微恼地道。

蔡念伤却叹了口气，深深地望了蔡宗一眼，无可奈何地道：“蔡兄所说也对，换成我，也同样不会一走了之，这是原则问题！可我们也不想与蔡兄为难，但我们实在不能放过包向天，还请蔡兄见谅。我想请问蔡兄，你要怎样才会不理我们与包向天之间的恩怨？”

蔡宗禁不住一愣，却没想到蔡念伤竟是如此的通情达理，而且十分理解他的处境，这使他禁不住对蔡念伤又多了几分好感，而对自己让他们为难之事，心头倒增了几许内疚，可是蔡念伤此刻几乎是退一万步将就着他，他若是再不识趣的话，也真是在良心上说不过去。想着想着，蔡宗禁不住又望了望包向天，却见他脸带欣赏和感激之色，心头一动，道：“既然这位兄弟如此给蔡某面子，蔡某实在感激不尽，他日若有机会定当谢过。其实很简单，若让我不管此事有三种方法。”

“哪三种方法？”陈楚风并不恼怒，平静地问道。

“第一，就是先杀了我！”蔡宗斩钉截铁地道。

“第二是什么？”蔡念伤道，显然他认为第一种办法行不通。

“第二就是错过今日，任何时候我都不管你们之间的事！”蔡宗感激地望了蔡念伤一眼，说道。

蔡念伤的脸色微微一变，却转向陈楚风，半晌才道：“请问蔡兄第三个办法又是什么？”

“第三就是你们实行公平决斗，以一对一，不能凭多取胜，如果你们胜后杀了他，我也绝不插手！”

所有的人全都沉默了，因为蔡宗的这个要求的确也太过分了一些，谁不知道包向天在包家庄一役之中伤了陈楚风？其武功要比陈楚风胜出一筹，而在他们这一行人，又以陈楚风的武功最高，如果说到单打独斗，自然是毫无胜算可言，蔡念伤又如何能够答应？

包向天嘿嘿一声冷笑，道：“小兄弟，好意心领了，他们是不可能答应后面两种方法的，就让我杀个痛快，多找几人陪葬也不错！”

“包向天，你休要猖狂，好！就让我给你一个公平决斗的机会！”蔡念伤沉声道。

所有的人再次愣了愣，没想到蔡念伤竟真的会答应蔡宗的要求。

“你说话算数?”包向天不屑地问道。

“哼，大丈夫一言既出，驷马难追，又有什么值得奇怪和反悔的？不过我要求蔡兄一件事!”蔡念伤坚决地道。

蔡宗心头涌起一种莫名的感激之意，对方一个萍水相逢之人，就因为在泰山之巅他与葛家庄的一段情缘而如此爽快地答应这种无礼的要求，这的确出乎蔡宗的意料之外，而此刻蔡念伤提出一个要求，对蔡宗而言，对方别说一个，就是十个他也不会吝啬。

“这位兄弟请讲，只要我能办到的，一定会尽力!”蔡宗认真而诚恳地回应道。

“听三子说蔡兄弟有一柄希世的黑木刀，我也是用刀之人，想借蔡兄的黑木刀与包向天一拼高下!”蔡念伤诚恳地道。

“公子!”蔡念伤身后几人有些忧心地说道，陈楚风的脸色数变，唯包向天感到一阵诧异。

蔡宗心头也大骇，他想不到这年轻人竟主动挑战包向天，的确出乎他的意料之外，但那分豪气却让他生出相知之感，而听到对方提及三子，蔡宗知道三子的刀法精绝异常，武功之高不在他之下，或许眼前这个年轻人真的身怀盖世刀法也说不定。

“好，我这黑木刀如果兄弟觉得称手的话，即使送给你也无妨!”蔡宗说话间却想到冰魄寒光刀不知落到哪里了。

“那倒不用，君子不夺人所好，借来一用便行!”蔡念伤认真地道。

蔡宗递过黑木刀。

蔡念伤手握木刀，只感质地阴沉，寒意逼人，非金非铁却异常实在，比普通刀略厚，但更重，也不知是什么做的，禁不住在空中虚斩一下，划过一道美丽的弧线，赞道：“好刀!”

“好刀法!”蔡宗眼睛一亮，也赞道。

“包向天，出招吧!”蔡念伤横刀而立，自有一股肃杀之气四散而出。

“好，英雄出……”

“你退下，他是我的!”陈楚风深深吸了口气，踏步横在蔡念伤身前，他的心中不禁感到有些惭愧，竟连一个后起的晚辈都不如，更何况他又怎能让蔡念伤代他应战包向天？

“陈老前辈，就让我来领教一番包向天的高招吧！”蔡念伤认真地道。

“不，他是我的，我陈家与包家有一段恩怨必须了断，在今日，我们就来个了断吧！包向天，如果今日我死了，你就将我葬在无敌庄的坟山上，最好与汉平并排而葬！”陈楚风沉声道。

包向天嘿嘿一笑，显出有些不自然地道：“好，我一定会按你的吩咐厚葬。如果我死了，你就拿我的头去无敌庄的坟场血祭他们！”

蔡宗一听，立刻明白他们之间的确有个人恩怨，因为刚才包向天提到过无敌庄和关汉平，更说过他儿子与关汉平的女儿私奔，这之中的许多不愿意向外人提及的细节可能是与几家的恩怨情仇有关吧，他没有必要去深究，但隐隐猜到包向天不去直接见其子和儿媳，就是因为两家有血仇未了，因此，此刻蔡宗不再说话。

蔡念伤也呆了一呆，听到陈楚风如此一说，他也不再作什么请求，因为他知道，这已经成了定局，只是担心地道：“陈老前辈小心了！”说着退到蔡宗身边，俩人并肩而立。

“包向天，我还要问你一件事！”陈楚风突然又出言道。

“什么事？”包向天冷冷地问道。

“当年燕天王的盖世武学秘录‘广成帝诀’可是落在你们包家手中？”陈楚风冷然道。

“你不觉得这个问题是多余的吗？”包向天不屑地道。

“怪不得你武功进展的如此之快，我果然没有猜错。好吧！就让我再来重新见识一下‘广成帝诀’上的盖世绝学吧！”陈楚风说完双袖一抖，两道黑影自袖中飞出，却是两截短棍。